LA MAFIA MARINA

UN VIAJE INCREIBLE

T.K. HARSEN

LA MAFIA MARINA

UN VIAJE INCREIBLE

T.K. Harsen

Para permisos, consultas o más información, comuníquese con:

Publicación de libros en negrita

Lillith@boldbookspublishing.com

Créditos

Diseño de portada por Elizabeth, una diseñadora exclusiva de Bold Books.

Edición de Aimee Ferro Edits, Traducido al espanol por Jeffryn Alejandro Deras Guy

Impreso en los Estados Unidos de América.

Primera edición, 2025.

❀ Creado con Vellum

PRÓLOGO

Seis horas de salida...

México era el único lugar de la Tierra al que desesperadamente nunca quise llamar hogar, al menos no en el corto plazo. El agotamiento se apoderó de mí mientras contemplaba el océano abierto y trataba de comprender cómo había sobrevivido la semana pasada. El sol proyectaba su luz moribunda sobre las interminables olas del océano mientras el barco se balanceaba suavemente debajo de mí, ganando velocidad.

Tuve suerte de estar viva, pero los recuerdos (oh, los recuerdos) no me dejaban en paz. El caos que había soportado todavía inundaba mis pensamientos, lo que me hizo preguntarme qué carajo había estado pensando cuando decidí ser un "hombre que sí".

Nunca entendí por qué la gente vivía la vida de forma segura o cómo encontraban la felicidad en las comodidades mundanas de una pequeña casa en los suburbios. Ese estilo de vida nunca había sido para mí. Ansiaba aventuras, o al menos así había vivido siempre.

No di nada por sentado. Viví cada momento como si pudiera ser el último.

Y después de esas últimas semanas, eso era precisamente lo que había hecho. Lo único positivo que salió de todo esto fueron los fajos de dinero en efectivo que había guardado en un compartimento oculto debajo del sofá de mi yate tipo Sportfish de cincuenta y cinco pies de largo y que hizo que todo se sintiera mucho mejor.

Bueno, eso y que no estaba en una prisión mexicana o peor aún, muerto.

Me llevé la botella de mi Corona helada a los labios y no pude evitar sonreír.

"Maldita sea... esto es bueno".

Mientras el sol arrojaba su luz moribunda sobre las interminables olas, el barco se balanceaba suavemente debajo de mí. Sentí una extraña mezcla de triunfo y pavor. El horizonte del océano se extendía infinitamente ante mí, un recordatorio de que, si bien había escapado de una tormenta, todavía me esperaba un vasto desconocido.

1 CAPITULO UNO

Dos semanas antes...

El calor del sol de la tarde se había sentido bien contra mi piel, a pesar de las gotas de sudor que goteaban de mí, lo que me recordaba exactamente dónde estaba. Cozumel, México. Ese año había sido bueno conmigo. Había esperado lo que parecieron meses para disfrutar de mi participación en el torneo local Bill Fish, y aunque me habían robado el primer lugar, lo había hecho bastante bien.

Miré a través de la bahía detrás de lentes oscuros y vi a los otros barcos pesqueros y a las personas que se ocupaban de limpiar después de un largo día en aguas abiertas. Bill Fish no era como los torneos normales; Podría llevar horas traer uno de esos peces. Eso sí, para empezar, pescabas uno. Era un deporte peligroso... pero una emoción que me encantaba.

Me llevé la botella fría de Corona a los labios y saboreé el delicioso sabor mezclado con limón mientras me limpiaba el sudor de la frente con la otra mano. La cálida brisa que venía del océano había hecho que el calor fuera más manejable, pero no había detenido el ligero ardor que había sentido en la nuca.

"Es hora de solucionar esta mierda". Dejé la botella sobre la terraza antes de alcanzar la manguera. El suave chorro de agua rozó la resbaladiza cubierta mientras la limpiaba de la sal desplazada durante mi tiempo en el mar.

Siempre había algo en la llamada del océano abierto que calmaba mi mente y me tranquilizaba, y ese día no fue diferente. El hecho de haber perdido el dinero que tenía al no conseguir el primer lugar me había cabreado. No es que hubiera sido duro con el dinero en efectivo. Hubiera sido bueno tenerlo.

"¡Qué pasa, Tomás!" una voz familiar había llamado.

Los fuertes pasos en la cubierta me hicieron girar la cabeza cuando miré hacia el muelle y vi a Jeffryn Alejandro caminando hacia mí. Había pasado algún tiempo desde la última vez que lo vi. Sin embargo, sin importar la distancia o el tiempo entre visitas, siempre sentí que retomábamos justo donde lo habíamos dejado.

Nos conocimos hace años cuando me contrataron para capitanear un barco de suministro en alta mar en la Bahía de Campeche. Rápidamente se formó una amistad entre nosotros y trabajamos codo con codo hasta que me jubilé. Provenía de una familia prominente de México, con fuertes vínculos políticos. A los 38 años, él tenía más conexiones con el mundo de allá abajo de las que a mí me hubiera gustado sumergirme. Por no hablar de una cantidad sustancial de dinero, algunos obtenidos por medios legítimos, pero la mayoría adquiridos mediante métodos cuestionables. De todos modos, las fiestas que organizaba siempre eran agradables.

Dejé caer la manguera y salté de la cubierta al muelle, con los brazos bien abiertos cuando él entró en mi abrazo.

"¡Jeff, es bueno verte de nuevo, hombre!"

"Es bueno verte a ti también, Cap", respondió, alejándose. "Escuché que estabas en la ciudad. ¿Cómo estás? Ha pasado demasiado tiempo".

Asentí y dejé que mis ojos se dirigieran al barco antes de sacar un trapo de mi bolsillo trasero para secarme la frente.

"Las cosas han estado ocupadas, pero estoy aguantando", respondí antes de volver a mirarlo. "Estoy en la ciudad para el torneo. Estaba planeando buscarte cuando todo terminara. ¿Cómo te han ido las cosas?

"Son buenos", respondió suavemente antes de volver a mirar el barco. "¿Es este tu barco?"

"¡Sí, hombre!" Exclamé y retrocedí con orgullo. "Sube a bordo, déjame traerte una cerveza y sacarte de este calor".

Jeff vaciló y sus ojos se dirigieron a su reloj antes de asentir. "Claro, tengo unos minutos".

El sol alto brillaba sobre nosotros cuando le hice un gesto para que me siguiera hasta que ambos regresamos a la cubierta de mi barco. No había manera de que estuviera charlando con él afuera. El calor había sido suficiente por un día y mi cuerpo buscaba desesperadamente el respiro del aire fresco del salón.

En el momento en que entramos, mis pies automáticamente se dirigieron al refrigerador cuando el silbido bajo de Jeff detrás de mí llamó mi atención. "Se ve limpio, Cap. ¿Qué año es este?

Cogí dos cervezas, les abrí la tapa y me volví hacia él. Sus ojos oscuros recorrieron cada centímetro del barco de madera de teca barnizada con los ojos muy abiertos por el asombro, como si fuera el barco más bonito que jamás hubiera visto. La emoción me llenó por su reacción.

"Se construyó en 2001, pero le puse algo de dinero".

"Muy lindo." Él asintió y dio un paso adelante para tomar la cerveza de mi mano extendida. "Se ve genial, Capitán".

Una suave risa escapó de mis labios cada vez que él cariñosamente se refería a mí como "Cap". Abreviatura de Capitán, un título que ostenté con orgullo durante muchos años. Todavía no podía creer que se hubiera unido a mí como mi primer oficial y traductor hace tantos años, cuando me contrataron para dirigir un barco de suministro en alta mar en la Bahía de Campeche. Con su impresionante experiencia, ciertamente no necesitaba trabajar, pero fue su amor por el océano y sus hábiles manos lo que lo atrajo hacia mí. Sentí como si el destino nos hubiera unido y rápidamente nos convertimos en amigos y colegas inseparables.

"Gracias", respondí. Estaba acostumbrado a ver el barco tal como era y, a menudo, me pasaba por alto el buen trabajo que se había hecho para restaurarlo.

"¿Dónde hiciste la carpintería?"

Me reí. "Su servidor, hombre".

Levantó una ceja y sus ojos se abrieron en estado de shock. "¿En serio?"

"Sí, puse todo lo que tenía en ella. Así que todas las renovaciones corren por mi cuenta".

Un momento de silencio cayó entre nosotros mientras me aclaraba la garganta y caminaba hacia los exuberantes asientos que había instalado después de las renovaciones. Mi cuerpo había estado cansado después de estar todo el día en aguas abiertas.

"Entonces, ¿cómo te van las cosas... de verdad?"

Jeff parecía vacilante otra vez mientras se llevaba la cerveza a los labios, la refrescante bebida fría bajaba lentamente mientras caminaba hacia el asiento frente a mí y se sentaba. "He estado trabajando mucho. No he tenido mucho tiempo para pescar ni para nada más.

"Lamento escuchar eso", dije mientras me inclinaba de rodillas. "Me hubiera encantado que estuvieras pescando en el torneo conmigo".

Dejó escapar una suave risa mientras se encogía de hombros. "Se suponía que debía pescarlo, pero, como de costumbre, surgió algo y no pude".

"Eso apesta, hombre. Quizás cuando estés libre podamos salir en el barco esta semana".

Su sonrisa creció ante mi oferta, una luz de emoción en sus ojos mientras asentía. "Eso sería genial. Estoy seguro de que te vendrían bien algunos consejos".

El comentario sarcástico nos había hecho reír a ambos. Los recuerdos de nuestro tiempo juntos, cuando todavía trabajaba en las líneas navieras, volvieron cuanto más tiempo pasamos juntos. "Oye, lo hice mejor en el torneo de lo que probablemente esperaba".

"¿Quedaste en el podio?" preguntó, con el ceño ligeramente fruncido.

"Sí, quedé tercero por seis mil dólares. Apenas me perdí el segundo puesto por treinta y cinco. Hubiera sido bueno conseguir esa cantidad de dinero".

Se sentó allí en silencio y me sonrió con una expresión tonta en su rostro que solía ponerme siempre cuando hacía algo estúpido. Solo me tomó unos segundos darme cuenta de por qué me miraba de esa manera, rápidamente se encendió una bombilla en mi cabeza.

"¿Ese fue tu barco el que atrapó al que estaba fuera del paso en los últimos diez minutos?"

Empezó a reír. "Ese era mi equipo; Estaba atendiendo unos negocios en Honduras".

"¡Me habéis cogido por veinticuatro de los grandes, imbécil!" Respondí mientras negaba con la cabeza. Sin embargo, mi comentario sólo lo hizo reír mientras se encogía de hombros y miraba hacia la ventana.

La señal había sido obvia cuando me puse de pie y miré por la ventana para mirar hacia la Marina. "¿Qué barco es el tuyo?"

"Ese es, en el muelle de combustible", respondió antes de pararse a mi lado, señalando un hermoso Hatteras de sesenta y cinco pies, "obviamente nuevo" con todas las comodidades, el nombre María en la popa.

"Veo que le pusiste el nombre de tu hermana".

Su sonrisa volvió mientras asentía. "Sí, Tomás. Ella sigue en Miami la mayor parte del tiempo, pero volverá aquí esta noche; Alguien le dijo que estabas en la ciudad y me envió aquí para comprobarlo".

"¿En serio?" Respondí suavemente, pensando en la última vez que la había visto. "Dile que la saludé cuando la llames con tu informe".

No necesitó decir mucho sobre ella mientras asentía, se ponía de pie y bebía el resto de su cerveza. "Tengo que irme. Tengo negocios que atender. ¿Quieres dar un paseo conmigo?

"Me encantaría, hombre, pero tengo algunas tareas que hacer... aunque podemos reunirnos más tarde si quieres".

Había sido un asco que se tuviera que ir tan rápido, pero sabía lo agitado que podía ser su "negocio". Y aunque había viajado con él muchas veces antes, ese día simplemente no era el adecuado.

"Si quieres cerveza, ¿por qué no vienes a la antigua casa de mis padres? Voy a celebrar una fiesta y me encantaría que fueras".

Fiesta. La idea de volver a salir de fiesta con él era una alegría para mis oídos. Sólo Dios sabría qué diablos podríamos terminar haciendo, pero seguro que se sentía como una buena manera de pasar el resto de mi tiempo en Cozumel.

"Claro, estaré allí". Sonreí. "¿A qué hora?"

"Alrededor de las siete... te veré entonces".

Una vez que se fue, me quedé mirando cómo el sol descendía más hacia el horizonte. La mezcla de naranjas y amarillos que había caído en cascada por el cielo era un espectáculo que la gente pagaría por ver, y yo había llegado a verlo todos los días.

Una vista de un millón de dólares y nada más que tiempo en mis manos.

Al menos hasta esa noche.

2 CAPITULO DOS

Cuando terminé la última de mis tareas del día, los recuerdos de los seis años que pasé trabajando con Jeff inundaron mi mente. Nuestro viaje juntos había comenzado en México, donde ambos fuimos contratados para manejar un barco de suministro. Yo era el Capitán y Jeff era mi primer oficial y traductor. Ya entonces estaba claro que provenía de una familia adinerada, aunque todavía vivía en casa de sus padres.

Desde el momento en que nos conocimos, nos llevamos bien. Jeff hablaba un inglés perfecto y se ofreció a enseñarme español, lo que resultó ser increíblemente útil durante nuestra estancia en el puerto. Cada vez que atracábamos, me presentaba a sus amigos de otros barcos y íbamos de bares por la ciudad. El vínculo entre ellos me recordó la vida en un pueblo pequeño, donde todos se cuidaban unos a otros y se valoraba mucho la lealtad. Esto era algo que respetaba profundamente, especialmente después de tratar con personas que habían demostrado ser desleales en mis experiencias pasadas. En este momento de mi vida, no estaba seguro de poder confiar en nadie.

Conocí a Jeff justo antes de Navidad en 2004, cuando le pedí que me mostrara los alrededores para poder comprar regalos y enviarlos a mi familia. Después de hacer nuestras compras, comimos mariscos en la playa de Ciudad del Carmen. Nos topamos con una sencilla pero encantadora cabaña cubierta de palmeras con mesas y sillas de plástico colocadas en la arena. Cocinaban sobre un gran pozo de grasa a fuego abierto y servían el mejor pescado frito de la ciudad. Pedimos unas cervezas y un pargo frito.

Mientras bebíamos nuestras bebidas y esperábamos nuestra comida, Jeff se volvió hacia mí con una expresión seria en su rostro y dijo: "Tomás, quiero hablar contigo sobre algo. Si no estás interesado, solo dilo y no volveré a mencionarlo".

Intrigado por su tono y comportamiento, respondí: "¿Qué pasa?" Fue entonces cuando sacó a relucir el tema de la compra y venta de diésel para los Cárteles, entre otras actividades ilegales.

Al tener algo de experiencia con este tipo de negocios durante mi estancia en Nigeria, le pedí a Jeff que me contara más sobre cómo se hacía en México. Explicó que los esquemas que ejecutaban provenían de una rama de Logística de Pemex, la petrolera controlada por el gobierno. "Estos programas dirigen a los buques a qué plataformas deben prestar servicios y qué carga deben recibir", dijo. Jeff reveló que había una división separada llamada Marine Control, que rastreaba todas las embarcaciones las 24 horas del día, los 7 días de la semana por radar para garantizar que siguieran los programas asignados. También mencionó que fue a la escuela con todos los chicos que trabajaban en ambas divisiones y que todos estaban involucrados en este plan para evitar ser detenidos e ir a la cárcel.

Todavía podía sentir la nerviosa anticipación que corría por mis venas mientras consideraba su oferta. Pero después de presenciar el fuerte vínculo y la camaradería entre su grupo, no pude evitar sentir una sensación de tranquilidad. Parecía que tenían todas sus bases cubiertas y este tipo de operación era solo un día más en su vida para ellos. Respiré hondo y acepté intentarlo.

A lo largo de los siguientes años, hicimos muchos negocios juntos. A menudo viajábamos en aviones privados propiedad de los cárteles, permitiéndonos viajes extravagantes a lugares como Belice para almorzar o a Honduras y Venezuela para cerrar acuerdos. Era un estilo de vida lujoso, pero que tenía un precio significativo: "¡Mientras ganabas millones para el Cartel, eras intocable y vivías a lo grande!" Sin embargo, también había un lado oscuro en este mundo, como pronto descubrí.

Mientras fueras útil para el Cartel, estarías a salvo. Pero si alguna vez te convertías en una carga, siempre existía la amenaza de desaparecer sin dejar rastro. Mis socios en el crimen (Jeff, Ramón y nuestra banda de alegres piratas) continuaron con el negocio durante años hasta que nos topamos con un obstáculo importante. La Armada de México comenzó a tomar medidas enérgicas contra nuestras operaciones, lo que llevó a la incautación de embarcaciones y a penas de cárcel para algunas personas desafortunadas. Sin embargo, incluso aquellos que evitaron el encarcelamiento no se libraron de castigos brutales: "Los afortunados fueron a la cárcel; otros fueron fusilados y desmembrados o disueltos en barriles de ácido".

Fue en estos tiempos oscuros que decidí dejar el negocio atrás. Claro, tuve que pagar un considerable cincuenta por ciento de mis ganancias de los últimos cuatro años para salir con vida, pero valió la pena. Después de todo, el cincuenta por ciento de algo es mejor que nada o, peor aún, la muerte. Todavía tengo algunos amigos que están involucrados en el negocio, pero me mantengo alejado de la mayoría de ellos, sabiendo muy bien los peligros y las consecuencias que conlleva ser parte de este mundo.

El sonido de una bocina sonando en la distancia me sacó de mis pensamientos y, al bajar mi mirada hacia mi reloj, noté que el tiempo había avanzado más de lo que esperaba. Cerré la manguera, la guardé y bajé para prepararme. Jeff dijo que la fiesta era a las siete y, aunque solo eran las cinco y media, nunca fui alguien que llegara demasiado tarde a nada.

Especialmente en esta sociedad. El respeto lo era todo.

Duchado y recién vestido, me pasé la mano por mi pelo rubio y desgreñado y salí del barco hacia el tiki bar cerca de los muelles por unos tragos antes de salir. Era un ritual que hacía todas las noches y, aunque tenía planes esta noche, no pensaba cambiar nada.

El tiki bar no era nada especial. Una cabaña de madera oscura con techo de hojas de palma y banquitos antiguos de madera, pero lo que más disfrutaba era la gente que lo frecuentaba. Y, por lo general, las chicas que acudían a mí que esperaban pasar un buen rato y tal vez algo más.

En el momento en que me senté, una belleza nativa de cabello oscuro me saludó con una sonrisa en su rostro que se extendía de oreja a oreja. Ella no era la típica chica que trabajaba en el bar, pero no iba a quejarme. Especialmente cuando su busto se asomaba detrás de su top blanco escotado sin dejar nada a la imaginación.

"¿Qué puedo ofrecerte, cariño?" preguntó, tomándome completamente desprevenido. No sólo su inglés era realmente bueno, sino que su acento les resultaba familiar a la gente que conocía del sur de Texas. Algo que no esperaba. Y cuando ella se movió, percibí un leve toque de coco.

"Tu inglés es bueno".

Ella me miró fijamente antes de soltar una suave risa. "Gracias... entonces, ¿qué puedo ofrecerte?"

"Tomaré una Corona, por favor".

No se molestó en mantener la conversación conmigo mientras se daba vuelta, cogía una Corona helada de la nevera y la colocaba en un posavasos. Verla trabajando me hizo sentir un poco más curioso sobre por qué una chica como ella pasaba su tiempo aquí.

Antes de que tuviera la oportunidad de preguntar, me pasó un menú.

"Oh, no, gracias. No comeré. Tengo planes para esta noche".

"¿Vas a la fiesta de Jeffryn?" Hice una pausa un poco desconcertada por su pregunta mientras su sonrisa se ensancha. "Relájate, los vi hablando en la Marina hoy. ¿Son amigos?

No estaba acostumbrado a que la gente estuviera en mis asuntos, pero rápidamente me recordó que en este lugar siempre había alguien mirándote. Incluso si no fue intencional.

"Sí, trabajamos juntos hace unos años", respondí. "Mi nombre es Tomas, pero Jeff a veces se refiere a mí como Gringo o Tomador".

Extendiendo la mano por encima de la barra, le ofrezco mi mano, que ella estrecha con gusto. Aunque la mirada de perplejidad y diversión en su rostro me hace preguntarme qué está pasando por su mente actualmente.

"¿Tomador?" —dice lentamente, como si fuera una pregunta que no estuviera segura de deber hacer.

"Significa bebedor", respondí con una sonrisa. Levantando mi cerveza a mis labios mientras veo la diversión llenar su rostro antes de que sacuda la cabeza.

"¿Bebes mucho, Gringo?"

Me encojo ligeramente de hombros. "Es una broma entre nosotros".

"Apuesto a que sí", responde ella, colocando una mano en su cadera. "Soy Diana. Trabajo para Jeffryn".

Sabía que sus padres eran dueños de una empresa constructora hace muchos años, pero no sabía que él tenía algo que ver con los negocios en los puertos. Mi mente se preguntaba si esto es sólo una cosa de medio tiempo para ella y si trabaja con él en otro lugar.

"Ah, claro. ¿Entonces trabajas en la empresa constructora?

Sus cejas se fruncen antes de volver a reír, sacudiendo la cabeza. "No. Trabajo aquí mismo, cariño.

"¿Es el dueño del bar?" Mi pregunta era más de incredulidad cuando ella asintió, mirándome como si estuviera literalmente loco. Para alguien que se supone que es amigo de este hombre, no estaba tan al tanto de lo que había estado haciendo en los últimos años.

"Sí, sus padres les entregaron el negocio a él y a su hermana hace un par de años. María terminó comprando la parte de Jeffryn y, a su vez, él compró la Marina".

Mi mandíbula casi cayó sobre la barra de la barra ante sus palabras mientras me llenaba una total incredulidad. Sentí que los celos calentaban mi rostro cuando me volví y miré las más de doscientas embarcaciones que cubrían la pequeña ensenada. "Mierda. ¿Ahora es dueño de toda la maldita Marina?

"Hasta el banquito en el que estás sentado", dice intencionadamente. "¿Estás seguro de que lo conoces?"

Una sonrisa aparece en la esquina de mis labios mientras sacudo la cabeza. "Tengo que admitir que ha pasado mucho tiempo desde la última vez que lo vi. Sabía que su familia tenía dinero, pero supongo que lo subestimé. Es bueno ver que le vaya tan bien".

El silencio llena el espacio a nuestro alrededor mientras ella deja el trapo que estaba usando para limpiar y mira el aire de la noche a su alrededor como si esperara que alguien la estuviera mirando. "Bueno", dice en voz baja, inclinándose sobre la barra en un susurro. "No digas que vino de mí... pero la palabra es que se ha metido en un aprieto".

"¿En serio?"

Ella asiente y se pone de pie una vez más. "Sólo rumores".

Dejé que la situación se asimilara y, con ella, no puedo evitar preguntarme qué más me había perdido desde la última vez que corrimos juntos.

"¿A qué hora vas a ir allí?" —me pregunta finalmente, devolviéndome a la realidad.

Miro el reloj y miro el tiempo. "Unos quince minutos. ¿Por qué?"

"Si quieres, iré contigo. De esa manera no te perderás".

No me perdí la leve picardía en sus labios mientras hablaba. Y llevándome la cerveza a los labios, me bebí el resto antes de dejar la cerveza vacía en la barra. "Dame otro de estos y te esperaré".

Fue una invitación abierta. Una que no estaba seguro de que ella fuera a aceptar, pero quién sabía a dónde terminaría llevándonos la noche.

———

Una cosa era segura: iba a tener que ver qué era lo que molestaba a mi amigo.

No esperaba que ella viniera conmigo, pero lo hizo. Treinta minutos más tarde, los dos nos sentamos en la camioneta que Jeff me había prestado y nos dirigimos hacia la propiedad de sus padres sin nada en mente más que pasar un buen rato. Tuve que admitir que cuando dijo que me prestaba un auto para usarlo, no esperaba que hubiera un Range Rover negro en el estacionamiento.

Medio esperaba un Ford Explorer o algo así.

No es que me esté quejando. Ha pasado un tiempo desde que conduje con estilo.

"¿Dónde aprendiste inglés?" Decidí que una pequeña charla era mejor que el silencio. La miré, sus ojos se levantaron de su teléfono mientras levantaba una ceja inquisitiva antes de que una sonrisa se dibujara en su rostro.

"Texas. Mi padre es agente de la Patrulla Fronteriza en el lado estadounidense y mi madre es maestra en Brownsville".

"Oh", la palabra salió de mis labios mientras procesaba lentamente la información. "Pensé que eras una chica local o algo así".

Ella se rió. "La mayoría de la gente lo hace. Nací en Matamoros, pero emigramos a los estados cuando a mi padre le ofrecieron un trabajo para la Patrulla Fronteriza. Yo sólo tenía seis años en ese momento".

"Eso es asombroso. Es fantástico que a tu padre le hayan ofrecido ese tipo de trabajo".

Mi comentario no pareció caer muy bien cuando ella dejó escapar un profundo suspiro y volvió su atención hacia la ventana una vez más. "Sí, fue una oferta increíble. Pero algo en México me hacía regresar".

"¿Ah, de verdad? ¿Es por eso por lo que estás aquí ahora?"

"No." Ella se rió, sacudiendo la cabeza. Sus ojos se dirigieron hacia mí una vez más. "Vine aquí en un crucero el año pasado con algunos amigos. Conocí a Jeffryn en una fiesta en la Marina y cuando nos estábamos preparando para partir al día siguiente, lo escuché quejarse en el tiki bar de una bartender que despidió por robarle. Le dije que realmente no quería irme y que tenía experiencia como bartender… me dio el trabajo en el acto".

"¿En serio?"

Ella asintió de nuevo. "Así es".

"¿Entonces no tienes el deseo de regresar a los Estados?"

Ella se encogió de hombros mientras contemplaba mi pregunta. "Sólo iba a quedarme unos meses, pero nunca me fui. Casi un año y dos meses después y sigo disfrutando de la vida que he creado aquí. La verdad es que me encanta la vida en la isla".

No podía negar lo que ella estaba diciendo. A menudo había pensado en no dejar nunca este lugar, pero mi hogar siempre me llamaba de regreso y estar en la península de Florida era la vida que amaba más que cualquier otra cosa. Estar con la familia era algo que amaba incluso más que nada.

"Me identifico con eso". Mi admisión fue suave, mis ojos fijos en la carretera mientras navegaban por caminos desiertos hacia una casa en la que había pasado mucho tiempo con Jeff.

"¿Y tú?"

Una vez más, su voz me sacó de mis pensamientos. Mis ojos se dirigieron hacia ella por una fracción de segundo antes de encontrar el camino nuevamente. "¿Yo qué?"

"¿Cuál es tu historia? Quiero decir, ¿cómo llegaste a ser Gringo Tomador?

La risa llenó el espacio en el vehículo mientras pensaba en lo que ella estaba preguntando. Había pasado algún tiempo desde que alguien realmente me preguntó cómo llegué a ser quien era. Y aunque no estaba preparado para contarle todo, al menos podía contarle una parte.

"Comencé a trabajar en barcos de pesca cuando era adolescente y encontré mi amor por el mar. Con el tiempo me convertí en capitán de barco y trabajé por todo el mundo hasta conseguir un trabajo en México, donde conocí a Jeff y su hermana, María".

"¿Conoces a María?" respondió ella, alzando ligeramente las cejas mientras su sonrisa se ensanchaba.

No había forma de evitar su curiosidad mientras asentí lentamente y me aclaré la garganta. "Sí, salimos por un tiempo".

"Oh, ya veo", hizo una pausa, como si contemplara su próximo movimiento. "¿Fue serio?"

"No, en realidad no", respondí, sacudiendo la cabeza. "Éramos bastante cercanos durante un tiempo, pero ella iba a la escuela en Miami con la esperanza de hacerse cargo del negocio familiar".

"¿Y Jeffryn?"

"Él no es el tipo de oficina", dije con una leve risa. "Algo así como yo, pero obviamente, más exitoso".

Ella me sonrió, sus ojos se dirigieron hacia la ventana una vez más mientras pasaba sus dedos por un mechón de su cabello que descansaba sobre su hombro. "Parece que te va bien; He visto tu barco en la marina"

"Me temo que son ahorros de mi vida". Si supiera lo arruinado que estoy, probablemente no me mostraría tanto interés. No es que ella fuera ese tipo de chica ni nada por el estilo, pero he conocido al tipo que lo es. Rápidamente descarté el pensamiento de mi cabeza y abrí la boca una vez más. "Sin embargo, hoy obtuve el tercer lugar en el torneo Bill Fish. Gané un poco de dinero, pero esperaba al menos un segundo; Habría pagado treinta y cinco mil.

Su cabeza se giró hacia mí una vez más, con los ojos muy abiertos y la boca abierta. "¡Guau! ¿Cuánto pagó el tercer lugar?

"Sólo seis mil", digo inclinando la cabeza hacia un lado antes de encogerme de hombros.

"¡Eso sigue siendo bueno!" dijo ella emocionada. "Claro, no son treinta y cinco mil. Pero tampoco es que seis sea una tontería. Eso todavía es mucho".

La casa de la familia de Jeff comenzó a asomarse en el horizonte, las luces a través de cada ventana se iluminaban contra el cielo oscuro que parecía volverse más brillante a medida que nos acercábamos. Por mucho que haya disfrutado la conversación con esta encantadora mujer a mi lado, me alegrará ver a Jeff.

"Quizás, pero cuando compro combustible y suministros... no queda mucho. Quizás Jeff tenga un trabajo para mí".

Finalmente, el vehículo avanzó lentamente mientras ella me indicaba un camino a la derecha que conducía a través de una cerca de hierro con una gran puerta que estaba abierta a todos los que fueran lo suficientemente valientes como para unirse a las festividades. No puedo evitar sorprenderme por lo grandiosas que ya parecen las cosas, desde la seguridad del portón hasta el camino de entrada con baldosas de cerámica que serpentea hacia arriba y hacia abajo a través de un extenso césped bien cuidado. Hasta que se abre a algo mucho más espectacular.

"Vaya, no estabas bromeando", dije en voz baja, pero lo suficientemente alto como para que ella me escuchara. Mi mente estaba completamente en blanco mientras contemplaba lo que parecía ser un enorme edificio de tres pisos con grandes pilares blancos que se elevaban hacia el cielo.

"Sí, cariño", dijo, colocando su mano en mi pierna. "Es hermoso, pero demasiado lujoso para mí; Soy una chica sencilla".

Capté la idea de su comentario, pero decidí no reconocerlo cuando el vehículo finalmente se detuvo lentamente afuera del frente del edificio. Dondequiera que mirara, guardias de seguridad con uniformes negros y armados caminaban por la propiedad. Sabía que su familia era importante, pero no recordaba que él tuviera tanta seguridad en aquel entonces.

Aunque supuse por la apariencia de la gente que se quedaba afuera y de la que atravesaba la enorme puerta principal de madera oscura, estos no eran el mismo tipo de personas que estaba acostumbrado a ver cuando vi a Jeff hace años.

Está claro que los tiempos han cambiado.

Y con ello, también lo había hecho Jeff.

3 CAPITULO TRES

En el momento en que Diana y yo salimos del auto, las risas escandalosas de los invitados de Jeff flotaron hacia mis oídos. Desde la última vez que lo vi, las cosas realmente no fueron diferentes. Siempre hacía las mejores fiestas. Supongo que ahora era sólo el tiempo que se había apoderado de nosotros dos. Eso y que se ganó la lotería en cuanto a dinero.

Mirando hacia la puerta principal de la casa, rápidamente lo vi. Estaba de pie con lo que parecían unos cuantos socios de negocios bien vestidos enfrascados en una conversación casual. Hasta que pareció notarnos, sus ojos se iluminaron mientras saludaba en nuestra dirección antes de disculparse de los hombres con los que estaba.

"¡¿Qué opinas, Tomás?!"

¿Qué pienso? Mierda, esto era más de lo que jamás hubiera imaginado.

"¡Mierda, Jeff!" exclamé. "Esto es asombroso, hombre; ¡Necesito trabajar para ti!

Mi comentario fue dicho en broma, pero Jeff no pareció darse cuenta. En lugar de eso, él me tomó y me abrazó emocionado. "¡Solo tienes que decirlo, Tomás!"

"Me siento mal vestido", admití cuando nos separamos. No me gustó la sensación de su traje Brunico contra mí cuando me abrazó y miró mi propia ropa; definitivamente estaba mal vestido para esta ocasión.

"No te preocupes, Tomás, todos van en pantalones cortos. Y... acabo de llegar. De hecho, me voy a cambiar".

Al mirar su atuendo una vez más, no me perdí lo que parecía ser un atuendo de mil dólares, tal vez incluso más. Aunque para él no era el atuendo adecuado para la noche, lo que me hizo sentir aún más inseguro sobre lo que llevaba puesto. No lo expreso. En cambio, vi su atención dirigirse a Diana con nada más que afecto.

"Diana", murmuró, abrazándola mientras besaba su mejilla. "Te ves tan bien como siempre. ¿Estás cuidando de Tomás?" Estaba de acuerdo con él; se había cambiado su ropa de bar por un top que dejaba ver su abdomen plano y un sarón, que no hacía nada para ocultar su trasero robusto.

"Parece ser alguien que puede cuidar de sí mismo", responde ella, sus ojos recorriéndome con una sonrisa en la esquina de sus labios antes de avanzar hacia la casa. "Voy por un trago".

Jeff asintió y me miró. "Esto es cierto", respondió, poniendo su mano sobre mi hombro. "Entra, Tomás. Déjame mostrarte los alrededores".

Enormes puertas dobles adornaban la entrada de su casa mientras lo seguía, entrando a un enorme vestíbulo con techos abovedados y una sala de estar hundida, acentuada con una pared de ventanas que daban al Caribe. La vista, impresionante incluso en la oscuridad, uno sólo puede imaginar cómo se verá a la luz del día.

Y si eso no fuera suficiente, Jeff había traído una maldita banda de mariachis para tocar música por toda la casa mientras los invitados se divertían.

"Diana", gritó Jeff hacia donde estaba atrapada conversando con una mujer de cabello oscuro que nunca había visto antes. "¿Puedes acompañar a Tomás al bar? Me voy a cambiar".

Sus ojos se encontraron con los míos antes de volver su mirada hacia Jeff con una dulce sonrisa enfermiza. "Claro... sígueme".

Ella contrastaba completamente con la mujer que conocí en los muelles, la misma mujer con la que había conducido hasta aquí. Casi como si en el momento en que entramos en este lugar, ella cayera en su elemento. Una mujer alejada de la alta sociedad, pero aún con todas las cualidades majestuosas de una mujer que encontraría en Estados Unidos.

Cruzamos la habitación hacia el bar que estaba a la vuelta de la esquina, pero no pude evitar detenerme en mis pasos. Mis cejas se fruncieron levemente cuando vi al camarero con un traje de pingüino completo como si estuviera esperando en un evento de cinco estrellas, cuando todos a su alrededor estaban en pantalones cortos o trajes de baño.

"Margarita, por favor", dice Diana, antes de volverse hacia mí. "¿Qué vas a querer?"

"Uh, solo dame un Jonnie Black a secas".

Tan pronto como el camarero se puso a trabajar, mis ojos se dirigieron a la habitación una vez más. ¿Cómo diablos fue que aterricé en un lugar como este? Especialmente durante todo lo que había estado sucediendo desde que dejé los Estados Unidos y regresé aquí.

"Es un poco abrumador, ¿no?" Preguntó Diana, sacándome de mis pensamientos.

"Supongo que puedes decir eso", murmuré en respuesta mientras sacudía la cabeza. Me llevé el vaso a los labios y tomé un sorbo, sin dejar de admirar todo lo que me rodeaba. "Veo que Jeff tiene muchos amigos estos días".

Ella asintió, no pareciendo tan impresionada como yo. "Es la mejor fiesta de la ciudad, cariño".

Pude ver por qué era así. Jeff nunca fue alguien que hiciera algo pequeño y ver cuánto había crecido no me sorprendió. Minutos más tarde, Jeff dobló la esquina luciendo más como el Jeff que recordaba: pantalones cortos y chanclas, su mata de cabello negro rebelde tan salvaje como el día que lo conocí.

Ese era el hombre con el que solía meterme en problemas.

"Ves Tomas..." se rió, con los brazos abiertos mientras se acercaba a mí, "mucho mejor".

"Definitivamente ahora te pareces más a ti".

Tomando una bebida de la barra, caminó hacia mí, mirando alrededor de la habitación mientras una sonrisa aparecía en sus labios. "¿Qué opinas?"

"¿Sobre la fiesta o la clientela?"

Una risa profunda resonó en su pecho mientras se encogía de hombros. "Ambos."

Observando a las hermosas mujeres vestidas con bikinis ajustados que no dejaban nada a la imaginación, tuve que admitir que era un espectáculo increíble para la vista. "La clientela ha mejorado mucho".

"Lo ha hecho..." Se calmó, buscando con los ojos el mar de cuerpos que llenaban la habitación y se desbordaban hacia el patio exterior. "Había otra razón por la que te pedí que vinieras aquí, amigo mío".

"¿Oh?"

Nuestra amistad a lo largo de los años siempre había sido extraña, o eso me han dicho. Pero el hombre era como un hermano para mí. Sabía que podía pedirme cualquier cosa y que estaría feliz de ayudarlo en todo lo que pudiera. Por lo general, era muy directo. No era el tipo de hombre que se andaba con rodeos, así que necesitar algo o tener un motivo oculto y no decirme directamente lo que necesitaba era un poco extraño.

Sus ojos se encontraron con los míos, una sonrisa tensa apareció en sus labios antes de que su mano tocara la parte superior de mi espalda. "Quiero presentarte a alguien".

"¿A quién?"

"Don Miguel y su hermano Víctor. Amigos míos".

¿Amigos? ¿Qué clase de amigos?

"Claro, hombre. Lidera el camino".

Tomando la iniciativa, seguí a Jeff entre la multitud de personas que vivían su mejor vida entre el alcohol y la música de la casa de Jeff. Nuestros pasos volvimos sobre el camino por el que entramos hasta que aparecieron dos hombres corpulentos con trajes color crema, parados cerca de la entrada de la casa de Jeff, luciendo fuera de lugar vestidos tan elegantes como estaban. Sólo me tomó un momento darme cuenta de que eran los mismos dos hombres con los que Jeff había estado hablando cuando nos detuvimos afuera.

"Don Miguel, Víctor". Sus profundos ojos castaños se volvieron para recibir nuestra llegada. "Me gustaría que conocieran a Tomás".

Don Miguel, un hombre corpulento de más de seis pies de altura y cerca de doscientas cincuenta libras, dio un paso adelante, escudriñándome con los ojos antes de extender su mano. "Tú eres el capitán del barco".

Estrechándole la mano rápidamente, asentí. Mis ojos se dirigieron hacia Víctor, que era igual de grande que su hermano, pero estaba más al fondo, dejando que Don Miguel tomara la iniciativa. "Soy capitán de barco".

"Jeffryn me ha hablado mucho de ti", admitió. "Diriges barcos grandes".

"Ya estoy jubilado", respondí asintiendo. "Pero ahí fue donde conocí a Jeff. Trabajamos juntos en la bahía de Campeche".

Los dos hombres se miraron y una comunicación silenciosa pasó entre cada uno de ellos antes de que sus ojos se volvieran hacia mí. Al principio no tuvieron que decir nada para que yo tuviera alguna idea de hacia dónde probablemente se dirigiría esta conversación.

"Me dice que entiendes cómo funcionan los negocios en México".

Lo sabía.

Tomando un sorbo de mi bebida, dudé en responder. Ya sabía muy bien a qué se refería, pero necesitaba estar seguro.

"¿Y qué negocio sería ese exactamente?"

Conociéndome tan bien como él, Jeff se dio cuenta de que la conversación me estaba molestando, cambiando su peso de un pie al otro; tal vez fue el vago tono sarcástico de mi voz o la mirada de mis ojos. "Don Miguel, esto es una fiesta, amigo mío", dijo, poniendo su mano en su hombro, "podemos hablar de negocios más tarde, por ahora solo disfrutemos de la velada".

Don Miguel me miró directamente, sus intensos ojos recorriendo arriba y abajo de nuevo, midiéndome y claramente irritado en el mejor de los casos por haber sido interrumpido.

"Muy bien", admitió encogiéndose de hombros, "trae a Tomás contigo mañana y podremos almorzar en Mérida".

Miré a Jeff con un dejo de sorpresa en mi expresión. "¿Mérida?" Pregunté.

"Pensé que podríamos ir en bicicleta", sugirió rápidamente, "¿a menos que tengas otros planes?"

Por una fracción de segundo, pensé si sería prudente que lamentablemente no estuviera disponible, especialmente teniendo en cuenta mi intuición sobre los negocios de Don Miguel. Tras mirar momentáneamente al invitado de Jeff, decidí no hacerlo.

"No, estoy de acuerdo", respondí mientras sacudía la cabeza con indiferencia.

"Bien", declaró don Miguel en voz alta, "Víctor y yo tenemos otros asuntos que atender esta noche, pero nos vemos mañana".

"Lo espero con ansias", agregué cortésmente mientras nos dábamos la mano y con eso se fueron.

Poniendo mi cara seria, dado que estaba seguro de saber qué tipo de personas eran Don Miguel y Víctor, me volví hacia Jeff y le dije: "Si no lo supiera mejor, diría que parecía una entrevista, Jeff. ¿Quieres contarme qué pasa o qué está pasando aquí?

Puso su mano sobre mi hombro y sonrió tranquilizadoramente. "No te preocupes por eso, Tomás. Prometo que hablaremos de ello más tarde, pero por ahora, ¿volvemos a la fiesta y tomamos otro trago?"

Mientras estábamos en la barra y cogíamos otra ronda de tragos, Jeff vio claramente que estaba absorto en mis pensamientos. "¿Qué pasa, Tomás?" cuestionó.

"Para ser honesto, solo estaba pensando en Don Miguel y Víctor", respondí. "No voy a mentir, esos tipos parecen sospechosos y no estoy listo ni dispuesto a volver a involucrarme en ese tipo de mierda".

Me rodeó con el brazo y sonrió con complicidad. "No te preocupes, Tomás. Ya sabes cómo son las cosas en México, cada uno con la mano extendida, viendo qué puede sacar de ti o qué puedes hacer por ellos".

"Sí, estoy más que consciente", respondí mientras tomaba un trago de mi whisky.

4 CAPITULO CUATRO

Estaba bajando el vaso de mis labios cuando el hermoso rostro sonriente de Diana entró en mi vista. "No llevamos aquí ni treinta minutos y ya me has dejado vagando solo. ¡Oye, Jeffryn, mostrémosle la vista a Tomas!

Sin esperar ningún tipo de respuesta, me agarró del brazo y me condujo a través de las puertas de vidrio y alrededor de la enorme piscina que estaba iluminada con brillantes luces azules. Eran casi tan brillantes como los dientes del enorme calvo que caminaba hacia nosotros. Su sonrisa era un poco inquietante, pero por la forma en que Diana parecía iluminarse no le presté demasiada atención.

"¡Cantrelle!" gritó mientras corría y saltaba a sus brazos. "¿Cuándo volviste?"

"Justo ahora", respondió él con el mismo acento sureño de Texas que el de ella.

Podría haber tenido una conducta muy amistosa, alguien educado pero jovial, pero no parecía el tipo de persona con la que querrías meterte. Debía medir al menos 6'4" y pesar más de 280 libras, la mayor parte de las cuales parecían ser músculos sólidos. Vestido con pantalones negros, y una camisa blanca ajustada, su elección de vestimenta simplemente enfatizaba el hecho de que estaba construido como un cagadero de ladrillos.

"Tomás, déjame presentarte a Cantrelle; él es el Capitán de mi barco y también jefe de Seguridad".

Dudando por un breve momento, extendí la mano y tomé su mano entre las mías. La fuerza de su agarre se sintió como una mordaza cerrándose alrededor de mis dedos. "¿Supongo que fuiste tú quien me quito el segundo lugar en el torneo?"

Parecía confundido, luego se dio cuenta de qué torneo estaba hablando y su sonrisa rápidamente se amplió. "Ah, no, me temo que ese no era yo, Cap… tuve que ir a Miami con María. En realidad, era mi marinero quien maneja el barco cuando yo no puedo".

No pude hacer nada más que poner los ojos en blanco y negar con la cabeza. "¡Genial, eso es aún peor!"

La revelación de Cantrelle de que su respaldo me había derrotado provocó la risa de todos los demás.

"Dijiste que estabas con María; ¿Está ella aquí? Pregunté, cambiando rápidamente de tema.

Él asintió con la cabeza hacia la puerta de cristal y mis ojos siguieron su gesto. "Sí, Cap, ella está en alguna parte de la casa".

De inmediato, el nerviosismo llenó mi pecho mientras mi corazón se aceleraba. María siempre tuvo una manera de provocarme una respuesta emocional. Siempre me agradó y no nos costó mucho darnos cuenta de que teníamos algo el uno por el otro. Terminamos saliendo y siempre supe que no sería más que una aventura y, sin embargo, todavía me dolía cuando ella termino la relación para ir a la universidad hace unos años.

Era el tipo de relación que me venía a la mente gracias a las cosas más aleatorias, ya fuera una escena de una película o una pieza musical. A veces me hacía sonreír al pensar en un momento tonto, otras veces me sentía realmente herido y la extrañaba. Sin embargo, era un juego completamente diferente encontrarse potencialmente cara a cara con ella nuevamente.

Salí de mis profundos pensamientos del pasado cuando escuché la inconfundible y suave voz de la hermana de Jeff gritando mi nombre. Al darme vuelta, fui recibida por la imagen de ella parada frente a mí con un sarón negro y un bikini. Todo su cuerpo estaba bronceado, lo que hacía que su sonrisa pareciera aún más brillante, y todavía tenía el pelo largo y negro hasta la mitad de la espalda. Con una altura de 5'8" y un físico atlético, fácilmente podría haber sido Miss América, pero era tan inteligente como hermosa y había forjado una increíble carrera en negocios después de graduarse de la Universidad de Miami.

"¿Cómo estás, Tomás?" dijo ella elegantemente. "Ha pasado demasiado tiempo".

Ella dio un paso adelante y me dio un largo abrazo, y durante el abrazo miré por encima de su hombro al grupo que se había movido hacia la barra para darnos algo de espacio a los dos.

"De hecho, así es". Respondí, tratando de mantener la compostura.

Cada vez que estoy cerca de ella, necesito todo lo que hay en mí para no perder el control. Ella no sólo es hermosa, es cautivadora. El tipo de mujer a la que no puedes quitarle las manos de encima.

No importa cuánto lo intentes.

"Jeff me dijo que finalmente compraste tu barco", afirmó con una cálida sonrisa mientras nos alejábamos el uno del otro.

"Escuchaste bien. Es uno viejo, pero la estoy arreglando poco a poco".

"Tendrás que darme una vuelta en el en algún momento", sugirió con un brillo en los ojos. El mismo destello que me derritió en más de una ocasión.

"Para ti... en cualquier momento", confirmé, muy feliz ante la idea de pasar un tiempo nuevamente. "Tengo una pregunta", pregunté mientras me acercaba de nuevo, "Jeff mencionó que te envió a los muelles hoy... no me estás vigilando, ¿verdad?"

Sus mejillas instantáneamente se sonrojaron ante mi pregunta. "Siempre, Tomás".

No podía decir si estaba bromeando o si el momento simplemente se había vuelto incómodo dada nuestra historia previa como pareja; Ciertamente me sentí incómodo, eso es seguro, así que rápidamente cambié de tema. "Jeff me dice que tus padres todavía están en la Ciudad de México y que ahora diriges el negocio".

"¿Quién vigila a quién, podría preguntar? Parece que tú también lo has estado haciendo", preguntó en broma. "En cuanto a mis padres, sí, ahora viven allí. Al menos durante los próximos cuatro años. Papá está trabajando para la administración del presidente Fox".

Mis cejas se alzaron ante su comentario mientras asentía impresionado antes de tomar un sorbo de mi bebida. "Estoy seguro de que está feliz por eso. Recuerdo a Jeff hablando de cómo había estado el viejo después de ese puesto durante mucho tiempo".

Ella duda en su respuesta mientras sus ojos miran alrededor de la piscina a los otros invitados antes de caer sobre mí una vez más. "Está empezando a haber un poco de ruido aquí afuera. ¿Quieres dar un paseo?"

¿Dar un paseo? Su repentino cambio de tono estuvo un poco fuera de lugar, pero dado cómo siempre habían sido las cosas entre nosotros, lo descarté con un movimiento de cabeza. "Seguro."

María me agarró del brazo y me hizo regresar al interior de la parte principal de la casa. Estaba claro que había algo en su mente. Por supuesto, eso también podría ser simplemente una ilusión de mi parte. O tal vez un poco de esperanza de que tal vez hubiera algo que reavivar. Lo último que esperaba al venir a México y pescar en el torneo era volver a verla.

Demonios, volver a ver a alguno de ellos.

Pero aquí estaba, de vuelta con la misma gente con la que me juntaba hace años.

El aire fresco de la noche nos recibió cuando salimos. Los dos nos dirigimos hacia una larga escalera, que estaba iluminada desde abajo por focos, antes de conducir hacia una parte menos poblada del patio.

"Este lugar es realmente extraordinario", dije entusiasmado, intentando entablar una conversación casual para aligerar el aire. Sin embargo, cuando se le escapó un suspiro, quedó claro que ella no compartía el mismo entusiasmo que yo.

"Oh, sí, es algo". Ella respondió, mientras miraba hacia la casa. Era difícil saber si pretendía parecer poco impresionada, así que fingí no darme cuenta. Aunque mi mente no podía alejarse de su actitud desconcertante. Especialmente considerando que ella usualmente era una persona bastante vibrante.

"Vi la casa de tus padres en lo alto de la colina mientras condu-cía", continué, tratando de no cambiar totalmente el tema, pero al menos pasar a algo en lo que ella pudiera querer participar. Lo cual pareció funcionar por el momento cuando su mirada se volvió hacia mí con una sonrisa burlona.

"Te haré saber que ese es mi hogar ahora", respondió ella en un tono burlonamente severo. "Lo admito, he estado remodelando algunas partes, pero sigue siendo más o menos igual que lo recuerdas". Su mirada se volvió hacia el edificio que albergaba la fiesta. "¿Sabes qué?… odio este lugar que Jeff ha construido, No lo sé, está todo un poco desordenado y ocupado".

Mis labios se abrieron sin encontrar palabras mientras miraba hacia la casa y luego de regreso a ella. Agarrándome del brazo, pareció deshacerse de cualquier pensamiento que tuviera sobre Jeff, su casa y la parte en la que nos conducía hacia la playa, con el chapoteo de las olas en la orilla mucho más audible que visible.

"Puede que haya cambiado mucho aquí arriba, pero esa pequeña ensenada entre aquí y mi lugar en la colina sigue siendo la misma que cuando solíamos bajar allí".

La idea de nuestros momentos *privados* juntos era algo en lo que pensaba a menudo. Recuerdos a los que me aferré, sin importar dónde terminé.

"Lo recuerdo, fueron buenos tiempos".

Ese comentario pareció animarla, una sonrisa apareció en su rostro mientras me miraba. "¡Eres un mal hombre, Tomas, ¡aprovechándote así de mí!"

"Oh, por favor, no creo que puedas culparme de todo eso". Respondí, burlándome de ella. "Según recuerdo, no estoy seguro exactamente de quién se aprovechó de quién esa noche".

Una enorme sonrisa apareció en sus labios cuando sus ojos se abrieron como platos. "Creo que te estás haciendo viejo. Tu memoria debe estar jugándote una mala pasada".

"Oh, mi memoria, ¿eh?"

Poniendo los ojos en blanco, juguetonamente me golpeó el hombro. "Vamos, bajemos allí y puedo mostrártelo de nuevo".

"¿En serio?"

La sonrisa en su rostro se transformó en una sonrisa de seducción mientras se encogía suavemente de hombros. "Tú decides."

La manera burlona en la que ella me había respondido hizo que mi polla se tensara dentro de mis pantalones. Cada parte de mí la deseaba. Tocarla, abrazarla… follarla hasta dejarla sin sentido. Pero a veces era difícil leerla, saber si hablaba en serio.

Sin embargo, mientras ella seguía caminando no pude evitar preguntarme si la María frente a mí era la antigua María. La divertida, alegre y rebelde María. O si simplemente se tratara de una mujer que buscaba algo o alguien con quien entretenerse por el momento.

De todos modos, mientras ella se movía, la seguí.

"Aparte de más luces para que puedas ver hacia dónde vas, se ve igual que lo recuerdo", confirmé mientras caminábamos del brazo hasta la pequeña ensenada que cortaba el acantilado en la parte inferior.

"Hice reconstruir el embarcadero el muelle en la orilla del agua, pero son del mismo tamaño y ubicación que antes". Añadió, contemplando el paisaje a su alrededor. "También hice construir un pequeño mirador con una plataforma para tomar el sol. Es muy agradable venir aquí y simplemente relajarse bajo el sol".

Al principio no era fácil de ver, pero una vez que encendió las luces, todo se volvió más visible. La forma en que brillaban en el agua era bastante hipnótica. Paseamos por los tablones desgastados por la intemperie que sobresalían hasta el agua. La caída una vez que llegabas al agua era bastante pronunciada y mientras miraba hacia la oscuridad, supe que las cosas eran diferentes debajo de la superficie.

Obligándome a salir de mis pensamientos, me tomé un momento para evaluar la situación actual mientras observaba todo lo que nos rodea. "¿Soy yo o la playa es más grande? Había más rocas de lava y arbustos de ese lado. De hecho, estoy seguro de ello… ¡todavía tengo la cicatriz en el pie!

Una suave risa se le escapó mientras se encogía de hombros una vez más. "Está bien, sí, ampliamos un poco la playa para hacerla más agradable a la vista".

La belleza de los cambios que hicieron está en todas partes. Pero para María, eran sólo un recuerdo de experiencias que ya había vivido.

"Admítelo, es increíble aquí abajo, ¿eh?" se jactó, sus ojos marrones brillaban mientras miraba con orgullo su pequeño santuario.

No se dijo nada más mientras envolvía su brazo con más fuerza alrededor del mío y apoyaba su cabeza en mi hombro. Nos sentamos allí en silencio mirando hacia la oscuridad. Cualquier sentimiento de incomodidad había pasado y ahora había sido reemplazado por una serena calma.

Ni siquiera lo pensé antes de preguntar: "¿Estás saliendo con alguien en este momento?".

Ella sacudió levemente la cabeza y luego confirmó: "No, bueno, nada serio, no es que tuviera tiempo, aunque quisiera. He estado trabajando mucho desde que asumí el mando de la empresa después de graduarme el año pasado. Planeo cambiar eso muy pronto ya que mi compañera de cuarto de la universidad trabaja para mí y planeo pasarle varias responsabilidades en los próximos meses".

Levanté mi brazo para soltarlo y lo puse alrededor de su cuello, apoyando mi cabeza en la de ella mientras lo hacía. "Ya conoces mi lema: ¡trabaja para vivir, no vivas para trabajar!"

"Es más fácil decirlo que hacerlo. Oh, extraño la simplicidad de la vida en la isla. Sé que no podemos volver al pasado, pero incluso algo similar sería bueno".

Ajustó su posición y movió su largo cabello hacia un lado, dejando al descubierto su cuello. "Veo que finalmente compraste tu barco. Sólo lo he visto de lejos; ¿Cuéntame sobre ella?

"Es un Viking de 55 pies. Uno nuevo era demasiado caro y estaba fuera de mi presupuesto, pero está muy bien equipado".

"Me emocioné por ti cuando me enteré", añadió con entusiasmo, "Sé que deseabas uno. Si el dinero fuera un problema para el barco, supongo que no seguirás trabajando en los campos petroleros".

Levanté la nariz y sacudí la cabeza suavemente. "No, eso está todo en el retrovisor, o debería decir en la popa. Realizo una variedad de otros trabajos que me permiten pagar la comida, el combustible y la cerveza".

"Oh, por la vida tranquila", dijo con reticencia.

"Oye, no todo es sol y arcoíris, ¿sabes? No siempre es fácil, pero me las arreglo", le expliqué. "Parece que tú y Jeff están bien, ¿más que solo arreglárselas?"

"Las apariencias no siempre son lo que parecen. Tú más que nadie deberías saber eso. Me preocupo por Jeff, mucho más de lo que él cree". La preocupación en su voz se notó al instante. "Es un gran fiestero y es muy rápido y fácil de confiar en la gente. Siempre hay imbéciles, gente mala y aquellos que buscan lo que pueden conseguir a su alrededor, influyéndolo y persuadiéndolo para que se involucre en cosas de las que debería mantenerse alejado".

Contuve mi respuesta por un momento. Estaba seguro de conocer al menos a algunas de las personas a las que se refería y, sin embargo, no estaba seguro si llevar la conversación por ese camino. Los dos me importan profundamente y no podría haber vivido conmigo mismo si Jeff terminara en problemas serios que yo podría haber ayudado a evitar si tan solo hubiera preguntado.

"¿Estaría en lo cierto al pensar que te refieres a don Miguel y su hermano?"

La pregunta quedó flotando en el aire y lamenté haber planteado el tema mientras se mantenía el silencio.

"¿Es tan obvio? Sí, entre muchos otros, pero Don Miguel es el peor. ¡Escucha, ten cuidado!" Si no lo supiera mejor, diría que fue un miedo genuino lo que tiñó cada palabra de ella. "Sé que Jeffryn estuvo hablando contigo y con Don Miguel, realmente quieres pensarlo dos veces antes de mezclarte con ellos".

"No tienes que preocuparte por mí, conozco el tipo y he tratado con ellos antes", le aseguré con calma.

Ella negó con la cabeza. "Por supuesto, si alguien te arrojara a los lobos, regresarías una semana después como el macho alfa", declaró con sarcasmo haciendo una suave entrada.

"¡¿Y eso qué significa?!" Respondí fingiendo shock.

"Tú sabes lo que quiero decir. Jeff no es como tú, Tomás. Él no tiene tu intuición, tus instintos de autoconservación, tu sospecha natural. Confía en todos y se mete en problemas a ciegas. Eres bueno para Jeff y él realmente te admira, te escuchará si muestras preocupación".

"Esta vez estoy aquí por algunas semanas. Veré lo que tiene en mente y prometo que, si es necesario, me lo llevaré a rastras si no me gusta lo que oigo. Incluso cuando no esté aquí, debes saber que estoy a sólo una llamada de distancia". Aunque María sabía esto, no pude evitar reiterárselo, un recordatorio en caso de que alguna vez lo necesitara.

María se metió los restos de su bebida en la boca y luego me entregó el vaso vacío con una sonrisa mientras pestañeaba. "Tomás... ¿serías tan amable de traernos otro mientras yo me relajo aquí?"

Mis ojos se pusieron en blanco como de costumbre y negué con la cabeza. Ella siempre podía envolverme en su dedo meñique. "Haces todo esto, importas la mitad del Sahara y ni siquiera se te ocurrió instalar una nevera aquí abajo. ¡Prioridades, señorita, prioridades!" Dije riendo.

Cuando comencé a caminar por el sendero, todo lo que escuché fue su risita detrás de mí.

5 CAPITULO CINCO

Parecía que el ambiente no era tan tranquilo en la casa. Estaba caminando por la terraza de la piscina hacia el bar cuando escuché el sonido de dos voces masculinas discutiendo en español. Ciertos idiomas se prestan a hacer que incluso un argumento suave suene intenso, siendo el alemán y el italiano dos ejemplos de ello, y el español otro. Desde el otro lado de la piscina, Jeff observaba a dos tipos aparentemente bastante borrachos discutiendo y empujándose entre sí.

"Oye, Jeff, parece que todos se llevan muy bien en este momento", dije, señalando a los dos hombres que se enfrentaban.

"En cada partido lo hacen, siempre hay uno o dos que empiezan esta mierda. Simplemente no pueden evitarlo", respondió con un suspiro.

Casi de inmediato, Cantrelle apareció a través de las puertas de vidrio y Jeff le hizo un gesto y luego señaló a los dos chicos. Caminó rápidamente y se paró entre ellos, momento en el que uno de los hombres, gritando, intentó empujar a Cantrelle fuera del camino. No lo logró y Cantrelle lo agarró en una rápida maniobra con sus enormes brazos y lo arrojó directamente a la piscina. Todos alrededor de la piscina se rieron de él mientras nadaba hacia un lado.

"Vamos, hombre". Cantrelle se agachó y lo ayudó a salir. "Es hora de que te vayas", afirmó mientras señalaba la puerta principal.

El hombre no opuso resistencia y tranquilamente siguió a Cantrelle fuera de la fiesta. La emoción momentánea no pareció empañar el ambiente de fiesta y en unos momentos todos seguían como si nada hubiera pasado.

"Claramente todavía sabes cómo organizar una fiesta", le dije a Jeff mientras levantaba mi copa en su dirección.

Él me sonrió con complicidad. "¿Supongo que tú y mi hermana os habéis vuelto a conocer?"

"Ella solo me estaba mostrando el muelle que arregló detrás de la antigua casa de tus padres", respondí, bastante inocentemente.

"Sí, sí, y yo juego en la selección mexicana de fútbol", bromeó. "Ahora, si me disculpas, voy a volver a familiarizarme por mi cuenta".

Estiró el brazo y esta hermosa mujer de grandes pechos, piel bronceada y largo cabello negro pasó debajo de él y lo besó.

"En serio, no es así en absoluto", insistí, aunque me sentí un poco avergonzado. "Honestamente, ahora solo somos amigos".

"Lo que tú digas, amigo mío", dijo en una especie de gesto de codazo y guiño. "Te recogeré mañana alrededor del mediodía en tu casa. Si no te veo, disfruta el resto de la noche". Con eso, se alejó, seguido de la mujer.

Por mí está bien, la verdad. No estaba dispuesto a confesar que todavía tenía fuertes sentimientos por María, pero qué importaba si ni siquiera podía convertirse en algo serio.

Caminé hacia la barra para tomar nuestras bebidas y en un extremo, Cantrelle estaba sentada con Diana.

"Me gustó la forma en que trataste a nuestro irritado invitado hace un momento. Por un momento pensé que lo ibas a golpear cuando te empujó", confesé.

"No, Cap", respondió sacudiendo la cabeza. "Sólo necesitaba calmarlo".

"Misión cumplida", dije riendo.

Charlé con ellos un rato mientras servían las bebidas. Era fácil ver por qué a todos les gustaba Cantrelle. Puede parecer un bruto, pero siempre estaba sonriendo y tenía una personalidad muy agradable. Facilitó la salida en los barcos.

"Espero que ambos me disculpen", pregunté mientras recogía las bebidas, "hay una señora sedienta esperándola".

Me despedí de ellos y regresé al camino y bajé al muelle. María me vio llegar mucho antes de que llegara donde ella todavía estaba sentada.

"¿Espero no haber estado fuera tanto tiempo como para que te fueras?" Yo pregunté.

"No seas tonto. Estaba recordando la última vez que estuvimos aquí", respondió mientras le entregaba la bebida y me sentaba a su lado.

"¿Cómo podría olvidarlo?"

En ese momento, ella se había deslizado hacia mí e incluso puso su mano en mi pierna.

"Cuidado, no empieces algo que no tienes intención de terminar", dije con una ceja levantada al estilo Spock.

La sonrisa malvada que le dio dijo más que cualquier palabra. Después de beber su bebida, se paró frente a mí y dejó caer su pareo al suelo para revelar su deliciosa piel oliva. Levanté la mano, la puse encima de mí y comencé a besar su cuello.

"Tomás, te he extrañado", me dijo mientras me rodeaba el cuello con sus brazos.

"Yo también. Honestamente, nunca pensé que volvería a estar aquí contigo", le dije.

Se giró sobre su espalda y me puso encima de ella. Ambos nos queríamos el uno al otro, eso estaba claro, pero ambos también parecíamos tener la necesidad de saborear el momento. Como amantes reunidos, ambos cerramos los ojos mientras estábamos abrazados.

Lo siguiente que supe fue que María me sacudía el brazo vibrantemente y me llamaba por mi nombre.

"¡Tomás, Tomás, despierta, dormilón!"

"Uhhh", dije aturdido mientras me daba la vuelta. "¿Qué pasó?" Empecé a mirar mi reloj.

"Son más de las 4 a. m.", respondió con una risita, "de hecho nos quedamos dormidos. Creo que tal vez ambos ya habíamos bebido lo suficiente".

"Aún es temprano en la mañana, creo que todavía estamos a tiempo de continuar donde lo dejamos", sugerí, medio en broma, pero con cierta honestidad.

"Puede que esté bien para ti, pero tengo que levantarme en tres horas porque tengo un vuelo a las 8 a.m. a Miami", respondió, golpeándome juguetonamente en el hombro.

"¿Ah, de verdad?"

La decepción me llenó mientras me sentaba. La brisa fresca que soplaba desde el agua me golpeó en la cara, forzando una pequeña sonrisa en mis labios.

"¿Vas a estar fuera por mucho tiempo?" Pregunté, curioso sobre cuáles eran sus planes.

"Sólo hasta el final de la semana. De todos modos, no creo que debas preocuparte demasiado. Estoy seguro de que Jeffryn tiene planes para ti".

Eso fue un hecho.

Ambos nos vestimos y nos pusimos presentables, antes de que María sugiriera que fuéramos a su casa para que pudiera hacer algo de desayunar antes de prepararse para el vuelo. La idea de pasar un poco más de tiempo con ella parecía agradable. Había pasado demasiado tiempo desde que tuve la oportunidad.

Al igual que el camino desde la casa de Jeffryn, al otro lado de la ensenada había otro que todavía estaba casi iluminado, incluso cuando el sol comenzaba a salir. Cuando llegamos a la cima y paseamos por el jardín, la casa apareció a la vista. Desde fuera, todavía se veía casi exactamente como antes.

Había un gran patio cubierto que recorría toda la parte trasera de la casa; a la derecha, dos grandes puertas corredizas de vidrio conducían a la cocina y al comedor. En el segundo piso estaba el estudio y la sala de estar, o al menos así era.

Entré detrás de María y me tomé un momento para mirar alrededor del comedor. La familia siempre había estado interesada en el arte y noté la variedad de pinturas caras en la pared; Incluso reconocí a un par de ellos.

"Veo algunas pinturas antiguas que solían estar aquí, pero veo que las has agregado a la colección. Si no me equivoco, ¿veo que tienes un par de cuadros de Olga Guy?

Su cabeza giró más rápido de lo habitual con una expresión de genuino asombro en su rostro. "¿Cómo conoces su trabajo? Un Van Gogh, ya lo veo, pero una Olga Guy. Nunca fuiste del tipo artístico".

"Supongo que todavía no soy un tipo artístico. Fui a una exposición de arte con una amiga en Panama City cuando visitamos Florida y vimos algunas de sus pinturas. Para mí era bastante obvio que Olga es la artista latina más popular desde Frida Kahlo".

"Está bien, nunca pensé que tendría una conversación contigo sobre esto, pero por si sirve de algo, es verdad", dijo mientras recogía algunos artículos del refrigerador. "¿Qué tal unos chilaquiles para desayunar?"

"Suena bien."

Ella se ocupó, manteniendo la conversación mientras señalaba en dirección a una de las pinturas al fondo. "Ese se llama Deep Green, se lo compré a un coleccionista en Miami. ¡Me costó un de Diego, pero debía tenerlo!"

"Es impresionante, pero siempre tuviste buen gusto".

"Si le preguntaras a mamá o papá, o incluso a Jeffryn... creo que sugerirían que es un gusto caro", declaró con una sonrisa en los labios.

Era cara, todo el mundo lo sabía.

"Oye, tú lo dijiste, no yo".

María preparó los chilaquiles y, antes de darme cuenta, estábamos comiéndolos en la mesa antes de que ella corriera escaleras arriba para darse una ducha y prepararse para su viaje. Siempre llegaba en el último momento cuando se trataba de ir a algún lugar, algo que en realidad nunca había cambiado en ella.

Mientras ella corría sobre mí como un correcaminos sobrealimentado, me serví otra taza de café y simplemente disfruté de estar en su casa. La propiedad era hermosa y, cuando me senté a la mesa, no pude evitar admirar el agua fuera de la ventana del comedor. La vista era la que eventualmente quería tener. Un poco de envidia me invadió al pensar en despertarme con este tipo de vista todos los días.

Quizás cuando me jubile.

Pensé en la primera vez que Jeff me invitó a su casa. Su familia era muy parecida a la mía: muy acogedora con los extraños. Su padre era un empresario destacado con muchos vínculos políticos. Conocía a todos, sin importar si eso era bueno o malo.

Su madre era una mujer extremadamente decidida que parecía mantener todo en orden. Ella era anticuada en algunos aspectos, insistía en que todos se sentaran a la mesa durante las comidas y encargaba las tareas a los niños.

Conociéndolos como los conozco, sospecho que Jeffryn y María fueron difíciles cuando se trataba de eso. Una pequeña sonrisa apareció en mi rostro cuando pensé en la primera vez que cenamos juntos.

Fue una comida increíble y cuando todos terminaron, su mamá le hizo un gesto a María, quien inmediatamente se volvió hacia mí y me dijo: "No creas que saldrás de esto. Yo lavaré los platos, tú lo secarás y Jeffryn podrá guardarlo todo".

Eso proporcionó a todos los demás mucha diversión mientras se reían con sus bebidas mientras me dirigía al fregadero con una pila de platos en mis manos. Me hizo sentir como en casa y como un miembro más de la familia. Nada que ver a cómo me siento ahora. Incluso había un aire de domesticación en mi mente. Vivir en un barco era un poco diferente a vivir en una casa y, con una taza en la mano, me recordaba esa noche.

"¿Estabas hablando solo contigo mismo?", preguntó María mientras bajaba las escaleras vestidas con un traje negro, pero con el cabello todavía húmedo. "Esa es la primera señal de locura, ¿sabes?"

"No, solo estaba pensando en la primera vez que cenamos aquí y en cómo terminamos lavando los platos. Simplemente me hizo sonreír".

"La expresión de tu cara cuando te dije que estabas ayudando con los platos… no tiene precio. Pero desafortunadamente, no tengo tiempo para recordar buenos momentos contigo. Ya es tarde y realmente tengo que irme". Ella respondió, frunciendo el ceño formando sus labios mientras yo me ponía de pie y dejaba mi taza sobre la mesa.

"Está bien, sé que eres una mujer ocupada".

"A veces... ¿necesitas que te lleven a tu barco?" preguntó mientras corría de un lado a otro tomando su bolso y su maleta de mano.

"No, estoy bien. Jeff me prestó el Range Rover. Puedo simplemente caminar de regreso a su casa a través de la ensenada y recogerlo".

"¿Estás seguro?" Preguntó, deteniéndose en seco con vacilación. "No me importa llevarte".

Una suave risa se me escapó mientras sacudía la cabeza. "No, estoy seguro. Te puedes ir".

"Bueno. Bueno, ya sabes dónde está la llave de repuesto, cierra cuando salgas. Volveré el viernes si quieres pasar el rato". Corriendo hacia mí, me dio un suave beso en la mejilla antes de girarse y salir por la puerta.

Lo último que esperaba era tener un momento como este con ella. Demonios, incluso estar en el lugar donde estoy ahora. Pero entre ella y su hermano, no puedo evitar pensar que es por una razón.

Es simplemente descubrir cuál es esa razón.

Tomándome un momento, me llevé la taza a los labios una vez más mientras volvía a centrar mi atención en el mundo fuera de la ventana. Mis pensamientos pasaron de mis interacciones con ellos a mis planes para el día.

El barco necesitaba un cambio de aceite, pero eso podría posponerse para otro día. También necesitaba hacer algo de mantenimiento en el generador antes de que se me volviera a estropear, pero eso no tenía nada de divertido. Me dije a mí mismo que había parcheado, tapado, pateado, maldecido y arreglado esa maldita cosa innumerables veces. Sin embargo, me hizo bajar un poco el estado de ánimo optimista en el que había estado.

Decidí no hacerlo y mi atención se centró en la sugerencia que había hecho Jeff. Tal vez me daría algo de dinero para arreglar las cosas correctamente. Claro, el me prestaría el dinero si se lo pedía, pero quería que fuera el último recurso. Al menos pude ver qué tenía exactamente en mente.

Lavando mi taza de café, salí por la puerta asegurándome de que estuviera cerrada con llave antes de colocar la llave de repuesto en su lugar. Mis pies una vez más me llevaron por el camino que conducía de regreso a la casa de Jeff.

No se sabe qué tipo de cosas había planeado para mí.

Pero una cosa es segura... Seguro que será interesante.

6 CAPITULO SEIS

Conducir de regreso a la marina fue pura felicidad. El sol salió lentamente detrás de mí, arrojando un brillo dorado sobre todo lo que estaba a su alcance. El aire salado del océano llenó mis fosas nasales mientras conducía con la ventanilla bajada, el sonido del motor se mezclaba con los débiles gritos de las gaviotas al despertarse para comenzar el día.

Mientras continuaba por el lado norte de la isla, pude ver la marina apareciendo a la vista. Los barcos se balanceaban suavemente en el agua y sus mástiles se balanceaban ligeramente con las suaves olas. El resto del océano estaba tranquilo y sereno, ofreciendo un camino resplandeciente hacia el horizonte. La mañana ya estaba llena de actividad, mientras la gente realizaba sus tareas diarias o se dirigía a la playa, más allá de la Marina.

Era una rutina que se repetía cada mañana y cada tarde, mientras todos buscaban refugio del calor abrasador del mediodía. De aquí surgió el término "siesta", una palabra española que significa descanso o descanso por la tarde.

El camino de grava que conducía al estacionamiento detrás del Tiki crujió bajo mis neumáticos cuando entré. Por la puerta trasera, salieron Cantrelle y Diana, ambos con chalecos salva-vidas y despertando mi interés sobre lo que estaban haciendo esta mañana.

"¿A dónde van ustedes dos?" Pregunté mientras salía de mi auto. "¿Se está hundiendo un barco?"

"Saldremos en motos acuáticas", respondió Cantrelle con un brillo travieso en los ojos. "¿Te apetece unirte a nosotros?"

"Con mucho gusto", respondí, intrigado por su oferta.

"Hay mucho espacio", se rió Cantrelle, con los ojos bailando de diversión.

"Sólo dame un minuto para revisar el barco y aplicar un poco de protector solar", dije, dirigiéndome rápidamente por el embarcadero hacia mi barco. No podía pasar todo mi tiempo aquí concentrado en el trabajo. Jeff ni siquiera estaba en su casa cuando regresé esta mañana. Podría divertirme un poco mientras pueda.

Sin embargo, tan pronto como llegué a mi barco, dudé. Estaba claro que alguien había estado a bordo en mi ausencia. Las huellas de zapatos en la terraza, pertenecientes a alguien con pies grandes, eran un claro indicio.

Después de asegurarme de que no había nadie todavía a bordo y que todo estaba en su lugar, dejé ese pensamiento a un lado. Tal vez fue sólo un capitán de puerto entrometido que controlaba las cosas. ¿Quién sabe por estos lares? Haciendo caso omiso, me apliqué protector solar y tomé una botella de agua antes de regresar a la playa.

Cantrelle y Diana ya estaban metiendo las motos acuáticas en el agua, o jet skis, como se las llamaba más comúnmente. A pesar de las aguas agitadas, era sorprendentemente pacífico.

"Ya lo tengo todo listo, Cap", declaró Cantrelle con una sonrisa. "Estamos dando una vuelta por el lado este de la isla y deberíamos regresar en una hora. Diana tiene camarones para hervir..."

Pasé la mano por el elegante diseño de una de las motos acuáticas, impresionada por su artesanía. La risa de Cantrelle me devolvió a la realidad.

"Toma ese, amigo mío", dijo, señalando hacia el agua. "Pero ten cuidado... todos están sobrealimentados y realmente pueden volar".

Asintiendo, me subí a la moto acuática y aceleré el motor, ansioso por sentir la emoción de cruzar el océano a toda velocidad.

"¡Dirige el camino!" Le grité a Cantrelle mientras él se lanzaba hacia las olas y arrancaba a toda velocidad. Seguí su ejemplo, sintiendo la euforia de deslizarme sobre el agua a altas velocidades.

Mientras saltábamos y saltábamos sobre las suaves olas, Cantrelle señaló un elegante barco de pesca deportiva que se acercaba a la Marina. Su estela agitó el agua detrás de él, creando una oportunidad perfecta para que saltáramos de un lado a otro al unísono. El sonido de nuestra risa resonó a través del océano mientras seguíamos el camino del barco hacia el lado este de la isla.

El agua se había calmado considerablemente cuando llegamos a nuestro destino, apareciendo como un espejo brillante que refleja los rayos del sol bailando arriba. Al acercarnos a la orilla, pudimos ver el magnífico arrecife de coral que se extendía hacia el océano antes de caer dramáticamente. Un arco iris de peces de colores volaba a nuestro alrededor mientras elegantes rayas se deslizaban a lo largo del borde más profundo del arrecife.

Mientras seguíamos yendo y viniendo a través del océano, no pude evitar echar miradas furtivas a la lujosa casa de Jeff en lo alto de un acantilado en el lado sur de la isla. A pesar de alcanzar velocidades de 50 mph, destacaba como un faro contra el cielo azul. No pude evitar preguntarme cuánto dinero debió haber invertido en una morada tan lujosa.

Mis pensamientos fueron interrumpidos por la comprensión de que Jeff probablemente estaba planeando ofrecerme un trabajo en su línea de trabajo, que probablemente era apenas legal o incluso ilegal. El atractivo del dinero fácil me tentó mientras corría por el agua, pero mis experiencias pasadas en esta línea de trabajo me provocaron escalofríos. Sabía muy bien que, a pesar de toda su riqueza, había muchos peligros y enemigos acechando en este mundo.

Mi mente se aceleró mientras consideraba la oferta de Jeff. Claro, el dinero sería útil; finalmente podría arreglar mi generador y tal vez incluso construir una torre, pero ¿a qué costo? Mi abrupta salida de este negocio no había sido bien recibida por algunos individuos muy poderosos y peligrosos que no dudarían en hacerme daño si tuvieran la oportunidad. La idea de arriesgarlo todo nuevamente por una oportunidad de hacer riqueza me hizo estremecer mientras continuaba corriendo por el agua, mi mente dividida entre el miedo y la tentación.

Mientras volábamos sobre las cristalinas aguas azules, Cantrelle y Diana se adelantaron. Aceleré el motor de mi moto acuática y los alcancé justo cuando llegamos al lado de Cancún. Nosotros continuamos por la costa hasta que le llegó el turno a Diana de quedarse atrás. Redujimos la velocidad para dejar que ella nos alcanzara, tomando sorbos de nuestras botellas de agua en el calor abrasador.

"Me alegra mucho que me hayas invitado aquí", exclamó Diana.

"No hay problema, Capitán", respondió Cantrelle con una sonrisa. "Normalmente pasamos un día entero dando vueltas alrededor de los cayos, pero hoy solo vamos a dar la vuelta a un lado y regresar. Es hora de dar la vuelta, así que demos la vuelta al ferry".

Volvimos por donde habíamos venido, terminando en la mitad de tiempo ya que no paramos a jugar en ninguna estela ni a perdernos en nuestros pensamientos. A medida que nos acercábamos a la playa, pisamos el acelerador y montamos nuestras motos acuáticas directamente en la arena, con los motores apagándose simultáneamente.

"¡Eso fue increíble!" -gritó Diana-. "Tengo que empezar con esos camarones".

Le dio a Cantrelle un beso en la mejilla antes de correr por la playa con su bikini blanco.

"¿Necesitas ayuda para guardarlos?" Le pregunté a Cantrelle.

"No, lo tenemos", dijo, señalando a un joven mexicano que caminaba hacia nosotros. "Este es José, mi marinero. Él fue quien condujo el barco en el torneo de ayer".

"Es un placer conocerte, José", le dije, estrechándole la mano.

"Tú también. ¿Eres capitán?" preguntó.

"Sí, tengo el Cabo San Blas amarrado en el puerto detrás de Tiki". Señalé mi bote y José sonrió antes de chocar los cinco con Cantrelle.

"Cap, ayer casi ganaste el torneo... hasta que atrapamos la última gran ola justo afuera del arrecife", se jactó con confianza. Era un pequeño idiota engreído, pero había algo en él que me gustaba.

"Gana un poco, pierde un poco, así es la vida, chico". Respondí, mis ojos se dirigieron hacia mi bote una vez más antes de que se volviera hacia ellos. "Bueno, tengo algunas cosas de las que ocuparme, pero los veré a ambos en un momento".

"Suena bien." Cantrelle respondió asintiendo con la cabeza. "Estaremos allí en un par de horas".

Mientras paseaba por la playa de arena, vi a Diana y sus compañeros de trabajo colocando una olla grande en la plataforma de madera cerca de la marina. Estaban en pleno modo de organización, preparándose para el hervido de camarones al que ella estaba tan ansiosa por volver. Era una locura cómo las cosas podían ser tan diferentes en este lugar que, en casa, pero tan similares al mismo tiempo.

Mientras me acercaba a mi barco, me saludó el sonido distante de una banda que se instalaba en el estacionamiento cercano. La música era sólo una muestra de lo que seguramente vendría más tarde ese día, cuando todos se reunieran.

Era el día perfecto para hervir camarones. Entre la brisa fresca que viene del océano, la suavidad del agua y los cálidos rayos del sol, no sé si algo podría ser mejor.

Después de una ducha rápida en cubierta y un cambio de ropa limpia, me encontré relajándome en el aire acondicionado para refrescarme del intenso calor que irradiaba el exterior. Con una Corona fría en la mano, me hundí en el sofá y dejé que mi mente vagara por los recuerdos de María. Su sonrisa y risa resonaron en mi mente, recordándome cuánto la extrañaba. A pesar de nuestra reciente ruptura, ella siempre estuvo en mi mente.

Éramos demasiado diferentes, pero eso no cambió el amor que sentía por ella.

Perdido en pensamientos agridulces, me quedé dormido sin siquiera darme cuenta, con el corazón cargado de anhelo por lo que podría haber sido.

Un par de horas más tarde me despertó el sonido de gente riendo y música de fondo. Parpadeé un par de veces para sacarme por completo de mi siesta temprana y miré mi reloj para ver que era casi mediodía. Me levanté del sofá, tomé otra cerveza fría del refrigerador y salí de mi bote hacia el Tiki.

Mi estómago gruñe con la anticipación de la comida.

Inmediatamente vi a Jeff y Cantrelle, quienes estaban sentados alrededor de una mesa con media docena de hombres más, algunos de los cuales reconocí de la fiesta de la noche anterior y otros no. Jeff me vio casi de inmediato. Una sonrisa iluminó un asiento mientras me llamaba mientras señalaba una silla vacía.

"Toma asiento, gringo".

"Su apodo para mí", le expliqué poniendo los ojos en blanco mientras todos me miraban y se reían.

La mesa frente a nosotros estaba cubierta con varias capas de periódico y cubriendo gran parte de la mesa había un montón de camarones recién hervidos con trozos de mazorcas de maíz esparcidos por todas partes. Lo cual agradecí, considerando el hambre que tenía cuando me desperté de la siesta.

A mitad de mi tercer bocado, miré a través de la cubierta y vi a Diana esperando con una bandeja llena de cervezas por una mesa al otro lado. Sus ojos conectaron con los míos una vez que hizo su entrega, asintiendo solo una vez como si leyera mi mente.

"Mira quién finalmente decidió aparecer", bromeó con una sonrisa mientras dejaba la cerveza a mi lado.

"Gracias", le dije mientras tomaba la cerveza y tomaba algunos de los camarones. "Lo siento, me quedé dormido un poco después de correr en el agua. Pero parece que llegué justo a tiempo".

"Oh, tiempo más que suficiente para los camarones", respondió cuando alguien la llamó desde el otro lado del Tiki. "Hay que correr, tenemos mucha gente sedienta. Volveré con otra en breve".

Mientras ella se alejaba, me acerqué al centro de la mesa y agarré otro montón de camarones. Sólo para que Jeff se inclinara hacia mí en el mismo momento.

"Vamos a Mérida esta tarde, ¿Eso es si es que1 estás listo para ese viaje?"

Por mucho que estuviera interesado en el dinero y en ver qué tenía en mente, en realidad me sentía un poco agotado. Tal vez fue la ola de antes, la siesta de media mañana o demasiados camarones, de cualquier manera, simplemente no pude entusiasmarme por eso.

Al menos no ahora.

Me recosté en mi silla tomándome un momento para pensarlo antes de mirar a Jeff con un profundo suspiro. "Vamos a tener que posponer eso, hombre, me siento totalmente agotado después de la fiesta de anoche y de estar en el agua esta mañana".

Jeff se rió entre dientes cuando una sonrisa apareció en sus labios. "¿En realidad? ¿Mi hermana te mantuvo despierto después de la hora de dormir, viejo?

La idea de lo que María y yo hicimos la noche anterior fue solo un momento de burla dentro de mis recuerdos. Por mucho que me hubiera gustado hacer más con ella, no tuve la oportunidad. Asentí levemente con la cabeza mientras me llevaba la cerveza a los labios. Jeff rápidamente se sumergió en su teléfono celular para hacer una llamada que una vez más me dejó sola con mis pensamientos.

¿Qué tiene mi conexión con María que me tiene tan nervioso?

El resto de la mesa volvió a charlar y comer mientras observaba a Jeff levantarse y alejarse con la promesa de volver enseguida. ¿Qué estaba haciendo? De repente parecía estar bajo mucha presión y eso no era propio de él, en absoluto. Siempre fue el tipo de hombre despreocupado, pero parecía estar molesto. Incapaz de relajarse y divertirse.

Estaba perdido en mis pensamientos cuando Diana me tocó el hombro. "¿Cómo está la comida?"

"Está fantástica, mis felicitaciones al chef".

Ella se rió. "¿Cuándo me llevarás a dar ese paseo en tu barco que mencionaste?"

"Parece que estoy libre esta tarde. ¿A qué hora terminas?

A pesar de saber que involucrarme con esta mujer podría traerme problemas, no pude resistirme a su encantadora compañía. Su rostro se iluminó cuando le pregunté si quería que la llevaran, y rápidamente confirmó que quería antes de disculparse para recoger sus cosas.

Mientras tanto, Jeff regresó y se sentó a mi lado, distraídamente metiéndose camarones en la boca. Le pregunté sobre Diana y él respondió casualmente que ella era simplemente una chica genial. Pero su comportamiento tenso y su tono indiferente revelaron lo contrario.

"Parecía que ella tenía algo que ver con Cantrelle", respondí, una sonrisa cruzó su rostro mientras sacudía la cabeza.

"No llevo la cuenta de cosas así amigo, pero te puedo asegurar que si lo fuera... no te entretendría así. Diana es una buena mujer, deberías disfrutar de su compañía".

Para él es fácil decirlo. Lo último que quería hacer era enojar a alguien tan intimidante como Cantrelle. Incluso si Jeff dice que no sería un problema.

Mientras charlábamos, dos chicas en la mesa me llamaron la atención. Tracy y Heather eran de un catamarán de 60 pies llamado Dynasty, e intercambiamos una pequeña charla hasta que Diana regresó a mi lado con su cuerpo perfectamente curvado saltando de emoción.

"¿Estás listo para partir?" preguntó, su mirada traviesa brillando hacia mí me hizo reír mientras asentía con la cabeza.

"Seguro. ¿Por qué no?"

No es que pueda meterme en muchos problemas, ¿verdad?

7 CAPITULO SIETE

El viento salado nos revolvió el pelo cuando subimos a bordo de mi querido barco y nos adentramos en la acogedora cabina. Los ojos de Diana se abrieron con asombro al contemplar el interior de madera recién barnizada; sus dedos trazaron la suave superficie con admiración. No pude evitar sentir una oleada de orgullo ante su reacción, sabiendo todo el arduo trabajo que había puesto en este recipiente.

"Es hermoso", ronroneó, bebiendo cada centímetro de la cabaña.

"La he estado arreglando durante los últimos dos años", dije con un toque de satisfacción en mi voz.

Diana continuó explorando, deteniéndose para mirar fotografías colgadas en un aparador: una mía sonriendo junto a mi mejor amigo Jeff. Incapaz de resistirme a mostrar mi trabajo, me jacté de mis mejoras.

"Los instalé yo mismo", dije con un dejo de orgullo en mi voz. "El interior ya casi está terminado, pero aún quedan algunos problemas mecánicos menores que solucionar".

"¿Problemas mecánicos?" Diana levantó una ceja. "¿No significa eso que no podemos partir?"

Me eché a reír. "Por supuesto que no. Sólo se refiere a las piezas del generador. El motor está perfectamente bien. ¿Listo para sacarla?"

"Dios, sí", sonrió Diana.

"Ponte cómoda mientras termino", les dije, sacándole una botella de agua de la hielera y una cerveza fría para mí.

Ella se sentó en la nevera y yo ocupé el motor en la parte trasera del barco y observé atentamente.

"Estos motores están impecables", dijo.

"Es mi orgullo y alegría", dije, sonriendo. "No es nuevo como el barco de Jeff, pero tiene mucha potencia".

"Eso veo", se rió Diana.

Solo sonreí con complicidad, sabiendo a dónde iba a llegar esto. Mientras terminaba mis controles previos a la navegación, le conté cómo encontré esta belleza.

"De hecho, lo compré en una subasta de la DEA en Miami", dije. "Solía ser un famoso barco de contrabando de drogas. Está equipado con dos turbos en cada motor, capaces de producir más de cuatro mil caballos de fuerza".

"¿Eso es mucho?" -Preguntó Diana.

"Se podría decir eso", me reí entre dientes. "La mayoría de los barcos de este tamaño suelen navegar entre 12 y 25 nudos por hora. Este bebé puede llegar a los sesenta, pero consume combustible como loco".

Con un elegante movimiento, se quitó la camiseta húmeda, dejando al descubierto un top de bikini negro y unos pantalones cortos de baño a juego que abrazaban sus curvas en todos los lugares correctos. Con una capa de sudor en su piel bronceada, estaba sentada a mi lado en la popa del barco, el sol resaltaba los mechones dorados de su cabello. Hice lo mejor que pude para evitar que mis ojos recorrieran su escote; No sirvió de nada. Su sonrisa me atrapó.

Mientras me preparaba para el viaje, no pude evitar pensar en lo cómoda que parecía andar por el barco, preparando el equipo con facilidad. Puse en marcha los motores, cuyo rugido me puso la piel de gallina, como siempre. Diana se estremeció ante el ruido, así que me apresuré a cerrar las escotillas para suavizar el ruido. Mientras me dirigía hacia la proa para soltar las líneas, vi grandes huellas allí arriba y sentí una punzada de alarma. ¿Alguien había estado merodeando antes? Se me ocurrió la idea de instalar cámaras de vigilancia.

Finalmente, listo para zarpar, fui a la cabina y puse los motores en marcha. Nos alejamos lentamente de la Marina y una vez que superamos cualquier obstáculo potencial, apreté el acelerador a 2800 rpm. Los motores zumbaron suavemente cuando alcanzamos nuestra velocidad de crucero perfecta de 26 nudos, aunque me aseguré de no forzarlos demasiado considerando mi situación financiera actual.

Con rumbo oeste hacia Progreso, nos puse en piloto automático y me senté junto a Diana en el banco. Charlamos y disfrutamos de la espectacular vista del infinito océano azul que se extendía ante nosotros, estando atentos al radar por si acaso. De repente, la voz preocupada de Diana me sacó de mi alegría.

"Um. ¿Quién conduce el barco?" preguntó vacilante.

"No te preocupes, está en piloto automático. Vamos a ir a esta ensenada apartada que conozco y luego a cenar a un gran restaurante frente a la playa", dije, tratando de no mostrar mi diversión.

"¿Cena?" —repitió con sorpresa.

"Dijiste que no tenías ningún plan hoy, ¿no?"

"Sí, pero no traje ropa adecuada para una cena elegante", dijo un poco aprensiva.

"No te preocupes por eso. Es un lugar informal junto a la playa, créeme, nadie va a estar con traje y corbata allí", dije con una sonrisa, la satisfacción calentó mi piel como el sol afuera mientras ella se acercaba más a mí.

El barco surcó las aguas, el zumbido melódico del motor se mezcló con el suave chapoteo de las olas contra el casco. Diana y yo nos sentamos uno al lado del otro, contemplando la impresionante vista de los exuberantes manglares y las prístinas playas de arena. El aire salado del océano llenó nuestros pulmones mientras navegábamos por la costa.

Por unos momentos, nos sentamos en un cómodo silencio hasta que finalmente lo rompí y le pregunté cuándo planeaba regresar a Estados Unidos. Se giró para mirar la extensión de agua, sus rasgos con un toque de incertidumbre. "Me lo he estado tomando con calma", respondió ella lentamente. "Me encanta este estilo de vida aquí, pero eventualmente tendré que empezar a considerar mi futuro".

"Lo entiendo totalmente", asentí con simpatía. "Yo también siempre había deseado vivir en un barco. Fue necesario mucho esfuerzo para hacer realidad este sueño."

Diana dijo que había estado de vacaciones en Florida inmediatamente después de graduarse de la Universidad Texas A&M, y me emocionó mucho saber que era Aggie. Los dos nos perdimos en discusión sobre nuestra Alma-máter.

"Mi papá está con la Patrulla Fronteriza", dijo. "Recibo muchas ofertas de las autoridades estatales y federales, pero crecer con esto me hace cuestionar la vida, realmente. Quiero decir, no sé si ese es el camino que quiero tomar".

Un matiz de tristeza cruzó por su expresión, y traté de aligerar la atmósfera pidiéndole en broma que olvidara todo lo que nos había visto hacer a Jeff y a mí si alguna vez se convertía en abogada.

"No fueron sólo ustedes dos", respondió Diana en broma. "Yo tampoco soy inocente".

Eso era algo en lo que definitivamente creía.

Más lejos, mientras resoplábamos costa arriba, rememorando aventuras pasadas, el lado humorístico de algunas de ellas nos hizo estallar en una carcajada loca. En aproximadamente una hora, le señalé la apertura de mi entrada secreta escondida en una ensenada en un pequeño corte de manglares, que daba a una playa desierta.

"Deberíamos ir a nadar", dijo Diana emocionada, y sin esperar a escuchar mis pensamientos al respecto, se zambulló en las aguas cristalinas.

Por mucho que extrañara a María, Diana era capaz de distraerme de las cosas. Permitiéndome la oportunidad de relajarme como quiero. Algo que realmente necesitaba debido a todo lo demás que estaba sucediendo en mi vida.

"¡Vamos!" Ella gritó en el momento en que rompió la superficie del agua. "Es asombroso".

Mientras me sumergía en el océano cristalino, la oleada inicial de alegría dominó mi ser. Sin embargo, al ir más abajo, esta sensación de serenidad se desvaneció cuando vi la contaminación esparcida por el fondo del mar. Fue un recordatorio muy contundente de lo descuidados que pueden ser los humanos, incluso en un lugar tan hermoso.

Nadé de nuevo y vi a Diana, mi amiga aventurera, de espaldas en el agua, muy decepcionada por mi falta de emoción. "¿Pasa algo?"

"Hay basura en el fondo. A algunos pescadores no les importaba lo que hacían aquí".

Ella dudó un minuto, nadando hacia mí, antes de dejar escapar un suave suspiro. "Bueno, supongo que deberíamos limpiarlo".

Por mucho que quisiera pasar tiempo con ella aquí… no podía dejar la basura atrás. "No tienes que ayudar. No tomará mucho tiempo hacerlo".

"No seas tonto", se burló con una sonrisa. "Por supuesto que te ayudaré. ¿Tienes equipo de buceo?"

"Sí… lo hago, en el barco."

"Bien, hagámoslo". Y dicho esto, nadó hacia el barco, dejándome reflexionar sobre su disposición a ayudar antes de seguirla rápidamente. No esperaba que ella quisiera ayudar. La mayoría de las mujeres que conozco no hubieran querido hacerlo. Pero Diana era diferente. Claramente.

Equipados, volvimos a sumergirnos y trabajamos juntos para recoger toda la basura. Cinco bolsas después, la satisfacción de restaurar el fondo del océano me invadió, pero no podía quitarme de encima el sentimiento de ira hacia quienes lo habían dejado en tal estado. La inmersión, antes pacífica, se convirtió en una mezcla conflictiva de aprecio y frustración.

¿Cómo alguien puede ser tan descuidado con algo tan hermoso?

"Creo que eso debería bastar", la llamé desde el barco mientras terminaba de cargar la última bolsa en la cubierta. "Gracias por ayudar"

"No tienes que agradecerme", sonrió, todavía flotando en el agua con su equipo. "Como ya tenemos el equipo preparado y aún nos queda algo de aire, ¿por qué no vamos a explorar?"

Exploración. No había estado pensando en bucear hoy, y mucho menos en recoger basura del fondo del océano, pero dado lo agradable que estaba afuera, no había necesidad de desperdiciar más el día. También podríamos disfrutar mientras aún tengamos sol.

Salté del barco y descendí al fondo del agua. Azules y verdes brillantes nos envolvieron a Diana y a mí mientras explorábamos la magia del mundo submarino que nos rodea. Su hermoso cuerpo se movía a través del agua con una facilidad mágica mientras casualmente se giraba hacia mí de vez en cuando para asegurarse de que todavía la siguiera.

———

No estaba seguro de lo que había planeado para mí, pero con cada sonrisa en sus labios y el ligero roce de su cuerpo contra el mío, tuve una idea.

Navegamos a la deriva por el agua reluciente, suave como la seda, en dirección a la entrada de la ensenada. Nuestros cuerpos cortaron las olas como si fuera una segunda naturaleza. Cuando llegamos a la abertura, señalé un agujero en el arrecife de abajo, que brillaba con colores neón. El agua se derramó en él, formando un círculo deslumbrante en medio de los tonos brillantes del arrecife. Tenía unos tres metros de ancho y 4 de profundidad y un fondo arenoso.

Le hice una señal a Diana para que me acompañara mientras me hundía en el suelo arenoso, sintiendo que la presión cambiaba a mi alrededor. Sus ojos brillaron de emoción cuando se unió a mí allí abajo. Nos tomamos un momento para asimilarlo todo antes de guiarnos hacia una pequeña cueva a un lado del arrecife.

La entrada tenía sólo un metro de altura, pero conducía a una caverna impresionante, de tres metros de ancho. Más adelante, a unos quince metros de distancia, un místico resplandor azul venía desde arriba.

Utilicé señales con las manos para preguntarle a Diana si quería seguir explorando y ella me levantó el pulgar con entusiasmo. Mientras nadábamos uno tras otro por el estrecho pasaje, la vigilé de cerca, por si acaso. El océano es impresionante, pero nunca se sabe lo que podría estar al acecho.

Unos minutos más tarde, salimos de la cueva a una impresionante cámara subterránea que parecía una gran sala de estar. A un lado había una escalera que conducía a una abertura desde donde podíamos vislumbrar trozos de cielo y copas de árboles que se balanceaban. Una suave repisa de roca sobresalía de otra pared, moldeada por las suaves corrientes del océano a lo largo del tiempo. Y al fondo de la caverna había un viejo baúl de madera, de aspecto misterioso y lleno de aventuras.

Se quitó la máscara y el respirador y nadó hacia mí, observando con sus ojos todo lo que nos rodeaba.

"Dios mío, mira este lugar. Es increíble", exclamó. "¿Cómo encontraste este lugar?"

No respondí, simplemente la miré asimilarlo todo mientras flotábamos allí. Yo estaba casi igual la primera vez que lo vi. Disfruté viendo su reacción y luego notó el cofre.

"Vamos, ¿es eso lo que creo que es?" preguntó mientras lo señalaba.

No pude resistirme a seguirle el juego y, fingiendo entusiasmo, agregué: "No tengo idea... nunca había visto eso antes".

Me levanté en la cornisa y me incliné hacia atrás para darle la mano a Diana y ayudarla a subir a mi lado. Una vez que nos quitamos el equipo, seguí actuando emocionado como si hubiéramos encontrado el tesoro del mismísimo Long John Silver.

"Esto no puede ser real, ¿verdad?" ella cuestionó de nuevo.

Me tomó todo lo que tenía para no reírme mientras me arrodillaba para abrirla.

"Tal vez deberíamos tener cuidado, en caso de que haya trampas explosivas o serpientes dentro, como esa película de James Bond de los años setenta".

"Sólo ábrelo", me imploró, con la mano cruzada sobre la cara como si fuera el precio correcto. "¿Qué hay ahí… no puedo mirar?" preguntó mientras levantaba la tapa.

"Es agua, ¿quieres una?"

"Eres un absoluto... No puedo creer que realmente hayas hecho eso o que realmente haya caído en la trampa", dijo mientras me empujaba hacia atrás y se reía.

"Lo siento, no pude resistirme", confesé.

Se notaba que su adrenalina estaba disminuyendo y continuó mostrando mucha emoción mientras miraba alrededor de la cueva.

"¿Cómo encontraste este lugar?" preguntó ella.

"Muy parecido a la ensenada, más o menos por accidente. Estaba buceando en busca de langosta la segunda o tercera vez que lo visité, me zambullí y encontré el pasaje. Me sorprendí tanto como tú cuando salí del agua por primera vez", le expliqué.

"¿Ese cofre estuvo aquí la primera vez?" ella cuestionó.

"Ehh, no. Lo hice con unas viejas tablas para camarones y lo bajé por ese agujero", respondí mientras señalaba la escalera.

"Déjame adivinar, ¿tú también hiciste eso?"

"Tienes razón", confirmé asintiendo. "Pasé unos meses aquí cuando no tenía suficiente dinero para pagar el espacio. Amarraría en el muelle diurno de Progreso un par de veces a la semana, pero tienes que pagar tarifas de muelle si estás allí después de las 6 p.m. Entonces, a las 6, saldría y fondearía aquí. Guardé algunas cajas de agua y algunos MRE en el cofre por si acaso".

"¿De dónde sale la escalera?" ella cuestionó.

"En el bosque, justo al lado de la laguna", respondí.

Me preguntó si podíamos regresar por ese camino, pero cuando le expliqué que tendríamos que llevar nuestro equipo por el bosque descalzos, rápidamente cambió de opinión. No es que la culpara, en realidad tampoco quería hacer eso. Me levanté y cerré el baúl antes de colocar las botellas de agua trituradas en el bolsillo del chaleco.

"¿Estás lista para regresar?"

"Sí, vámonos. Definitivamente puedes traerme de regreso aquí en otro momento", sugirió con una sonrisa maliciosa. "Si quieres."

Su comportamiento burlón fue suficiente para hacerme reír mientras sacudía la cabeza y le hacía un gesto para que me siguiera. Ella era un problema, y por mucho que intentaba mantenerme alejado de los problemas, disfrutaba muchísimo la idea del tipo de problemas que ella podía traer.

Nos volvimos a poner el equipo y volvimos a meternos en el agua. Nuestros cuerpos se deslizan a través del océano por donde vinimos mientras regresábamos a través del agujero, el brillo del agua era suficiente para dejarte sin aliento. Pude ver el casco de mi barco arriba y con entusiasmo regresé a la superficie con Diana detrás de mí.

En el momento en que volvimos a bordo, nos quitamos el equipo y lo colocamos de nuevo en su lugar de origen. Bucear es hermoso, pero al mismo tiempo agotador. Volviéndome hacia ella, vi cómo se limpiaba el agua del pelo.

"Regresaré enseguida. Voy a buscar algunas toallas y agua de la cabina".

Ella asintió mientras yo desaparecía dentro de la cabaña, sólo para reaparecer momentos después. Entregándole una toalla y una botella, tomó una mirada seria sentada en el banco y se pasó la toalla por el cuerpo mientras ambos mirábamos al otro lado del océano el sol que se ponía lentamente en el cielo.

"Vives una vida, Tomás", declaró.

"No es una vida de arcoíris y sin preocupaciones, pero trato de disfrutarla lo máximo posible".

No creo que se diera cuenta, pero estaba pasando la botella de agua de una mano a otra y parecía que estaba pensando profundamente en algo. Como si estuviera preocupada. Pensando rápidamente, cambié de tema, esperando mejorar su estado de ánimo.

"Si quieres enjuagarte, hay una ducha a la derecha y las toallas están en el estante", sugerí, mi voz un poco más áspera de lo que pretendía.

Se volvió hacia mí con una sonrisa, sus ojos brillantes y chispeantes mientras asentía. "Eso suena perfecto. Gracias."

La observé mientras terminaba su agua, de pie con una gracia sin esfuerzo que parecía ser algo natural en ella. Mi mirada siguió cada movimiento (la forma en que su cabello caía sobre su hombro, la sutil curva de su cintura) hasta que se volvió hacia mí con el ceño fruncido. La vergüenza hormigueó por mi piel, y rápidamente aparté la mirada, atrapada en el acto.

"¿Vienes?" —Preguntó, su tono era ligero, pero con suficiente filo como para hacer que mi estómago se revolviera.

¿Si voy? Demonios, claro que sí voy.

No necesitaba que me lo pidieran dos veces. Salté del banquillo como un corredor llamado a la última jugada del partido. Mientras me acercaba, sus ojos se movieron sobre mí, una lenta sonrisa tirando de las esquinas de su boca que sólo añadió más leña al fuego que ardía dentro de mí.

Mi corazón latía aceleradamente cuando finalmente cerré la distancia entre nosotros, incapaz de contenerme por más tiempo. Mi brazo instintivamente rodeó su cintura, atrayéndola suave pero firmemente contra mí. El calor de su cuerpo envió una sacudida emocionante a través del mío, encendiendo un fuego que había estado ardiendo durante demasiado tiempo. Y luego nuestros labios se encontraron en un beso apasionado e inquebrantable, un choque de anhelo y urgencia que nos dejó a ambos sin aliento.

Había conocido a una buena cantidad de mujeres antes, pero Diana era algo completamente distinto. Ella iluminó mis sentidos de una manera que nunca había experimentado. Mis manos se deslizaron sobre cada curva y cada inmersión de su cuerpo, trazando los contornos y grabándolos en la memoria como un hombre que anhela el tacto. Se echó hacia atrás lo suficiente para lanzarme una sonrisa, sus ojos ardían con intensidad.

"Veamos si puedes seguir el ritmo", bromeó, con voz baja y sensual.

Antes de que pudiera decir una palabra, se metió bajo la ducha y abrió el agua. El rocío frío nos tomó a ambos con la guardia baja, pero ninguno de los dos se movió para cambiar la temperatura. El impacto del frío sólo intensificó el calor que hervía entre nosotros mientras estábamos allí, empapados en la presencia del otro.

El agua caía en cascada por su cabello, deslizándolo contra su espalda, y por un momento, me encontré fascinada, incapaz de apartar la mirada. Estaba simplemente radiante, con su piel brillando bajo la suave luz, cada movimiento que hacía con determinación y confianza.

"¿Disfrutando de la vista?" preguntó, levantando una ceja.

"Más de lo que crees", dije, metiéndose en la ducha con ella. El agua helada me golpeó como una bofetada, pero no me inmuté. Estaba demasiado ocupada mirándola, cómo ella me miraba con tanto anhelo e intensidad, como si yo fuera lo único que quería y necesitaba en ese momento.

Ella me alcanzó, sus manos se deslizaron sobre mi pecho y enviaron escalofríos de placer recorriendo mi columna. Presioné su espalda contra la fría pared de azulejos, mis labios buscaron los de ella nuevamente. Esta vez, el beso fue lento y decidido, pero no menos lleno de pasión. Sus uñas rozaron mis hombros, provocando de mí un gruñido profundo que retumbó en este pequeño espacio.

"No eres malo en esto", susurró contra mis labios, con un brillo juguetón bailando en sus ojos.

"¿Nada mal?" Repetí, retrocediendo lo suficiente para mirarla a los ojos. "Creo que puedo hacerlo mejor que eso". Levanté una sonrisa de confianza y me sumergí, trazando besos por toda la línea de la mandíbula hasta la suave columna de su cuello mientras su respiración encendía el fuego debajo del cuello cada vez más. Mis dedos se tensaron alrededor de su cintura, levantándola y tensándola en el aire mientras sus piernas se ajustaban ansiosamente a mi cintura. El agua helada seguía cayendo sobre nosotros, pero en ese sentido, sabía bastante parecido al vapor, tan ferozmente nos quemamos.

Sus dedos se enredaron en mi cabello, tirando lo suficientemente fuerte como para hacerme mirarla. Nuestras miradas se encontraron y por un momento todo lo demás desapareció. No hubo ningún sonido excepto el correr del agua, ninguna sensación excepto el sentirla presionada tan íntimamente contra mí, ningún pensamiento excepto lo mucho que la deseaba. La necesitaba.

Se inclinó un poco, sus labios rozaron mi oreja mientras susurraba en un susurro seductor: "Pruébalo".

Desafío aceptado.

Con determinación renovada, avancé y reclamé sus labios una vez más como si nuestras vidas dependieran de ello. En ese instante, el mundo pareció reducirse para incluirnos sólo a nosotros dos, atrapados en nuestra pequeña y apasionada burbuja donde el tiempo parecía perder todo significado y cada toque y movimiento vibraba profundamente. Cada segundo era una eternidad, pero pasaba muy rápido, dejándonos a ambos sin aliento y aferrándonos el uno al otro con un anhelo salvaje.

Cuando finalmente nos separamos, jadeando por respirar, su risa llenó el pequeño espacio. Era ligero y despreocupado, el sonido de alguien completamente en el momento. No pude evitar sonreír, incluso cuando mi corazón latía con fuerza en mi pecho.

"No está nada mal", dijo, su voz suave pero burlona.

"Te dije que lo haría mejor que eso", respondí, apartando un mechón de cabello mojado de su cara. Mi pulgar se detuvo en su mejilla y, por un momento, me dejé perder en la calidez de su mirada.

———

Fuera lo que fuese, era más que una simple aventura, más que un simple momento de pasión. Pero por ahora, me contentaba con dejar que el agua nos inundara, abrazándola cerca y deleitándome con la conexión que acabábamos de forjar.

Me desperté unas horas más tarde en mi cama con la cabeza de Diana sobre mi pecho. Miré mi reloj y me di cuenta de que se estaba haciendo tarde. Ya habían pasado dos horas y mi estómago gruñía de hambre. Desperté suavemente a Diana y le dije que iba a poner en marcha el barco porque era hora de abandonar la ensenada. Me di la vuelta, me puse unos pantalones cortos limpios y caminé hasta la cabina para poner en marcha los motores.

Después de que se calentaron durante unos minutos, levanté el ancla y nos moví alrededor de la cubierta y de regreso a mar abierto. Una vez que estuvimos libres, pisé el acelerador y alcanzamos unos 26 nudos. Diana apareció con una de mis camisetas.

"¿Supongo que no tienes café?" preguntó mientras se frotaba los ojos para despertarse.

"Pedid y recibiréis", anuncié. "En el estante sobre el fregadero... y usa el agua embotellada en el refrigerador".

Regresó con dos tazas, me entregó una y luego se sentó a mi lado en la otra silla. Ambos nos sentamos en silencio y miramos al horizonte mientras bebíamos nuestra inyección de cafeína. El sol estaba cada vez más bajo en el cielo y el agua brillaba con un brillo anaranjado cuando desplegaba la proa de estribor.

Los motores emitieron un zumbido bajo, pero cerré la puerta detrás de nosotros y después de eso todo estuvo considerablemente silencioso. Incluso Diana se dio cuenta y le conté que había añadido mucho aislamiento adicional para mantener el ruido bajo.

"Se puede ver que realmente amas este barco tuyo", afirmó.

"Ha sido un sueño de toda la vida y mucho sacrificio para llevarla a donde quiero, así que es verdaderamente un trabajo de amor".

"Admiro tu vida, pero hubiera pensado que alguien que claramente pasó su vida en el mar no querría retirarse allí". ella cuestionó.

La ironía de todo esto siempre me había hecho sonreír.

"Pasé toda mi carrera trabajando en barcos de acero oxidados haciendo todo lo que mis empleadores me pedían para realizar el trabajo. Ahora estoy en un hermoso barco que me pertenece haciendo lo que quiero hacer. En realidad, es muy diferente", le expliqué.

"¿Cuánto falta para Progreso, Capitán?" ella preguntó.

"Unos 45 minutos. Podríamos hacerlo más rápido, pero ella bebe combustible como una alcohólica en el bar si hago eso", respondí.

Se apoyó contra mí en la silla y la rodeó con mi brazo. "No tengo ninguna prisa".

Diana levantó los pies sobre la consola y eso me hizo pensar en las huellas que encontré antes. Si hubieran sido pequeños, habría pensado que eran niños jugando, pero eran al menos talla diez. El hecho de que también estuvieran en la proa me preocupaba mucho.

¿Por qué allí?

¿Estaban intentando entrar?

¿Lograron hacerlo sin causar daños?

Le di vueltas a muchos pensamientos y Diana rápidamente se dio cuenta.

"¿Estás pensando en algo o hay algo que te preocupa?" preguntó mirándome.

"Debes perdonarme. A veces, cuando el barco navega así, me dejo llevar por mi pequeño mundo. Supongo que es algo que hago sin darme cuenta, ya que me he acostumbrado a estar aquí solo en el mar", respondí.

"¿Ser Capitán es el único trabajo que has tenido, aparte de quizás algo a tiempo parcial cuando eras más joven?"

"No. Tuve mi propio negocio por un tiempo, reparando barcos fuera de borda y algunas otras ocupaciones a lo largo del camino, pero la Señora del Mar siempre me llamaba. Puede que sea un poco cliché, pero la verdad es que para tipos como yo no hay nada más. No podía hacer un trabajo estándar de 9 a 5, con política de oficina, chismes y tráfico en hora punta. Demonios, no, definitivamente ese no soy yo", respondí.

"Por si sirve de algo, puedo ver por qué te gusta tanto", dijo.

Unos diez minutos después, vi las boyas de entrada a la marina de Progreso y se las señalé a Diana.

"Ya casi llegamos", anuncié.

Diana pidió volver a usar la ducha y desapareció dentro de la cabina. Sonreí cuando recordé que Jeff se había referido a ella como una chica genial y no se equivocaba. Me pregunté si había algo entre ellos, o tal vez había sucedido, y ¿qué pasa con ella y Cantrelle? Era evidente que a ella le gustaba, eso era fácil de decir.

La verdad de todo era que Diana y María me gustaban, pero yo solo tenía un amor verdadero. Tenía un restaurante en Tabasco, México, era filipina por parte de su padre y hondureña por parte de su madre, y era la mujer más hermosa que he conocido. Medía alrededor de 5'4", pesaba 100 libras, tenía cabello largo y negro y fascinantes ojos color avellana... ah, y esa sonrisa perfecta.

Desde el momento en que nos conocimos, me di cuenta de que provenía de una familia de clase alta y moral elevada, pero nunca la descubrí del todo. Lo que sí sabía era que ella estaba rodeada de mucha gente poderosa y siempre sabía lo que estaba pasando con los cárteles, los militares y los políticos. No podía estar seguro, pero supuse que estaba relacionada con algo con un acrónimo: CIA, FBI, MI6, hay una lista larga.

El restaurante estaba en un pequeño pueblo cerca de uno de los puertos costeros más activos de México. Así nos conocimos y salí con ella un tiempo; Si fuera honesto conmigo mismo… la amaba hasta el día de hoy. Ella fue la única mujer a la que le pedí que se casara conmigo, pero ella me rechazó y me dijo que tal vez en otra vida. ¿Qué significa eso siquiera? Ella me arrancó el corazón y me colocó en "esa" zona, pero nos mantuvimos en contacto. Me recordó que habíamos hablado recientemente, algo que rectificaría en las próximas semanas.

Cuando nos acercamos a la boya, apagué el piloto automático y di la vuelta. Estaba mirando al muelle para guiarme cuando Diana salió de la cabaña. Ella estaba con otra de mis camisetas.

"¿Espero que no te importe que haya tomado otra?" preguntó con una sonrisa.

"Por supuesto que no."

Se sentó a mi lado durante los siguientes diez minutos mientras yo guiaba el barco hasta el muelle. Mientras nos acercábamos, Diana fue a la cubierta trasera para ayudar a atar las cosas allí, y no pude evitar quedar impresionado porque la mayoría de los "invitados" no se molestan. Una vez que el barco estuvo asegurado, ambos fuimos a la cubierta trasera.

"¡Ahora viene lo divertido!" Anuncié mientras levantaba una escotilla para revelar un compartimento donde estaba guardada mi mini moto.

8 CAPITULO OCHO

La mini moto podría haber sido pequeña, pero el asiento era lo suficientemente grande para dos y Diana se quedó allí y miró hacia abajo con una sonrisa.

"Oh, esto va a ser interesante", exclamó nerviosa.

"Te va a encantar", prometí.

Utilicé el cabrestante, lo saqué del compartimento sin esfuerzo y lo bajé hasta el muelle, mientras Diana observaba desde el banco.

"Parece una máquina bien engrasada", aplaudió.

"Te aseguro que hubo muchas dudas, planificación, replanificación y malas palabras antes de que se me ocurriera esa pequeña idea".

"Parece tan grande en una bicicleta tan pequeña", comentó con los ojos muy abiertos.

"Sí, bueno, eso es porque es de una motocicleta de tamaño completo. Una Kawasaki 440 para ser exactos. Y el trabajo con la llama en el tanque de gasolina... lo hizo un amigo mío".

Ella se rió entre dientes, sin sorprenderse en lo más mínimo mientras asentía con la cabeza. "¿Qué tan rápido va?"

Una sonrisa cruzó mis labios mientras me encogía de hombros. "Estoy seguro de que funcionará bien por encima de 100, pero no he tenido las agallas para pasar de 80".

Después de cerrar con llave el San Blas y asegurarme de que todo estuviera seguro, especialmente después del episodio de las huellas, caminamos por el muelle y yo empujaba la mini moto. Una vez que llegamos a la puerta, encendí el arranque eléctrico y cobró vida. Nos subimos los dos, pisé el acelerador y nos pusimos en marcha.

Era una bicicleta que a menudo hacía que la gente se volviera y mirara porque sonaba como una motocicleta de tamaño completo y, como de costumbre, todos los que pasamos, incluidos los pescadores en los rieles, giraban la cabeza cuando pasábamos.

Desde el final del muelle bajamos por Beach Drive. Era una carretera con palmeras en el medio y arbustos a los lados, pero la mini moto era adecuada ya que tenía un límite de velocidad lento.

Pude ver que cada persona con la que nos cruzamos miraba y señalaba, gracias al trabajo de pintura personalizado y al hecho de que la construí con todo, desde una bicicleta grande que había comprado. Me hubiera encantado convertirlo en un pequeño helicóptero, pero eso no iba en ningún compartimento.

Varios kilómetros más adelante aparecieron a la vista las inconfundibles luces de neón del restaurante Cilantros. Entré al estacionamiento de conchas de ostras y estacioné la bicicleta cerca de los escalones que subían a la terraza. Diana respiró larga y lentamente el aire.

"Había olvidado lo hambrienta que realmente tenía, pero ahora puedo oler esa comida, oooo…" gimió.

"Este lugar pertenece a un amigo mío. Tiene algunos, incluido uno en Savannah, Georgia. Te va a encantar la comida aquí. No hay duda", dije.

La terraza era como muchas que se ven con mesas y sillas, pero con un enfoque disperso en lugar de líneas. Entre ellas, había palmeras que daban algo de sombra durante el día.

El camarero nos mostró una mesa junto a la barandilla para que pudiéramos contemplar la playa. Una suave brisa llegaba del mar y al fondo vi a unos niños jugando al fútbol bajo las luces. Pedí algunas bebidas y decidimos ir a cenar frita.

"Diana, ¿quiero preguntarte algo?"

"No fui yo, absolutamente no lo hice", se rió entre dientes.

Hice una pausa para reflexionar si quería hacer realidad la pregunta.

"Quiero preguntarte sobre Jeff. Parecía bastante tenso antes y ayer me dijiste que había "rumores" de que podría estar en un "pequeño aprieto", como dijiste. Jeff es mi mejor amigo, si está en problemas, quiero ayudarlo si puedo".

"Está bien." Ella suspiró. "Todo empezó con, sí, Don Miguel y ese sórdido hermano suyo, Víctor. ¡Todo el mundo sabe que están conectados con los cárteles de Veracruz y que tienen fama de ser matones despiadados! Jeffryn es un alma confiada. Tú más que nadie lo sabes, e incluso a él no le gustan en absoluto. Sin embargo, no pudo evitar involucrarse con ellos, al menos de forma periférica. ¿Lo viste gritando por teléfono antes mientras hervían los camarones?

"Realmente no se podía ignorar", asentí.

"Siempre que Don Miguel y su hermano están cerca, Jeffryn siempre está muy estresado. Se irrita mucho con ellos, pero todavía hace negocios con ellos. A veces les deja quedarse en la casa de la Marina, en el apartamento al lado del mío, y eso siempre me hace sentir muy incómoda".

Me froté la cara con las manos. Éste era el tipo de noticias que temía.

"Por las noches me gusta sentarme en la terraza y hace un par de semanas los oí hablar de algún tipo de trato o algo así. Tenía algo que ver con Jeffryn, eso es seguro, y no creo que ellos tampoco confíen en él. Por suerte, logré volver a entrar antes de que se dieran cuenta de que estaba allí".

"¿Alguna posibilidad de que hayas oído de qué tipo de trato estaban hablando?"

Ella levantó la vista con ojos inquisitivos. "Creo que escuché algo sobre su hermana, pero hablaban principalmente en español y el mío no es tan bueno".

"Hablé con María anoche y ella no dijo nada acerca de que Jeff estuviera en problemas, pero sí me pidió que me quedara unas semanas".

"Todos estamos preocupados por él", admitió antes de tomar un trago de bebida. "No estaría aquí si no fuera por él. Me dio trabajo en el bar y me dejó quedarme gratis en el apartamento".

Sopesé algunas cosas en mi mente, algunas de las cuales ahora parecían más probables según lo que ella había dicho.

"Cuando Jeff trabajó para mí en Campeche, pensé que provenía de una familia adinerada, pero después de haber visto la marina, su mansión y todos los juguetes, no tenía idea de que provenía de ese tipo de entorno rico. Cuando trabajaba para mí, ganaba un par de cientos de dólares al día, y hoy eso fue lo que dio de propina por los camarones."

Luego apareció el camarero con nuestra comida y el olor era casi perfecto. Ambos exprimimos un poco de lima sobre el pescado y lo comimos. La comida no duró mucho y después de cenar pedimos más bebidas (una margarita y una cerveza) y seguimos charlando.

"Si te sientes cómodo en la parte trasera de la bicicleta, ¿te apetece dar un pequeño paseo por Beach Drive antes de regresar?" Pregunté, mientras terminábamos nuestras bebidas.

"Claro, me encantaría ver más de esta ciudad".

Después de pagar la factura, rodeamos el pequeño bar tipo isla en el medio de la terraza y regresamos a la bicicleta. Salí a la calle y navegamos a 35 mph por la franja. A un lado estaban los bares y restaurantes iluminados, los diferentes tipos y colores de sillas y mesas de cada lugar aumentaban la vitalidad. Ya era tarde y las aceras estaban llenas de gente que se lo pasaba bien.

Al final de la tira, me volví hacia Diana y le dije: "Creo que será mejor que regresemos. Ya será bastante tarde cuando regresemos a Cozumel".

Ella confirmó su acuerdo asintiendo y sonriendo. Me di la vuelta y emprendimos el camino de regreso. Deben haber pasado unos buenos veinte minutos cuando llegamos al barco. Saqué el cabrestante y subí la mini moto a bordo.

"¿Necesitas ayuda?" preguntó Diana.

"No, gracias por preguntar. Sólo debo tener cuidado de recordar no apoyar el escape caliente junto a ninguna fibra de vidrio. Lo apoyé contra mí una vez..." y saqué mi antebrazo para mostrar una enorme cicatriz de quemadura en el interior.

"Ay, esa es una forma de recordar", hizo una mueca.

Repetí mis controles habituales de aceite y agua, tal vez ahora eran incluso más importantes hasta que descubrí quién había estado en mi bote, y luego entré y lo puse en marcha. Como antes, Diana y yo tomamos cabos en cada extremo del barco y, una vez que nos alejamos del muelle, le di un toque al acelerador. Retrocedí y mientras nos hacía girar, vi un pequeño bote que venía directamente hacia nosotros desde el otro lado de la Marina.

Había agua blanca rompiendo en la parte delantera de su bote, lo que mostraba lo rápido que iban, y aunque no estaba seguro de si venían por nosotros específicamente, me hizo sentir incómodo.

Fingí no darme cuenta y, tan rápido como pude parecer lento, nos acerqué hacia aguas abiertas. Miré hacia atrás cuando llegué a los embarcaderos y pude ver que habían cambiado de ángulo. Ahora era obvio que venían tras nosotros, aproximadamente un cuarto de milla atrás, pero ganando rápidamente. Puede que ya estuviera más que paranoico, pero parecía que los tres hombres en el barco me estaban mirando en la cabina.

"Tomás, estoy seguro de que no es nada, pero ¿ese barco nos está persiguiendo?" preguntó Diana, preocupada.

"No quiero alarmarlos, pero ese parece ser el caso. No te preocupes, hoy no vamos a lidiar con ninguna de sus tonterías", le aseguré.

Tan pronto como pude hacerlo de manera realista, empujé el acelerador a 3800 rpm. Los turbos se activaron. En cuestión de minutos, estábamos en aguas abiertas, y una vez que salí de la cuenca de la Marina, la empujé al máximo y dejó escapar un gran rugido.

Aceleramos tan rápido que Diana dio un paso atrás y se agarró al marco de la puerta en busca de ayuda. El barco subió rápidamente a 60 nudos y cuando volví a mirar hacia atrás, pude ver mi estela chocando con su proa unas cuantas veces. El agua pasó por el parabrisas y empapó a los tres.

Rápidamente se dieron cuenta de que no eran rival para *San Blas*; Se detuvieron y regresaron a la Marina. Una vez que supe que los habíamos perdido, volví a acelerar a velocidad de crucero y encendí el piloto automático.

Después de tomar un par de cervezas, caminé hacia atrás y me senté con Diana en el banco del espejo de popa.

"Está bien, ¿de qué se trató todo eso?" preguntó mientras le entregaba una botella.

"No tengo idea", dije honestamente, "tal vez iban a intentar extorsionarnos por el alquiler del muelle, la tarifa del pasaje o algo así".

"Este barco es asombroso. Nunca pensarías que algo tan grande podría ir tan rápido".

"Como te dije, solía ser un barco de contrabando de drogas, por lo que está diseñado para funcionar como un murciélago salido del infierno. El único problema es el gas que bebe a esa velocidad. Vamos, entremos", sugerí.

Me levanté y ella me siguió. Una vez que ambos estuvimos dentro, cerré la puerta y me senté al timón. Diana se colocó a mi lado y apoyó su cabeza contra mi hombro. No dijimos nada mientras ambos mirábamos hacia el horizonte, y yo revisaba regularmente el radar.

Estaba pensando en el estado de mis finanzas y en los acontecimientos que acaban de suceder. De hecho, me estaba quedando sin dinero rápidamente y necesitaba trabajar pronto. Si Jeff realmente tenía algo entre manos, sabía que realmente necesitaba considerarlo; si no lo hacía, no estaba seguro de haber podido pagar la cuota de inscripción para el siguiente torneo. Y, sin embargo, no podía ignorar la "coincidencia" de tres hombres que me persiguieron el mismo día en que se suponía que Jeff me contaría sus planes.

Llegamos a nuestra Marina un par de horas más tarde. El Tiki estaba en modo fiesta en toda regla. Se oía el sonido de la música Reggae mezclado con gente que se lo pasaba bien flotando sobre el agua.

Diana se había quedado dormida en mi regazo así que la desperté. Le dije que amarraría el barco mientras ella regresaba a la tierra de los vivos, pero ella insistió en ayudar. Acabábamos de terminar de asegurar todo cuando escuché una voz desde atrás.

"Me preguntaba si ustedes dos volverían esta noche", dijo una voz femenina familiar.

Ambos miramos hacia arriba para ver a María caminando hacia el bote. *Oh, mierda.* Me molestó un poco que me viera con Diana, pero aun así no pude evitar sonreír.

"Y pensé que no volverías hasta dentro de un par de días", respondí en un tono acusador falso.

"En realidad nunca me fui. En el último momento surgió un asunto inesperado", nos dijo María, con una expresión inconfundible y algo severa en su rostro cuando miraba a Diana.

Me interpuse entre ellos, ocupándome de "volver a comprobar" los amarres.

"¿Todo bien?" Lo comprobé.

Ella asintió, pero no dijo nada.

"¿Creo que conoces a Diana?" Yo pregunté.

"Sí. Diana, ¿cómo estás?

"Estoy bien. Tomás tuvo la amabilidad de llevarme a dar un paseo en su barco", dijo Diana con una sonrisa.

"Oh, a él le encanta su barco", respondió María.

Claramente había tensión en el aire, así que lo rompí y sugerí que me diera una ducha rápida y luego podríamos ir a tomar una copa al Tiki.

"Para ser honesto, estoy agotado. Creo que me iré a casa, me daré una ducha y me dormiré", dijo Diana, que parecía sentirse bastante incómoda.

Le ofrecí llevarla, pero ella me recordó que se quedaría en la casa de la Marina. Diana me agradeció por la aventura, me dio un gran abrazo y se dirigió hacia el muelle. No pude ver el rostro de María porque estaba de espaldas a mí mientras Diana se alejaba, pero no estoy seguro de que realmente lo necesitara.

"Entonces, ¿adónde fueron hoy?" Preguntó, la inflexión de celos era audible para que todos la oyeran, especialmente yo.

"En ningún lugar especial. Simplemente fuimos a Progreso y cenamos en Cilantros", admití.

Me dio un puñetazo en el brazo, y tampoco en broma.

"Dios, la llevaste a tu escondite en la laguna, ¿no?"

Sonreí, no tan inocentemente, y luego caminé mientras recogía las bolsas de basura que recogíamos y las aseguraba a la barandilla.

"Honestamente, necesitas un nuevo movimiento", dijo María mientras ponía los ojos en blanco.

Me reí y negué con la cabeza. El hecho de que estuviera celosa era divertido.

"No te rías, idiota, solo ve a darte una ducha y date prisa", me dijo.

Entré a la cabina, me duché y me cambié lo más rápido que pude, ya que María estaba esperando.

"¿Listo para esa bebida?" Pregunté, una vez que terminé.

"En realidad no, solo quería quitártela de encima", admitió antes de empujarme de regreso a la cabaña.

Gracias a Dios tengo buena resistencia, porque estas mujeres me mantendrán activo por un tiempo.

9 CAPITULO NUEVE

Me desperté con el suave chapoteo del agua golpeando rítmicamente el casco del barco. Me di vuelta, miré a María y me detuve. Se veía adorable, acurrucada a mi lado. Me levanté de la cama para no molestar a la bella durmiente y preparé un poco de café.

Como hacía casi todas las mañanas, salí a cubierta, revisé las líneas y luego miré la vista frente a mí, aunque solo fuera para tener una idea de lo que me deparaba el tiempo. No había nada como la brisa y el fresco olor salado del mar para despertar los sentidos y la mente. Era mejor que un trago de café, pero eso también siempre era bienvenido. Aparte de algunas tormentas en el horizonte, las perspectivas parecían tan buenas como el día anterior.

Con café en mano, me senté en el banco del espejo de popa y contemplé la Marina. El sol acababa de salir por el horizonte y sentía calor en mi piel. Eso fue agradable, mucho menos de lo que veían mis ojos.

El equipo de buceo todavía estaba amontonado a un lado y las bolsas de basura todavía estaban enganchadas a la barandilla.

También vi que el parabrisas estaba cubierto de sal seca debido a nuestra rápida salida la noche anterior.

"Sí, tengo algunas tareas que hacer".

También sabía que necesitaba alcanzar a Jeff en algún momento del día. Estaba seguro de que querría hacer ese viaje a Mérida y eso me daría la oportunidad de preguntarle sobre algún trabajo. Si quería involucrarme en lo que él tenía en mente era otra cuestión.

Después de terminar mi café, me motivé para continuar con las tareas que obviamente necesitaba hacer. Dejé las bolsas de basura y el equipo de buceo en la cubierta, en silencio para no despertar a María, luego agarré la manguera de la cubierta y comencé a enjuagar todo.

"Construía muros de ladrillos como forma de terapia".

Me vino a la cabeza la cita de Winston Churchill.

"Supongo que siento lo mismo al enjuagar cosas con la manguera de agua".

Me moví por el barco, enjuagué todo y observé cómo la sal y la tierra se escurrían de la proa, sin pensar en nada más importante cuando volví a ver las huellas.

Por curiosidad puse mi pie junto a uno de ellos y pensé: "Tenía razón".

Tenían que ser talla diez u once, y no eran sandalias. Mi mejor suposición fue que parecía una bota de combate, y eso era algo de qué preocuparse. Nadie en la Marina usaba ese tipo de cosas regularmente.

Tomé una foto con mi teléfono celular y las lavé. Una vez que lavé el bote con una manguera y guardé el equipo de buceo, caminé hacia el Tiki para tirar las bolsas de basura en el contenedor de basura que estaba atrás.

Mientras vaciaba el contenido de las bolsas, me llegó el sonido de las puertas del coche cerrándose. Miré alrededor del estacionamiento y al otro lado vi a Don Miguel y Víctor saliendo de la casa de la Marina. Se subieron a un coche y se dirigieron en mi dirección, deteniéndose a mi lado. Víctor estaba al volante y Don Miguel atrás.

Bajó la ventanilla y me saludó: "¡Señor Tomás, Buenos Días!"

"Buenos Días, Don Miguel", respondí mientras vaciaba el último saco.

"¿Vienes a Mérida hoy?" preguntó.

No quería divulgar demasiado así que me encogí de hombros. "No he hablado con Jeff hoy, pero creo que ese será el plan probable".

"Bien, está bien, Tomas", dijo, ofreciéndome la mano.

Me incliné y de mala gana le estreché la mano, con cuidado de no hacer contacto visual.

"Espero verte allí", dijo en un tono un tanto indiferente.

Asentí con la cabeza mientras se alejaban. Apenas conocía al hombre y aun así sentí que necesitaba lavarme las manos. Mientras caminaba de regreso al barco, me pregunté si Jeff había estado hablando con Don Miguel mientras se hervían los camarones cuando se enojó tanto. Todos sabíamos que Jeff tenía tratos con ellos, pero normalmente era él quien tomaba las decisiones; no estaba seguro de que ese fuera el caso esta vez.

Todavía estaba tranquilo en la Marina, algunas personas habían salido a correr por la mañana y algunas habían comenzado la misma rutina diaria de tareas matutinas. Fui a ver a María cuando regresé y todavía estaba dormida. Me serví otra taza de café y continué con el mantenimiento diario de un barco como el *San Blas*. Justo cuando estaba terminando, mi teléfono celular sonó y el identificador de llamadas confirmó que era Jeff.

"Buenos Días, amigo", le respondí.

"Y Buenos Días para ti, Tomás. ¿Qué estás haciendo esta mañana?

"Estoy terminando un poco de ordenar y hacer las tareas habituales de la mañana, y también esperándote. ¿Vamos a Mérida hoy? Yo pregunté.

"Ah, en realidad, no. Hice otros planes para hoy. Estaré allí en aproximadamente una hora. Por cierto, ¿está María contigo? preguntó.

"Da la casualidad de que sí. Está dormida en el barco", confirmé.

"¿Hazme un favor, dile que Michelle llamó y necesita hablar con ella?"

Sonaba un poco más alegre que los últimos días; ¿Tal vez tenía algo divertido planeado para nosotros?

"Está bien. Nos vemos en un momento".

Realmente no quería despertarla, pero si Jeff me pedía que le pasara un mensaje, podría ser importante. Me arrastré lentamente sobre la cama junto a ella y le balanceé suavemente el hombro.

"Cariño, Jeffryn acaba de llamar. Me pidió que te dijera que Michelle necesita que la llames".

"Urgh, ahora no", murmuró. María nunca estuvo muy bien por la mañana. "Quedémonos aquí un poco más. El mundo puede esperar un poco".

Simplemente estar a su lado hacía que el mundo se sintiera bien, así que me acurruqué cerca de María y la rodeé con mis brazos.

Me quedé dormido una vez más y puse una alarma para treinta minutos. En lo que pareció un instante, se disparó.

"Cariño, Jeff llegará pronto. Te traeré un café y una toalla para que puedas darte una ducha rápida", dije mientras me bajaba de la cama.

"Dos azúcares, por favor", dijo una voz apagada enterrada en una almohada.

Miré por la ventana mientras esperaba que hirviera una olla nueva y vi a Jeff deteniéndose detrás del Tiki.

"Vaya, no estaba bromeando", murmuré para mis adentros, con curiosidad por saber qué había planeado.

Pude ver que vestía pantalones cortos y una camiseta de manga larga; "Ropa de pesca estándar", me dije.

Le llevé el café a María que estaba sentada en la cama hablando por teléfono.

"Jeff está aquí", susurré mientras señalaba en dirección al Tiki.

Ella asintió para reconocerme y continuó hablando por teléfono. Salí a la terraza para esperar a Jeff. Poco después, salió del Tiki y caminó por el muelle hacia mi barco. Físicamente parecía más feliz de lo que lo había visto en días, su expresión coincidía con el tono de su voz antes.

"Si no lo sé mejor, diría que estás listo para ir a pescar", exclamé con una sonrisa.

"Oh, sí, pero ¿tú estás listo? Ésa es la pregunta", respondió con una enorme sonrisa.

"Diablos, sí. Dame unos minutos para ordenar toda mi mierda".

Volví a entrar y me sentí como un niño en la mañana de Navidad. Claro, pescaba a menudo, pero había pasado mucho tiempo, demasiado, desde que Jeff y yo salíamos a pescar juntos.

El único inconveniente era que normalmente pescaba todos los peces.

Mientras corría, María salió de la cabaña completamente vestida, pero su cabello todavía estaba húmedo.

"Por lo que parece, ¿tú y mi hermano van a pescar?" preguntó ella.

"Lo somos, a menos que se te ocurra algo mejor que podamos hacer y decepcionaré a Jeffryn", bromeé.

"Acabo de hablar con Michelle y tengo que ir a Miami", explicó, "parece que después de todo estaré fuera por unos días".

Ella agarró sus cosas y salió a la terraza mientras yo recogía las últimas mis cosas.

"Conociendo a Jeffryn, probablemente habrá prostitutas involucradas", dijo con voz de desaprobación.

"No es ese tipo de pesca", bromeé. "Que tengas un buen viaje y avísame cuando regreses".

Jeff había aparecido en la puerta justo cuando María salía. Se puso cómodo en el sofá mientras me miraba, no tan alegre como unos minutos antes.

"Jeff, ¿te molesta verme con María otra vez?"

"Vamos, hombre, junta tus cosas y vámonos", instó con una especie de ceño fruncido mientras se levantaba y salía.

No pensé que realmente le importara demasiado. En realidad, nunca lo demostró antes.

Quizás simplemente vernos juntos por la mañana fue demasiado.

Agarré mis cosas, cerré todo con llave (y lo revisé dos veces solo para estar seguro después de los acontecimientos recientes) antes de dirigirme hacia el muelle de combustible donde Jeff tenía atracado su bote. Jeff estaba revisando las cosas por última vez mientras me acercaba. Una mirada de preocupación todavía en su rostro.

"Jeff, ¿Cantrelle viene con nosotros?"

"No, hombre, tiene que trabajar… de todos modos, este viaje es solo para ti y para mí", respondió con entusiasmo.

Como en los viejos tiempos.

Cuando subí a bordo, José estaba quitando la manguera de combustible y gritó: "Estamos listos para partir, jefe".

"Está bien, vámonos", respondió Jeff mientras encendía los motores del *Si jefe* y comenzaba a soltar amarras. Se dirigió directamente hacia aguas abiertas.

10 CAPITULO DIEZ

No pude evitar quedar impresionado por el barco de Jeff mientras estaba en la cubierta de popa y miraba a mi alrededor. Por supuesto, ayudaba tener dinero, pero esta belleza era otra cosa; era claramente nueva y venía con todos los accesorios, juguetes y artilugios que puedas imaginar.

"Hombre, parece bien equipada, Jeff. ¿Esta cosa se acopla a la Estación Espacial Internacional y también forma parte de la NASA? Bromeé.

"Ja, aún no has visto nada… ¡ven a ver esto!" se jactó mientras entraba a la cabaña.

Hice una pausa porque sabía que estaba a punto de experimentar una dosis bastante grande de celos, esos que te llegan directamente al estómago. Caminé y me uní a él adentro, y lo que vi fue impresionante.

Aunque el Si jefe era sólo tres metros más largos que mi barco, el de Jeff parecía mucho más grande. En parte era algo visual, pero también había diferencias obvias, como que la cabina era un poco más larga, pero tenía menos espacio en la cubierta.

"¡Dios, Jeff, esto es maravilloso!" Dije con asombro.

Todo era eléctrico o computarizado, y eso incluía hasta los aceleradores. Tenía LED empotrado. iluminación en el techo y franjas de luz en la parte inferior de las paredes que brillaban en rojo. Prácticamente tenía todo lo mejor del mercado, incluso las mesas de mármol.

Bromeé sobre la NASA, pero este barco estaba mucho más cerca de la meta de lo que pensaba. En comparación, mi barco parecía claramente sencillo. La sonrisa y el asentimiento de Jeff demostraron que sabía exactamente lo impresionante que era su bebé.

"Esto está a un mundo de distancia del viejo Mako 22 en el que solíamos ir a pescar", dije.

Él sonrió aún más y vi que eso le traía a la mente un recuerdo feliz.

"Cógete una cerveza de la nevera y sube conmigo al puente", me dijo.

"Oooo, el puente", me burlé. "Es todo ilógico, Capitán", agregué en un tono serio de 'Spock'.

"Maldito sabelotodo", suspiró Jeff.

La nevera estaba tan bien abastecida como todo lo demás en el palacio flotante de Jeff. Tomó cerveza, coca cola, jugo de piña, limonada, agua… todo. Todavía era un poco temprano, así que opté por un poco de jugo de piña en lugar de algo con alcohol. Sin embargo, no era tan temprano, así que también tomé dos botellas de cerveza, solo por si acaso porque parecía más una ocasión especial.

Cuando salí de la cabina, noté una escalera estrecha que se curvaba alrededor del puente. Formaba un bonito saliente en la parte trasera de la cabina para cubrir una barra completa que incluso venía con un fregadero debajo. Los constructores claramente aprovecharon todo el espacio y todavía quedaba suficiente espacio para que pescaran seis personas.

Como era de esperar, el fly bridge estaba decorado hasta las vigas como el resto del barco. Tenía una consola completa que se extendía con un largo banco estilo sofá envuelto alrededor de la cabina, que tenía los mismos sistemas eléctricos que él tenía dentro. José estaba al frente y se sentó al volante mientras conducíamos a través de los embarcaderos hacia aguas abiertas.

Nos sentamos allí y contemplamos el mar, simplemente disfrutando del viaje. Las pequeñas tormentas que vi antes parecían estar a punto de tocar tierra, pero todo lo demás estaba claro hasta donde alcanzaba la vista. Los 65 Hatteras avanzaron y cuando miré hacia el GPS, mostró que estábamos navegando bien a 28 nudos. Lo que no pude entender fue hacia dónde íbamos.

"¿Hacia dónde nos dirigimos, Jeff?"

"Me sorprende que no lo hayas resuelto. Vamos a nuestro antiguo lugar frente al arrecife norte y pasearemos por las cabezas de coral", respondió.

"¿Necesitamos preparar algo o el barco también lo hace por uno?" Bromeé.

"No, no lo necesitamos, y no, no fue el barco", se rió. "José se encargó de arreglar todo. Estamos todos listos para pescar".

Me dejó un poco fuera de lugar. Ese tipo de cosas normalmente dependían de mí, dado que normalmente estoy solo o, en el mejor de los casos, pescando con marineros contratados. Simplemente sentí que debía hacer algo.

"Simplemente siéntate y disfruta de la experiencia. Relájate y respira el aire fresco y el agua".

Éramos muy cercanos, pero eso no significaba que tuviéramos que hablar todo el tiempo. Navegamos durante otros 45 minutos y no creo que dijéramos mucho. Los dos estábamos contentos de disfrutar del paisaje y del aire fresco del mar. Tan pronto como llegamos al arrecife, Jeff se levantó y me sonrió.

"¡Vamos, gringo, a ver si todavía puedes pescar!"

Y así empezó. Salté detrás de él y nos dirigimos al estante de las cañas de pescar. Me incliné para agarrar uno.

"Ese no, Tomás. Ese es todo mío".

"¿Tiene nitroso o algo así?" Respondí sarcásticamente.

Sólo nos tomó unos minutos recoger todo, gracias a José, y en ese momento ya habíamos superado las cabezas de coral. José redujo la velocidad a unos cuatro nudos y nos dio el visto bueno, y ambos soltamos nuestras líneas. Saqué el mío aproximadamente a la cuarta estela detrás de nosotros y Jeff hizo prácticamente lo mismo. Las cabezas de coral se extendían por aproximadamente dos millas, por lo que podíamos navegar de un lado a otro.

Habíamos recorrido poco más de una milla cuando la línea de Jeff se cargó. Su carrete comenzó a "cantar" mientras el pez despegaba quitando el sedal. José dio marcha atrás para ayudar a Jeff a mantener el rumbo y comenzó a girar el mío rápidamente para darle espacio. Yo también tenía un pescado. Los dos teníamos pescados, pescados fuerte, al mismo tiempo.

La pelea continuó, pero parecía obvio que Jeff tenía la captura más grande, así que estaba a punto de soltar la mía.

"De ninguna manera, sigue así, Tomas", ordenó Jeff.

Lo que fuera que estuviera en mi línea era fuerte y tiraba con fuerza, y tenía el mango de la caña apoyado contra mi cadera, pero sentía como si estuviera cavando un agujero en mí. Siguió quitando la línea y tirando hacia la captura de Jeff. Estábamos en peligro de perder a ambos si nuestras líneas se enredaban, así que antes de que pudiera objetar por segunda vez, saqué el cuchillo y corté mi línea. Hizo un sonido tremendo, como el de una cuerda de guitarra al atravesar un amplificador, y la varilla volvió a golpearme en la cara.

Lo dejé caer en la terraza y corrí a ayudar a Jeff con su Moby Dick. La bestia corría con fuerza y José no estaba usando suficiente fuerza para seguirle el ritmo; Después de todo, era joven y probablemente no había hecho esto con demasiada frecuencia.

"Tomás, ve al volante", gritó Jeff.

Corrí hacia arriba por los pequeños escalones donde José estaba listo y salté fuera del camino sin perder el ritmo. Agarré el volante y lo hice girar con fuerza, luego empujé ambos aceleradores a fondo. Seguí mirando hacia atrás para ayudarme a dirigirme hacia donde necesitaba para que la línea de Jeff pudiera permanecer detrás de nosotros.

Continuó girando cada oportunidad que tenía y cuando comenzó a enrollarlo, vimos una forma negra en el agua.

"Ella es un caballo", grité, pero Jeff no respondió porque estaba intensamente concentrado en su premio.

Pronto rompió aguas y todos pudimos ver claramente contra qué estaba atrapado Jeff en la batalla.

"Es un atún, cariño, un atún de culo grande", grité.

Pasaron unos quince minutos en un instante y Jeff lo tenía a cincuenta metros del barco. Cada vez cedió y luego recuperó la línea, y la pelea tuvo altibajos. Cajas de aparejos, cebos y equipo flotaban alrededor de la cubierta que ahora estaba llena de agua por todas las feroces maniobras que había hecho para ayudar a que el monstruo aterrizara en el otro extremo.

Al final empezó a agotarse y lo teníamos a unos 40 pies de popa donde estaba José con el garfio. El atún hizo un gran círculo hacia el costado del barco, y José se inclinó con él y dio en el blanco justo en la parte posterior de la aleta dorsal. El pez pateó con fuerza y los pies de José se resbalaron y cayó por la borda.

"MIERDA", gritamos ambos al mismo tiempo.

Me incliné, agarré uno de los cojines de flotabilidad y se lo lancé a José antes de pisar el acelerador una vez más. Fue uno de los viajes de pesca más emocionantes que he realizado en mucho tiempo. Mi adrenalina recorrió mi cuerpo y mi corazón latía como una manada de búfalos. Lanzamos marcha atrás hacia el pez y Jeff rompió implacablemente el carrete. Si me sentí así, debió ser pura adrenalina lo que le impidió sentirse exhausto.

Después de varios minutos más de maniobras, giros y lucha, alcanzamos nuevamente al pez y estaba claro que había abandonado la batalla. Clavé otro garfio en él mientras Jeff saltaba de la silla para ayudarme a subirlo.

"Diablos, sí, eso es pescar", gritó Jeff triunfalmente mientras el pez seguía revolcándose violentamente en la cubierta. Terminamos lo más humanamente posible y luego nos sentamos a admirar el premio.

"¡Esa es una verdadera bestia, Jeff! Uno para siempre", declaré mientras él se sentaba a recuperar el aliento.

"Por cierto, ¿le tiraste uno de los cojines a José? Sólo lo vi de reojo", preguntó.

"¡Oh, mierda, José!" Yo dije. "Se cayó hace varios minutos. Supongo que será mejor que vayamos a buscarlo antes de que lo hagan los tiburones."

Corrí hacia el control y agarré los binoculares. El cojín blanco brillante era fácil de ver y lo vi unos cientos de metros más adelante. Nos acercamos con cuidado a su lado y sacamos a José del agua.

"Cap, maldito hombre, me dejaste", dijo medio escandalizado.

Sabíamos que no corría ningún peligro real y ambos no podíamos dejar de reír.

"Oh, José, te lancé una carroza", me reí entre dientes.

"Amigo, no puedo creer que lo hayas dejado", confesó Jeff, quien estaba sentado en el sofá con las manos sobre el rostro tratando de no reírse. En ese momento, los tres nos estábamos riendo.

"Sin resentimientos, José. Sabíamos que estarías bien", dije.

"No hay problema, Cap…. guau, buen pescado", gritó mientras miraba nuestra captura.

Intentamos meterlo en la caja de pescado, pero este pez gigantesco, que tenía que pesar al menos 250 libras, no cabía y la cola sobresalía unos treinta centímetros. Parecía apropiado dejarlo allí sólo para mostrar lo grande que era.

"No veo que vayamos a superar eso hoy", sugerí.

"Creo que tienes razón, Tomas", respondió Jeff mientras tomaba dos cervezas de la derecha. "Sigues siendo incondicional, amigo mío. Maldita sea, no puedo creer que hayas dejado a José".

"Siempre estuvo bien y le di algo a lo que agarrarse". Sonreí.

José estaba al frente del barco mientras disfrutábamos de unas cervezas y el aire del mar. Tardamos unos treinta minutos en regresar a la Marina. Jeff tenía la intención de tener su momento, así que le ordenó a José que se atara debajo de la balanza en la casa de pescado. Los chicos salieron y todos aplaudieron cuando vieron la cola sobresaliendo. Jeff, por supuesto, aprovechó el momento al máximo.

Uno de los muchachos bajó y ató un hilo a la cola del pez mientras otros dos lo sacaban de la caja del pescado. Se arrastró por la cubierta y luego quedó suspendido en lo alto para que todos lo vieran. Nos acercamos al dial y era un poco más pequeño de lo que pensaba, apenas 329 libras.

"Jeff, eso habría ganado el torneo de pesca la semana pasada".

"Tal vez la próxima vez."

Jeff llegó a un acuerdo rápido con los chicos de la pescadería para limpiar y destripar el pescado, y luego empacarlo en cajas de una libra y entregarlo al Tiki.

"Entonces, ¿no es todo para nosotros?" Bromeé.

"Oye, Tomas, doscientos platos a treinta dólares cada uno, más cervezas, es un buen día en la oficina", explicó.

"Quizás necesite una calculadora para eso", bromeé.

Miró con una amplia sonrisa mientras se pusieron a trabajar, y yo habría sonreído si un día tan bueno hubiera añadido tanto a mi cuenta bancaria. Cogí la manguera para lavar la terraza cuando Jeff me agarró del brazo y me dijo que José se encargaría de todo eso.

Metió la mano en su bolsillo y les entregó algo de dinero en efectivo a José y a uno de los trabajadores portuarios.

"Después de abastecer de combustible al barco, necesito que ayudes a José", le dijo al trabajador. "Tenemos un chárter a las 4 p.m. y el Capitán Cantrelle no regresará a tiempo".

"Sí, jefe", respondieron ambos.

"Tomás, sígueme. Tengo una sorpresa más para ti hoy", confesó Jeff. "Es hora de que vayamos a andar en moto", anunció mientras ponía su mano en mi hombro.

"Oh, diablos, sí, déjame dejar algunas cosas y estaré listo", grité.

"Genial, estaré esperando en el Tiki".

Jeff se dirigió hacia el Tiki y yo continué por el muelle hasta San Blas.

¿Qué tan geniales han sido las últimas 24 horas? Contemplé mientras caminaba.

Pasé una velada increíble con Diana, pasé la noche con María, fui a pescar con Jeff y pesqué un atún loco, y ahora estaba a punto de dar un paseo alegre en un par de motocicletas increíbles.

11 CAPITULO ONCE

Continué hasta San Blas y no pude evitar mirar hacia la Marina; Todos los barcos tenían gente ocupada haciendo tareas del hogar o preparándose para salir por la tarde. Mientras miraba hacia abajo, los peces mordisqueaban los percebes de los postes que sostenían la plataforma. El sol brillaba, pero no estaba en su apogeo.

Mi reloj marcaba que era casi mediodía. Realmente no era necesario porque mi estómago sentía hambre y eso ya había señalado que era la hora del almuerzo. Dejé mis cosas, me di una ducha rápida y me puse mi ropa de andar en moto (lo que significaba jeans azules, camiseta y botas negras) y me dirigí al Tiki donde Jeff estaba esperando. Cuando llegué, pude ver que él también se había duchado y se había cambiado de ropa.

"¿Estás listo?" preguntó.

"Para ser honesto, dame un momento para comer algo. Mi estómago piensa que me han degollado", respondí.

"Perdón gringo, están limpiando la parrilla. Podemos agarrar algo en el camino. Además, cenaremos en Cilantros más tarde".

"¿Al menos tráeme una bolsa de esas?" Dije mientras señalaba los Doritos detrás de la barra.

Jeff se inclinó, agarró una bolsa y me la arrojó.

"Vamos, podemos tomar una hamburguesa en el ferry", sugirió.

Lo seguí hasta un camión afuera y subimos. Condujo sobre el lote de grava y una vez que llegamos a la carretera principal, giró hacia el este hacia su casa. Me recosté y le dejé conducir mientras comía mis Doritos. El extremo norte de la isla era visible y el golfo, donde el agua iba del turquesa a lo largo de la costa al azul intenso, se hizo mucho más profundo. Supuse que Jeff estaba haciendo más o menos lo mismo, viendo pasar el paisaje y examinando sus propios pensamientos.

"Probablemente ve esta vista un par de veces al día, pero yo nunca me aburriría de ella".

Después de quince minutos, entramos por sus grandes puertas negras y su caja de seguridad, y bajamos por el camino de entrada. Cuando nos detuvimos en el otro lado de la casa, pude ver a dos miembros de su personal limpiando un par de motocicletas Suzuki.

"Ese es para ti", señaló mientras salíamos de la camioneta negra.

La sensación de asombro mientras subía a bordo nunca cambió. Uno pensaría que era mi primera vez y, sin embargo, la novedad nunca desapareció. Presioné el encendido y el semental de dos ruedas entre mis piernas cobró vida con un gruñido. Lo aceleré un par de veces y me empapé del gruñido profundo. Agarré el casco que colgaba de uno de los espejos.

"Nos vemos en la calle", grité con una sonrisa y me alejé hacia las puertas. Me detuve una vez que llegué a la carretera principal y Jeff no estaba muy lejos detrás de mí.

"¿Ves ese cartel naranja, Tomás? ¿Ese que está a un cuarto de milla de distancia? preguntó con una sonrisa.

"Solo di cuándo". Lo miré mientras aceleraba la bicicleta.

"Está bien, tres… dos…" dijo mirándome, "… ¡uno!"

Los dos pisamos el acelerador hacia atrás y con una nube de polvo ambos salimos. Estuvimos codo a codo durante gran parte del tiempo, pero Jeff se adelantó en una curva amplia y, al final, me ganó por unos dos largos de bicicleta.

Nos detuvimos en el siguiente cruce.

"No está mal", confirmé, un poco irritada por haber perdido. "Veamos cómo te va en el camino".

Partimos uno al lado del otro, todavía con entusiasmo, pero no en modo de carrera completa, y nos dirigimos hacia el embarcadero del ferry. Llegamos justo cuando estaban embarcando, así que aparcamos las bicicletas junto a la barandilla.

"Vamos a buscar esa hamburguesa", dije mientras nos quitábamos los cascos. Nos abrimos paso entre el creciente número de coches, a pesar de que el ferry ni siquiera estaba medio lleno en ese momento. Llegamos al puesto de comida al otro lado y pedimos dos hamburguesas con todo lo que contenían: un ataque cardíaco a punto de ocurrir, como lo describió una vez un viejo amigo.

Mientras estábamos sentados en la mesa de picnic bajo la sombrilla, miré a Jeff y le dije: "Quería esperar hasta que solo tuviéramos que preguntarte algo".

"¿Qué necesitas saber, Tomas?", Respondió antes de darle un gran mordisco.

"Sé que mencionaste algunos asuntos la otra noche. Cartas sobre la mesa, necesito ganar algo de dinero. ¿Qué tenías en mente?"

Como amigo cercano, es casi como si esperara que le preguntara en ese momento.

"Es curioso que vuelvas a preguntar sobre eso. Vamos a echarle un vistazo ahora".

"Supongo que no debería sorprenderme. Me conoces muy bien. ¿No crees que quieres compartir ningún detalle?" Pregunté.

"Hmmmm, veamos. Tengo un barco de suministros de 210 pies que convertimos para transportar combustible…"

"Está bien", levanté la mano para evitar que dijera algo más y miré por encima del hombro para ver si había alguien al alcance del oído. "Sé a dónde va esto… ¿tienen compradores y vendedores?"

"Por supuesto, hemos estado haciendo esto durante más de un año, pero recientemente perdimos a nuestro Capitán y necesito a alguien en quien pueda confiar para reemplazarlo, alguien que, digamos, conozca el sistema".

Ese mal presentimiento volvió a la boca de mi estómago. Sabía que era poco probable que fuera 100% honesto y legal, pero conocía muy bien ese sentimiento al tratar con los cárteles. No estaba contento siquiera de contemplar la posibilidad de volver a involucrarme.

"¿Qué pasó exactamente con el viejo capitán?"

Jeff dejó su hamburguesa y me miró de reojo. "Nadie lo sabe con absoluta certeza", respondió.

"Esa realmente no es la maldita respuesta que quiero escuchar, Jeff", respondí.

"Está todo bien", se rió mientras tomaba un trago de cola. "Escuche, como sabes, el dinero siempre se transfiere electrónicamente antes de que se realice la transferencia final de combustible. Llevamos dos años haciéndolo de la misma manera con la misma gente, así que todos estaban bastante relajados. La última vez pospusieron la transferencia electrónica hasta después de recibir el producto… pero luego nunca se realizó la transferencia. Encontramos el barco abandonado y anclado frente a La Ceiba Playa. Salió del agua y no quedó ni una sola gota de diésel. Lo primero que pensamos fue que se trataba del cartel hondureño involucrado, pero mis contactos confiables allí dicen que no saben nada al respecto".

Cuanto más escucho, menos me gusta.

"El trabajo que viene es con los mismos vendedores, pero ahora tiene que ser todo en efectivo. No aceptarán ningún otro método de pago. Bueno, no hasta que se restablezca la confianza".

"No hay nada como la confianza entre ladrones", agregué tratando de mantenerme optimista.

"Honestamente, sólo necesito que lo ejecutes para asegurarte de que todo salga como debería", confió.

Ejecutarlo. Claro…

"Entendido", dije, frotándome la barbilla. "Entonces, ¿de cuánto estamos hablando aquí? ¿Qué cantidad de dinero hay en juego?"

Se inclinó más cerca y susurró: "Tendrás suficiente para comprar 600.000 galones".

Rápidamente hice los cálculos en mi cabeza. Esto equivale a alrededor de 1,3 millones de dólares.

"Esa es una gran cantidad de dinero en efectivo, Jeff. ¿Cuál es tu parte, o debería decir potencialmente, nuestra parte de todo esto? Hice la pregunta que probablemente decidiría mi participación o no, sin importar lo mucho que necesitara el dinero.

"Su parte será de ochenta mil dólares estadounidenses", confirmó.

Eso es mucho dinero, dinero que necesito.

Si hubiera sido cualquier otra persona, probablemente me habría alejado. De hecho, no habría estado allí si hubiera pensado que se trataba de cosas ilegales, pero era Jeff y confiaba en él.

"Está bien", dije después de un profundo suspiro y un momento de contemplación, "dame los detalles".

"Está bien entonces", dijo en voz baja. "Tenemos una barcaza de recolección justo al este de Dos Bocas, frente a la costa de Frontera; está anclado a unas tres millas de la costa. Recogerás el barco en Progreso y zarparás alrededor del mediodía, por lo que podrás llegar sobre las 21.00 horas. Eso debería darte unas nueve horas para cargarlo", explicó.

Escuché cada palabra que dijo y estaba prestando atención, tenía que hacerlo, pero solo una pequeña parte de mi mente se preguntó en qué me había metido nuevamente.

"Una vez que estés cargado, partirás antes del amanecer y te dirigirás a una posición que te proporcionaré directamente. La posición estará frente a la costa de Cozumel; supongo que será un recorrido de dieciocho horas. Habrá una tripulación lista para hacerse cargo desde allí y también una lancha para llevarlos de regreso a Progreso".

"Todo eso suena bien hasta ahora, pero tendré que seleccionar mi propio equipo", le informé.

"Eso puede causar un problema con la otra parte", admitió.

"Jeff, necesito el dinero y puedo hacerlo, pero voy a necesitar utilizar a mi propia gente. No necesito ni terminaré en una prisión mexicana por alguien con quien no quería trabajar o no conocía", subrayé.

"Está bien... está bien...", dijo con la mano en alto, "¿a quién tienes en mente?"

"A ver, Ramón, Tío, Shirma y Pepe si está dispuesto".

"Volver a unir la banda, ¿eh?" preguntó Jeff.

"Somos todos nosotros, hombre, excepto tú, por supuesto. Tengo que preguntar, ¿por qué no lo haces tú mismo?

Jeff bajó un poco la cabeza mientras explicaba: "Es un conflicto de intereses y, por la seguridad de todos, no pueden saber de dónde viene el dinero. Para tu información, Don Miguel está poniendo el dinero y todo lo demás está a su nombre. Simplemente estoy proporcionando el transporte y la logística, nada más".

El ferry se acercó al otro final de su recorrido y una vez realizado el desembarco volvimos a las motos. Los encendimos y salimos de la rampa y una vez que nos acercamos a la autopista, los dos volvimos a correr. Era como un juego del gato y el ratón, y chillábamos y rugíamos en las curvas y esquinas y estuvo cerca por un tiempo. En algún momento, no estaba seguro exactamente de cuándo, me adelanté un poco a Jeff y me tomó un par de minutos darme cuenta de que no estaba justo detrás de mí.

Eso me puso un poco nervioso, con las huellas, la persecución del barco y nada más. Me detuve, encendí un cigarrillo y esperé a que me alcanzara. Estaba dando mi primera calada cuando él se detuvo a mi lado.

"Tomás, la forma en que tomaste esas curvas, hijo de puta loco, amigo mío", se rió.

"Pensé que tenías problemas mecánicos", bromeé. "Estaba a punto de volver por ti".

Él gritó de risa. "Está bien, ¡parece que ganaste esta vez!"

———

Ambos despegamos nuevamente y un viaje normal a Mérida tomaría casi dos horas y media. Gracias a nuestra incapacidad de no competir entre nosotros la mayor parte del camino, lo hicimos en poco más de una hora. Cuando nos acercamos, me puse detrás de Jeff mientras él nos conducía directamente a casa de Cilantro.

Unos minutos más tarde nos detuvimos en Cilantros y estacionamos junto a una camioneta negra que no era diferente a la que tenía Jeff. No era suyo, pero había algo familiar en él.

"Hombre, eso fue muy divertido, Jeff. Ha pasado demasiado tiempo desde que hicimos algo así, hermano", dije con júbilo mientras apoyaba mi casco en la motocicleta.

"Si te hace sentir mejor, yo tampoco he salido mucho a montar. No hay mucha gente con quien viajar en México, al menos así no", respondió. "Cierto, esa es la camioneta de Don Miguel, entonces debe estar aquí. Entremos y tomemos algo adecuado para comer".

Obviamente mi memoria funciona bien. Sabía que lo reconocía.

Atravesamos las puertas abiertas y subimos las empinadas escaleras hasta la terraza.

"Es curioso, estuve aquí ayer con Diana", le dije mientras subíamos.

"Lo sé, lo escuché". Él sonrió.

Cuando la gente "habla" de mí, no es el tipo de atención que me gusta.

"¿Qué escuchaste y de quién?"

"Don Miguel… dijo que intentó alcanzarlo ayer en la marina. Alguien mencionó que habías estado aquí para cenar, pero aparentemente te fuiste como si tu trasero estuviera en llamas y tu bote fue demasiado rápido", explicó Jeff.

"¿Sabes qué? La próxima vez dile que programe una cita o que me envíe un correo electrónico, ¿eh?" Dije con severidad.

"Por supuesto, Tomas", se rió Jeff, quien claramente no podía ver por qué estaba molesto.

Caminamos hasta un área abierta con aire acondicionado y varias sillas y mesas. Al final del más grande, naturalmente, estaban don Miguel, Víctor y un tercer hombre que no reconocí. Dado lo que estábamos haciendo, no me gustó la sorpresa.

"Señor Tomás, bienvenido", gritó don Miguel mientras se levantaba de la mesa.

Tampoco aprecié cuando gritó mi nombre tan fuerte en público. Me ofreció la mano, que una vez más tomé, pero no sonrió como lo hicimos nosotros. Sólo había oído hablar de Don Miguel, pero lo poco que había visto de él no me impresionó en absoluto. Realmente pensé que era un imbécil autoritario, demasiado ruidoso, arrogante y desagradable.

Nos sentamos frente a ellos en la mesa y Don Miguel una vez más anunció en voz alta a todos y cada uno de ellos: "Ustedes ya conocen a mi hermano Víctor, y este caballero es un amigo cercano nuestro, Carlos, con quien hacemos negocios. Carlos, estos son Jeffryn y Tomas".

Carlos parecía un poco más joven que nosotros dos, tal vez alrededor de los treinta, tenía el pelo más corto y una figura alta y bastante delgada. Los ojos que miraban a través del cristal con borde de alambre eran fríos pero nerviosos, y tenían la apariencia inquieta de alguien que no quería estar allí, posiblemente forzado. Nos saludamos y luego Don Miguel llamó al camarero.

"Cervezas por todos lados, por favor, ¿y quieres algo de comer, Tomás? Sé lo que Jeff querrá", preguntó.

Tomaré un trago de tequila con esa cerveza si está en oferta, y la cena frita", respondí cortésmente.

"Oh, te gusta tu tequila, fabuloso", gritó, asegurándose una vez más de que toda la atención estuviera puesta en él.

¡Necesitaré pasar tiempo contigo y, a este paso, necesitaré la maldita botella!

El camarero tomó el resto del pedido y se dirigió a la cocina.

"Entonces, ¿Jeffryn habló contigo sobre nuestra pequeña propuesta?" -Preguntó Don Miguel.

"Hemos hablado sobre algunos aspectos de este. Sólo para asegurarme de que entiendo todo, ¿tienes un hombre adentro?

"Directamente a lo importante, sí, eso me gusta. Entiendo que conoces el negocio. Carlos es nuestro chico en Control", dijo, señalando al quinto miembro de nuestra mesa.

Levantó la vista y con una voz temblorosa que coincidía con su disposición nerviosa. "Estoy de vacaciones ahora mismo, pero mañana volveré al trabajo".

"Está bien, ¿y a quién tienes en Logística?" cuestioné.

Don Miguel puso su mano en dirección a Carlos y le impidió decir nada más. "Tomás, no necesitas conocer a esta persona, sólo lo que está haciendo".

Sacudí la cabeza. Esto no se veía bien.

"Escuche, sé que Control Marino monitorea los movimientos de todos los barcos por radar, y es Logística la que da las órdenes para los movimientos de los barcos. Sin gente a ambos lados de la valla, esto simplemente no se puede hacer".

No podía decir si estaba llegando a él mientras él estaba sentado allí sin emociones.

"Necesito estar seguro de que tienes estas bases cubiertas. ¡Sabes muy bien que, si me atrapan, tirarán mi trasero gringo por la borda y se llevarán tu dinero!

"Está bien, está bien, Tomás. También tenemos una persona en Logística. Ellos te asegurarán el paso e incluso te arreglaré para que te reúnas con ellos después del almuerzo", confirmó don Miguel.

La conversación se volvió más generalizada y alejada del negocio. Don Miguel parecía hablar a todos más que a nadie, y parecía más interesado en oírse hablar a sí mismo.

El camarero llegó con nuestras cervezas y comida, y empecé a comer directamente. Dejé mentalmente a los demás mientras seguían hablando y dejé que mi mente divagara un poco, pensando en lo mucho que había disfrutado la noche anterior en Cilantros con Diana, mucho más que la compañía con la que estaba.

También pensé genuinamente en dejar el trabajo. Tuve mis dudas desde el principio y nada de lo que había visto u oído mejoró nada. Lo que me mantuvo firme fue el gran día de pago y que sabía que se podía lograr si podía conseguir que mi propia tripulación se uniera.

Jeff se sentó a mi izquierda, se inclinó y susurró: "Estás poniendo esa mirada, Tomas. No te preocupes, llevamos dos años haciendo esto con la misma gente. Está todo bien", prometió.

Simplemente levanté la vista de mi plato y finalmente asentí.

Sonó un celular cerca de Don Miguel y él contestó bastante rápido. Una vez más, la conversación fue en español así que no pude entenderlo todo. Todo lo que recogí fue que terminó confirmando que estaba en camino.

"Jeffryn, cuando hayas terminado de comer, trae a Tomas al barco", ordenó antes de que el trío se alejara de la mesa. Jeff simplemente asintió con la boca llena de comida. Seguí comiendo como si no tuviera idea de lo que acababan de decir.

Una vez que se fueron, me volví hacia Jeff con inconfundible preocupación y le pregunté: "¿Estás seguro de estos tipos, Jeff? ¿Realmente seguro? Hombre, debo decirte que Don Miguel me recuerda a ese cabrón astuto con el que tratamos en Tampico".

"Relájate, Tomás. Te lo aseguro, lo tengo todo cubierto e incluso voy a enviar a Cantrelle contigo, sólo para estar seguro", dijo con confianza.

"Está bien, pero si veo una parte de este trabajo y algo no me gusta, me voy".

Le di un último bocado a mi pescado y terminé mi cerveza. Luego me levanté y me dirigí a las motocicletas mientras Jeff pagaba la cuenta; El típico Don Miguel, sospechaba. Cuando salió, yo estaba sentado en la bicicleta con un cigarrillo en la mano.

"Pensé que habías dejado esas cosas sucias, Tomas", dijo Jeff decepcionado.

"Lo hice, hoy sentí que necesitaba uno", respondí mientras daba una última calada y tiraba la colilla.

12 CAPITULO DOCE

Nos subimos a las bicicletas y seguí a Jeff por Marina Road hasta el otro lado del embarcadero. Los marineros ya estaban desplegando una pasarela cuando nos detuvimos junto al barco.

Shirma, un amigo mexicano que conocía, caminó hacia nosotros sonriendo y preguntó: "Cap, ¿vas a ser el capitán de esta carrera?"

"Ya veremos, Shirma", le dije mientras miraba a los otros dos marineros. "¿Conoces a este tipo?"

"Sí, Cap, por supuesto que sí. Son mis primos".

"Bien, hablaremos en un momento. Tenemos que ir a hablar con don Miguel", le expliqué mientras los dos abordamos el barco.

"Seguro, Cap, será fantástico volver a trabajar para ti". Él saludó.

Shirma era joven, pero tenía experiencia mucho más allá de su edad y sabía más que la mayoría de los que tenían más de veinte años en estos negocios. Era un niño astuto que podía actuar de manera extremadamente ingenua y exitosa cuando le convenía o lo necesitaba. Lo más importante era que sabía que podía confiar en él.

Regresó a guardar el equipo a bordo del barco con sus primos y seguí a Jeff escaleras arriba hasta el puente. Desde que abordamos, estuve observando el barco. Parecía estar bien mantenida, incluso le habían añadido recientemente una nueva capa de pintura. Claro, había algunas rayas de óxido esparcidas en algunos lados, pero estaba en buenas condiciones para ser un barco de suministros.

Cuando llegamos arriba y pisamos el puente, nos encontramos con cuatro personas esperándonos… otra sorpresa más que no fue apreciada ni deseada. Frente a nosotros estaban Don Miguel, Víctor y Carlos, y supuse, y de hecho esperaba, que el cuarto tipo fuera el hombre de Logística.

"Tomás, me gustaría presentarte a don Hugo, nuestro hombre de Logística del que hablamos antes", presentó don Miguel, el primero en hablar como siempre.

"Un placer conocerte, Capitán", dijo con confianza mientras extendía la mano. "¿Cómo puedo ayudarles a usted y a don Miguel?"

Le estreché la mano.

"Un placer conocerte también. Solo quería conocer a todos y asegurarme de que tengan las cosas arregladas por su parte", respondí mientras expresaba mis preocupaciones.

"Totalmente comprensible. Puedo decirles con confianza que tendremos un programa para que reciban la carga desde una plataforma cercana a la barcaza de recolección. Una vez que se complete la transferencia, destruiremos todos los documentos y será como si el viaje nunca hubiera ocurrido".

Era el tipo de cosas que quería y necesitaba escuchar y asentí con aprobación.

"Eso suena bien. Ahora Carlos, ¿tendrás contacto directo con Don Hugo? De esa manera, una vez que se complete la transferencia, podrás monitorear cualquier movimiento hasta que salgamos del campo hacia La Ceiba", verifiqué.

"Eso es correcto, lo entendió, Capitán", estuvo de acuerdo.

Hice una pausa y miré alrededor de la habitación. Probablemente ya era demasiado tarde para dar marcha atrás en esta etapa, pero estaba lo suficientemente feliz como para seguir adelante.

"Está bien, por lo que puedo ver, parece que tenemos un plan sólido. A menos que alguien tenga otras inquietudes o problemas, estoy feliz de seguir adelante, hagámoslo", confirmé.

Todos asintieron y empezaron a hablar entre ellos. Hubo una notable disminución en la aprensión y supuse que se sentían aliviados de haber seleccionado a su Capitán. Había partes del plan que no tenían nada que ver conmigo, así que me quedé callada mientras hablaban de los aspectos que no me concernían, solo tomé notas mentales para saber qué más estaba pasando.

"Tomás, tienes más preguntas", preguntó Jeff una vez que todos estuvieron de acuerdo en todo.

"No, estoy bien. Suena bastante sólido desde donde estoy", respondí. "Me darás la lectura del GPS mañana por la noche antes de partir. Tendremos copia del programa, celular y números de don Hugo y Carlos, y en 24 horas tendré a mi equipo aquí",

"Vaya, espere un momento, señor. Utilizarás a mi equipo y eso es todo. No confío en nadie, en nadie, sin mi gente", gritaba don Miguel mientras agitaba las manos con gestos salvajes.

Ya estaba harto de Don Miguel y lentamente apreté el puño. Hubo un torrente de sangre en mi cara y sentí la abrumadora necesidad de darle un puñetazo en su jodida cara gorda. Conociéndome bien, Jeff vio lo que estaba a punto de suceder y tomó medidas para calmar la situación antes de que las cosas se salieran de control.

"Estoy seguro de que podemos resolver esto. Don Miguel, quería comentarle esto, pero Tomás se me adelantó", comenzó.

"Déjame aclarar esto", comencé irritado, "me estás pidiendo que confíe en todos ustedes y, sin embargo, obviamente no quieren confiar en mí. Lo siento, esto no es negociable. Sé que mi equipo puede lograr esto y no seré parte de esto sin ellos".

Me arriesgué a que ellos realmente me necesitaban más de lo que yo necesitaba el dinero, y eso fue grave.

"Sabes qué, busca a alguien más", dije, sacudiendo la cabeza.

Levanté las manos en el aire y miré hacia las escaleras.

Como era de esperarse, Don Miguel se enfureció enormemente mientras despotricaba y maldecía. Pensé que sería mejor dejarles hablar de ello así que bajé las escaleras para tomar un respiro. Mientras me alejaba, pude escuchar una discusión muy animada, o más bien una discusión, mientras Jeff y Don Miguel iban y venían.

Me encontré en la cubierta de popa observando a Shirma empalmar líneas.

"¿A qué hora nos vamos, Capi?" preguntó.

"No estoy seguro de estar ejecutando este todavía. Esperemos y veremos".

Unos minutos más tarde, apareció Jeff y abrió con una declaración de lo obvio.

"Veo que todavía tienes la extraordinaria habilidad de cabrear a la gente con facilidad".

"Lo intento", respondí con una dosis de sarcasmo que fue recibida con una sonrisa tanto de Shirma como de Jeff.

"Cierto, Don Miguel ha aceptado a regañadientes tu condición, pero tienes que prometerme que estás seguro de Ramón. Ya sabes cómo es. ¿Podrás evitar que se meta en problemas tanto tiempo?" preguntó seriamente.

"Por supuesto que puedo, y lo más importante, ¡confío en él!"

"Pongamos esto en marcha", declaró Jeff mientras me lanzaba su teléfono celular. "El número de Ramón está ahí, llámalo".

Lo tomé y caminé por la pasarela para que nadie pudiera escuchar la conversación. Encontré el número de Ramón y lo marqué. Después de un par de timbres, contestó.

"Ramón, este es Tomás", dije con entusiasmo.

"Tomás, amigo mío. ¿Qué está pasando, hombre? ¿Por qué me llamas al móvil de Jeffryn? preguntó.

"Solo lo tomé prestado porque tenía tu número a mano. Escuche, tengo una carrera importante que hacer en las próximas 24 a 48 horas. Es por 80.000 dólares estadounidenses… ¿te interesaría?"

"Joder, sí, seguro. Sólo déjame saber cuándo y dónde me necesitas", confirmó Ramón.

Sentí un momento de alivio y sonreí. Para mí era vital tener a Ramón involucrado.

"Suele haber un vuelo que sale de Mazatlán a las 1800 y aterriza en Cancún a las 2030 esta noche. ¿Hay alguna posibilidad de que puedas participar? Sugerí.

"Claro que sí. No puedo esperar a verte de nuevo", respondió.

"El sentimiento es mutuo. Haré que Jeff reserve tu vuelo y te envíe todo por mensaje de texto", le expliqué.

"Voy a estar allí."

"Ramón, otra cosa. ¿Tu padre todavía tiene tratos con la aduana de Dos Bocas?

"Él lo hace, ¿qué necesitas?"

"Alquilan espacio en el muelle para realizar reparaciones y realmente necesito obtener permiso para navegar allí pasado mañana. Digamos que, si las autoridades empiezan a hacer preguntas, necesitaremos una razón para estar allí".

"No hay problema, lo tendré solucionado esta noche", estuvo de acuerdo.

"Bueno hombre, nos vemos pronto", dije agradecido y colgué.

Mientras caminaba de regreso al barco, pude ver a todos todavía en el puente. Continué repasándolo todo en mi cabeza porque no confiaba en ninguno de los chicos que estaban allí aparte de Jeff.

Amigo mío, no estoy muy seguro de tu juicio en este momento. Estás lidiando con algunos personajes bastante turbios.

 Hice lo mejor que pude para descartarlo. Tratando de mantener una actitud positiva.

Está bien, tienes a tu siempre confiable as en la manga, Ramón, y eso debería ser suficiente para mantenernos a todos fuera de la cárcel si todo sale mal.

Ramón tenía muchos amigos de alto poder, tanto en el gobierno como en varias autoridades, y eso sin los contactos de su padre. Su estilo de vida requería la asociación de personas que pudieran ayudarle a salir de situaciones difíciles. A Ramón le encantaban las fiestas, incluso más que a Jeff, y era dueño de una agencia de acompañantes, entre muchas otras empresas.

En todos los años que habíamos sido amigos, nunca lo había visto meterse en una situación de la que no pudiera salir con una llamada rápida. Estaba seguro de que tenía mucho dinero escondido, otro activo valioso para no meterse en problemas, y probablemente por eso siempre estaba dispuesto a ganar más.

Cuando regresé al barco, Jeff estaba hablando con Shirma.

"Es bueno tenerte como parte del equipo para esta carrera", interrumpí, "pero temo que tus primos no vayan a este viaje. Diles que les daré quinientos dólares y que se tomen un par de días libres", le dijo.

"Sí, capitán. ¿Quién más va a hacer el viaje? preguntó.

"Algunos chicos que conozco de trabajos anteriores, yo, Cantrelle y tú", respondí.

"Conozco a Cantrelle, es un buen hombre. Feliz de participar si tanto usted como él lo están, Cap", dijo.

"Te pagaré al final del día", confirmé y me volví hacia Jeff, devolviéndole su teléfono mientras lo hacía. "Si hemos terminado aquí por ahora, necesito regresar y ocuparme de algunas cosas. También necesito que reserves el vuelo de las 1800 para Ramón de Mazatlán a Cancún. Él se encargará de los demás".

"Considérelo hecho. Terminemos un par de cosas rápidas aquí y podremos regresar". Jeff estaba feliz, Shirma estaba feliz, sus primos estaban felices con el bono por no trabajar, todos parecíamos felices. Francamente, no me importaba si don Miguel o Víctor eran felices.

Fui y me senté en la motocicleta mientras esperaba a Jeff, pensando en el plan en mi cabeza, MI plan, no el de ellos. También comencé a pensar en el plan de contingencia que había iniciado con Ramón. Era importante no perderse nada, nada, ya que eso podría resultar en prisión o muerte. Siempre habíamos tenido un plan de contingencia a lo largo de los años y nos salvó el trasero en innumerables ocasiones.

Como él proporcionó los contactos a través de su padre y obtuvo el permiso para navegar, decidí que le daría a Ramón aproximadamente la mitad del dinero. No esperaba tanto, pero valió la pena por el seguro. El permiso para navegar era un documento emitido por el gobierno mexicano que demostraría que navegaríamos hasta el Muelle de Aduana para reparaciones y que no haríamos algo potencial o realmente ilegal.

El único otro punto de peligro era ser atrapado literalmente en el acto o que las autoridades encontraran una maleta con dinero. Si encontraran tanto efectivo, nos arrestarían por conspiración y entregarían el dinero... o más probablemente nos matarían y se quedarían con el dinero.

De todos modos, será mejor que vigilemos el radar como un halcón y estemos preparados para desconectarnos si algún barco llega a la zona.

En ese momento, Jeff se había unido a mí en las bicicletas y estábamos listos para regresar a Cancún. Mientras avanzábamos, el sol empezó a ponerse detrás de nosotros y la temperatura había bajado ligeramente. No salimos como un par de banshees salvajes, pero aun así logramos alrededor de 100 mph la mayor parte del tiempo.

Prefería viajar de esa manera, no me daba tiempo para la contemplación, para pensar demasiado o para cualquier otra consideración que no fuera la carretera. Siempre lo encontré como un gran calmante para el estrés y la ansiedad. No tienes tiempo para preocuparte por nada más.

Llegamos al ferry una hora más tarde, pero tuvimos que esperar a que regresara por el otro lado.

"¿Puedo tomar prestado el Land Rover para recoger a Ramón del aeropuerto?" Le pregunté a Jeff mientras esperábamos.

"Creo que Diana lo tiene ahora mismo para recoger algunas

cosas para el restaurante, pero bueno, puedes usar el Porsche si quieres", respondió con las cejas arqueadas y una sonrisa.

"Lindo." Sonreí.

"Tengo que preguntar, hombre", dijo Jeff con un suspiro. "¿Por qué decidiste llevar a Ramón a este viaje y presionar tanto para involucrarlo?"

"Simple, para seguros. El padre de Ramón tiene conexiones importantes y, si tenemos algún problema inesperado, se encarga de que tengamos documentos que indiquen que estamos allí para realizar reparaciones".

Su ceño se convirtió en una sonrisa mientras asentía con la cabeza.

"Pensamiento inteligente, debería haber adivinado que sería algo así, pero no habrá ningún problema".

"Sabes que siempre tengo una contingencia… siempre".

Finalmente llegó el ferry y estábamos de regreso en la casa de Jeff unos treinta minutos después de la travesía. Sus hombres de seguridad guardaron las bicicletas y me consiguieron el Porsche.

"Eso fue una maravilla", admitió, "no esperemos tanto para volver a hacerlo".

"Lo fue. Voy a buscar a Ramón, ¿puedo conseguir un pequeño adelanto en efectivo?"

"Claro", respondió mientras me pasaba algunos billetes de un clip para billetes de buen tamaño. "Dile a Ramón que se lo tome con calma, ya sabes cómo es".

———

"¿Cuándo le has visto alguna vez tomarse las cosas con calma?", intervine mientras subía al Porsche.

Mientras me ponía al volante del Porsche, todo parecía fluido y bien ensamblado. Jeff tenía algunos autos deportivos, pero este era el que yo había elegido en el pasado cuando me dieron la opción. Empecé a recorrer el largo camino y, en la cima del acantilado, giré hacia la carretera principal y pisé el acelerador.

Le di un poco de gasolina hasta la Marina, la euforia del viaje fue inmensa. Reduje la velocidad cuando llegué al estacionamiento y lo puse justo detrás del Tiki.

Faltan unas horas para que tenga que recoger a Ramón. Puedo ir a revisar el barco, ducharme y cambiarme, y luego partir.

Me tomé un momento para repasar el plan en mi mente para asegurarme de que no me había perdido nada mientras todavía tenía tiempo para hacer algo al respecto, y me sentí seguro de que habíamos cubierto todas las bases. Me levanté del Porsche y caminé alrededor del edificio, notando un Range Rover retrocedió cerca de la cubierta Tiki con la escotilla trasera abierta. Diana salió con dos hombres mientras yo me acercaba. Parecían personal y ella me vio justo cuando se despedía de ellos.

"Tomás", gritó, un poco sorprendida al verme. "Ooo, veo que tienes el Porsche de Jeffryn, ahora sabes que tendrás que invitarme a tomar una copa más tarde", ronroneó con ese fuerte acento sureño.

"Me temo que tendremos que esperar un momento. Jeff me ha tenido con él en bicicleta toda la tarde y necesito refrescarme antes de recoger a un amigo de Cancún Internacional en unas horas", dije con pesar.

"Está bien, esta vez obtendrás un pase. Trae a tu amigo más tarde y les traeré una cerveza a ambos", sugirió.

"Lo haré", confirmé mientras le daba un gran abrazo.

Mientras caminaba por el muelle hacia San Blas, el sol todavía estaba justo sobre el horizonte.

Probablemente faltaba otra hora para el atardecer.

"Hola, Capi", gritó José desde el otro lado mientras dejaba caer otra trampa de cebo al agua.

"Oye José, ¿sabes dónde está Cantrelle?"

"Está en el barco", señaló, "allá en el muelle de combustible. Tenemos un contrato esta noche y él está preparando todo".

"Está bien, ¿puedes decirle que venga a verme si está libre en las próximas horas?"

"Sí, Cap, puedo hacerlo", gritó José mientras tomaba su cubo de cebo y se alejaba.

Continué hasta mi bote y fui a hacer algunas comprobaciones antes de ducharme. Habiendo visto que las sentinas estaban todas bien, me acerqué a la proa donde una vez más encontré huellas. Eran más prominentes que la última vez y más claros de ver; definitivamente eran talla diez u once, y ciertamente una especie de pisada de tipo militar.

Revisé el pestillo de la escotilla delantera y no había nada roto ni parecía haber sido manipulado. Abrí la cabina y miré con cuidado. Una vez que estuve seguro de que estaba vacía, caminé hasta mi V-birth.

Miré directamente hacia mi cama y vi un trozo de palillo encima. Lo metí discretamente en una rendija de la escotilla, de modo que, si alguien la abriera, el palillo se cayera y, efectivamente, allí estaba.

Afortunadamente, también tenía un pestillo en el interior para que la escotilla sólo se pudiera abrir aproximadamente un cuarto de pulgada. Necesitaba revisar para ver si se había tocado algo, pero pensé que había pocas posibilidades de que alguien lo abriera por completo. Había una cosa de la que podía estar seguro y decidí que era hora de instalar algún equipo de vigilancia para saber qué estaba pasando y quién lo hacía.

Una vez que miré todo a mi alrededor, repitiendo el ejercicio de la vez anterior, me preparé una taza de café y salí a la terraza. Me molestó que alguien hubiera intentado subir a mi barco otra vez, pero traté de mantener la calma porque parecía que no entraban. ¡Lo que quería saber era quién lo había hecho! El sol proyectaba una sombra refrescante sobre todo y siempre era un lugar agradable. Miré alrededor del puerto para ver si noté algo raro.

La Marina estaba en general tranquilo y había algunas personas dando vueltas y algún que otro pescador. Había más actividad alrededor del barco de Jeff y pude ver a Cantrelle mientras movía cosas por la cubierta trasera.

No quería quedarme con la cámara de vigilancia, especialmente porque iba a estar fuera en unas horas. Eché los últimos posos de café al agua y me dirigí a la cabaña. En uno de los cajones del escritorio había una pequeña cámara remota inalámbrica. Originalmente tenía la intención de grabar en torneos de pesca para poder volver a verlo, pero nunca lo logré.

No tomó mucho tiempo agregar baterías nuevas y sincronizarlo con mi computadora portátil. Cuando estuvo listo, caminé casualmente alrededor del bote y cuando todos parecían ocupados, me deslicé por la borda al agua. Nadé hasta uno de los otros embarcaderos y sujeté la cámara debajo de las tablas donde no pudiera ser vista. Ajusté el ángulo rápidamente y tuve una línea de visión directa hacia el San Blas para poder filmar a quien intentara abordar. Después de comprobar que todo estaba seguro, comencé a nadar de regreso a mi bote.

Escuché pasos mientras me acercaba, así que me quité el reloj de buceo y lo sostuve en la mano.

"Oye, Cap, un poco tarde para nadar, ¿no?" Cantrelle preguntó con su gran sonrisa habitual.

"Se me cayó el maldito reloj", mentí.

Subió al barco mientras yo nadaba hasta la cubierta trasera y salía.

"¿Te apetece una cerveza?" Ofrecí.

"Claro, tenemos un chárter de cuatro horas, pero aún no han aparecido".

Agarré una toalla para secarme y Cantrelle me siguió al interior.

"Ayudar a sí mismo." Señalé el refrigerador. "Sólo me voy a enjuagar rápidamente".

No me preocupaba dejar a Cantrelle solo, pero aun así no quería que nadie, ni siquiera él o Jeff, supiera sobre la cámara que había instalado. Unos minutos más tarde salí, tomé una cerveza y me reuní con él en el sofá.

"José mencionó que querías verme, Cap", preguntó después de tomar un gran trago.

"Lo hice, y puedes llamarme Tomas".

"Claro, está bien, Cap", bromeó Cantrelle.

"Quería hablar contigo sobre esta vuelta que haré para Jeff mañana por la noche. Me dijo que vendrías con nosotros. Estoy seguro de que lo sabes, pero sólo quería estar seguro de que sabías lo que implica y las consecuencias si nos atrapan", dije con severidad.

Fue la primera vez que vi su sonrisa desaparecer casi por completo.

"No se preocupe, capitán. Jeffryn me dijo todo lo que necesitaba saber y no hay ningún problema. Hagámoslo", respondió con entusiasmo, si no felizmente.

"Es bueno saberlo. La tripulación que estará a bordo con nosotros es toda mi gente. Puedo asegurarte de que he trabajado con ellos antes y que todos son confiables y profesionales. Para que lo sepas, en caso de que suceda lo peor, tengo seguro y un plan de contingencia", le expliqué.

"¿Esperas algún tipo de problema?"

Pensé cuál sería la mejor manera de responder y seguí: "No, pero hay mucha gente involucrada. Simplemente no dejo nada en duda".

"Eso funciona para mí, Cap, estoy contigo", dijo mientras se levantaba.

"Podemos discutir el resto en el camino mañana", confirmé mientras nos estrechábamos la mano y lo acompañaba hasta la puerta. "Disfruta de tu carta".

No hubo tiempo para revisar la cámara, así que lo hice de inmediato. Me acerqué a mi computadora portátil y miré el ángulo. Era difícil ver a alguien en el muelle, pero si llegaban al San Blas, yo lo haría. Feliz de haber hecho algo para ayudar a eliminar las nubes de duda y paranoia que había experimentado con las huellas, me cambié y me puse mejor ropa. Estaba seguro de que Ramon querría salir porque hacía mucho que no nos veíamos.

Ramon tenía unos treinta y tantos años, era un poco más bajo que yo, pero era un tanque; no estaba gordo, sólo tenía muchos músculos en un cuerpo más bien pequeño. Tenía una voz profunda y ronca con un fuerte acento español y sonaba como un George Clooney latino. Su enorme sonrisa estaba muy bien enmarcada por su bigote y perilla. Sabía cómo manejarse en una pelea y era como un pitbull que seguía acercándose a ti hasta que te conoció.

Recordé cuando tuvimos un desacuerdo una noche y puedo testificar que sus golpes se sienten como fundas de almohada llenas de ladrillos. Otra comparación que algunos dieron fue la de un latino Joe Pesci de la época de Casino. Siempre ha sido incuestionablemente leal a sus amigos y digno de confianza, y le encantaban las fiestas. Su problema fue que nunca dominó la habilidad de detenerse una vez que comienza. Habíamos pasado por buenos y muchos malos momentos, y aunque éramos parte del equipo, éramos más que eso: éramos familia.

Cada hombre tenía sus propios talentos únicos en nuestro equipo y Ramón siempre había sido mi segundo al mando, en quien más confiaba aparte de Jeff. Era un marinero experto y hábil manejando embarcaciones y, lo más importante, tenía la lista de contactos. Conoce a todos en el negocio y todos lo respetaban.

Todavía faltaban un par de horas para que tuviera que recoger a Ramón, así que fui al Tiki a comer algo. Ya estaba bastante lleno cuando llegué y Diana se acercó y me abrazó.

"Ven a sentarte en la barra, Tomás. Espero que tú y tu amigo regresen aquí más tarde con un aspecto tan delicioso", insinuó.

"Sospecho que tiene una atmósfera diferente en mente", respondí.

"Joe vendrá a arreglarte", dijo mientras me besaba en la mejilla y se dirigía a una mesa donde la gente gritaba y sostenía vasos vacíos.

No necesitaba mirar el menú, sabía lo que quería.

"Oye, Joe, una corona y atún asado, por favor", ordené.

"Claro", respondió mientras recogía el menú y se dirigía a la cocina.

No me tomó mucho tiempo consumir esa deliciosa comida y cerveza, y una vez que terminé, me levanté, tiré una propina sobre la mesa y me dirigí al estacionamiento. Al pasar junto a

Diana, la saludé con la mano, pero ella tenía las manos ocupadas con dos mesas ruidosas. La alegría me invadió mientras subía al Porsche y me dirigía hacia el ferry. Fui un conductor sensato la mayor parte del camino... al menos la mayor parte.

Mi sincronización fue perfecta y pude conducir directamente hacia el ferry. Ya había anochecido y soplaba una brisa fresca desde el golfo. Me apoyé en la barandilla y observé las luces que pasaban en la otra orilla. No pude evitar reflexionar de nuevo sobre el trabajo y quise repasarlo todo de nuevo, por si acaso se me había escapado algo obvio.

Eso me llevó a pensar en Ramón, los muchachos y la última vez que trabajamos juntos en Dos Bocas, y eso, a su vez, me hizo pensar en China. No había hablado con ella en un par de meses, pero eso no significaba que no hubiera pensado en ella.

"Ella siempre será la que se escapó". Suspiré pesadamente.

Hacía tiempo que debía haber llamado, así que, dado que ella también podría darme algunas ideas nuevas sobre el puerto de Dos Bocas, decidí llamarla. Bajé mi lista de contactos y marqué su número. Sonó un par de veces antes de que ella lo contestara.

"Bueno."

"Hola, Bonita", respondí alegremente.

"Oye, Tomas, estaba esperando tener noticias tuyas. ¿Dónde estás?" preguntó ella.

"Estoy en Cancún, acabo de terminar un torneo aquí".

"Oooo, oye, ¿te vienes a Dos Bocas? ¿Debería esperar una visita sorpresa?" ella bromeó.

"Lo siento, no, ahora no de todos modos. Estoy a punto de recoger a Ramón en el aeropuerto.

"Uh oh, no, Tomas, eso no suele significar cosas buenas. ¿Qué estás haciendo?"

"Que no cunda el pánico, todo está bien. Conseguí un trabajo a tiempo parcial a través de Jeff. Saldremos mañana o pasado para correr en tu dirección. Odio que esto sea lo primero que pregunte, pero ¿hay algo que deba saber?

Su pausa pesada fue extremadamente notable.

"Tu momento no es bueno. Están sucediendo muchas cosas estos días. Para empezar, están en medio de una lucha de poder por la zona portuaria. Esta misma semana secuestraron al dueño de un bar local llamado Soberannis y lo mataron incluso después de haber recibido el rescate".

"Estoy menos preocupado por eso y más interesado en cualquier cosa que pase con la Marina o Pemex. ¿Tienes alguna idea?

El tono de China se volvió aún más serio cuando continuó: "Escuché que se ordenó a la Armada que presionara al capitán del puerto con respecto a los sobornos, y el negocio del que estás hablando también está bajo presión".

"Continúa, ¿cómo sabes de qué negocio estoy hablando?" Yo también me reí.

"Sé lo suficiente. Sé que tú y Ramón habéis vuelto a estar juntos y que Jeffryn también está involucrado".

Contemplé mi siguiente pregunta. "Tengo unos negocios con un señor que se llama Don Miguel y su hermano. ¿Conoces a estos dos?

"Mierda, Tomás, ¿en serio? Estos dos son peces gordos y normalmente son malas noticias. No hay pruebas, pero sospecho que esos dos ordenaron matar al sheriff aquí hace un par de meses. Esto no es prudente, Tomás", instó.

"Tenía un presentimiento sobre esos dos, por eso traje a Ramón e insistí en mi equipo habitual. Debo irme en un minuto, pero hablaré contigo antes de partir", le dije.

"Está bien, pero mantén tu teléfono cerca. Voy a hacer algunas comprobaciones", sugirió.

"Gracias, cariño. Iré a verte cuando todo esto termine. Prometo."

"Solo ten cuidado", imploró antes de colgar.

Me dejó preguntándome si había tomado la decisión equivocada en lo que estoy haciendo.

13 CAPITULO TRECE

Levanté la vista una vez que terminó la llamada y vi que el ferry se estaba acercando al embarcadero como de costumbre. Subí de nuevo al Porsche y la puerta se abrió unos minutos más tarde. El viaje a través de la ciudad fue tranquilo, con una parada rápida para tomar agua fría ya que tenía algo de tiempo libre y llegué al aeropuerto treinta minutos antes.

Aparqué en el aparcamiento de corta duración y me dirigí a las puertas de llegada. Todavía había tiempo de sobra, así que fui al bar a tomar una cerveza. Al terminar el último trago, vi que la gente empezaba a llegar. Entre la multitud estaba Ramón, que estaba en el proceso de buscarme cuando me acerqué por detrás y le toqué el hombro. Se dio la vuelta y una enorme sonrisa apareció en su rostro.

"Tomás, qué bueno verte, amigo mío", exclamó mientras me daba un abrazo de oso.

"Tú también, Ramón. Ha pasado demasiado tiempo", confesé.

Sólo llevaba una pequeña bolsa de lona, así que comprobé: "¿También tienes equipaje facturado?".

"Por supuesto."

Le hice un gesto para que me siguiera hasta los carruseles donde empezaron a aparecer las cajas y bolsas descargadas.

"Es tan bueno verte, Tomás", dijo jovialmente.

"Es culpa mía, Ramón, lo siento mucho. Desde que me jubilé y compré el barco, no tengo precisamente dinero para viajar".

"Entonces, es bueno que esté aquí para que ambos podamos ganar algo de dinero, ¿eh?" él se rió.

"Espera tu mierda y yo iré a traer el auto al frente", sugerí.

Saqué el coche del aparcamiento y me detuve frente al edificio justo cuando apareció Ramón con su bolso de lona y una maleta que parecía más grande que un baúl. Me reí tan pronto como lo vi.

"¿También trajiste el puto fregadero de la cocina?"

Caminé hacia el frente y abrí el maletero, y unas quince personas a nuestro alrededor se unieron a las risas cuando se hizo evidente que su maleta no iba a caber en el Porsche menos espacioso.

"Lo siento, amigo, parece que tendrás que sostenerlo en tu regazo. Pasemos por el barco y lo escurramos allí antes de salir a comer y beber", propuse.

Fue todo un espectáculo cuando se dejó caer en el asiento y luego cargó este enorme maletín sobre su regazo.

"Te dije que este era un trabajo de dos o tres días, ¿no?"

"Sí, sí, sigue con los chistes. Para que lo sepas, lo sé, pero tengo otro trabajo después de este en Carmen, así que no todo es para tu beneficio", respondió.

Una vez que estuvimos en el ferry, caminé y ayudé a levantar el maletín de su regazo para que pudiera salir. No había mucho que hacer mientras cruzábamos el agua, así que nos apoyamos en las barandillas. Parecía un buen momento para hablar del trabajo ya que no había mucha gente en ese cruce.

"Hablemos del trabajo por un minuto. ¿Se ha encargado de los permisos?

"Todo listo, mañana a las 9 de la mañana lo tendremos", confirmó Ramón.

"Perfecto. Entonces, ¿tiene alguna pregunta?

"No tanto por el trabajo. ¿Vamos a ver a Jeffryn esta noche? ¿Sería bueno saludarlo también?

"Lo dudo mucho. Jeff parece tener muchas cosas que hacer, aunque hoy se sintió un poco menos estresado cuando estábamos en las motos", mencioné.

"¿Él también nos acompañará?"

La expresión de alivio en su rostro cuando negué con la cabeza era palpable.

"Okay, esa mirada no me gusta. ¿Qué pasa, Ramón? ¿Hay algo que necesito saber?" Empujé.

"Hmmm, mira, tengo una fuente confiable que dice que los cárteles lo están presionando para que use el barco de la compañía constructora para mover productos a Miami… y se dice que Jeff ha rechazado la oferta, digamos, más de una vez".

Me pasé las manos por la cara y miré hacia el agua. "Joder, eso no es bueno", murmuré.

"Sí, joder, de hecho", reiteró. "Estoy hablando del Cartel de Vera Cruz y ustedes saben tan bien como yo que estos tipos no se portan bien".

Respiré hondo y lo miré directamente a los ojos. "Muy bien, total honestidad aquí. Necesito el dinero de este trabajo, pero no a cualquier precio. ¿Crees que deberíamos hacerlo, o tus sentidos arácnidos te están diciendo que te vayas? "

No estaba segura de querer la respuesta cuando se inclinó y bajó aún más la voz.

"Dudo que te sorprenda saber que investigué a Don Miguel y su hermano. No tienen nada que ver con el Cartel de Sinaloa, pero son actores importantes en Vera Cruz. Se dice que Don está financiando esto con fondos personales para compensar un acuerdo anterior que salió mal", me dijo Ramón.

"Escuché... algo que tiene que ver con una transferencia bancaria", agregué.

"Sabes que estoy totalmente involucrado en esto contigo", continuó con una expresión muy seria, "pero creo que debemos estar preparados para que esto pueda salir en cualquier dirección, buena o mala, pero si es lo último, debemos asegurarnos de que todo esté listo para que salgamos victoriosos."

Estuve totalmente de acuerdo y lo expresé con un firme movimiento de cabeza. Me senté allí y digerí su información y opinión mientras él permanecía en silencio a mi lado esperando mi respuesta; quería ver lo que tenía en mente.

"¿Qué tal esto? Tío tiene familia en Frontera y son dueños de barcos de pesca... ¿corrígeme si me equivoco?

"Estás poniendo esa cara, Tomas", añadió después de asentir afirmativamente.

Sonreí. "Estoy bastante seguro de que podemos lograrlo, y si realmente intentan jodernos, obtendremos un día de pago aún mayor. Por cierto, ¿mencioné que era un trabajo en efectivo? Llevaremos cerca de 1,2 millones de dólares estadounidenses".

"Creo que sé a dónde quieres llegar con esto, hermano. Llamemos a Tío esta noche para poder traerlo lo antes posible", instó Ramón.

"A mí me funciona, pero no le digamos nada al resto de la tripulación hasta que estemos en marcha", sugerí.

Me sonrió, haciéndome saber que estaba totalmente de acuerdo. El ferry había regresado al otro lado y era hora de volver a meter a Ramón y su maleta en el coche. El resto de la conversación fue más sobre ponerse al día que sobre el trabajo. Cuando entré a la Marina, la gente estaba sacando botes en el embarcadero y el estacionamiento de Tiki estaba casi lleno.

"Mierda, todo esto es de Jeff", dijo Ramón con cierto asombro.

"Tuve la misma reacción. A Jeff le ha ido bien, pero créeme, no parece tan feliz como solía ser".

Estacionamos el auto detrás del Tiki y la banda tocaba y la gente charlaba en voz alta y se lo estaba pasando bien. Ayudé a Ramón a llevar su equipaje al barco y, mientras pasábamos, vi a Cantrelle sentado en la barra. Mientras caminábamos por el muelle, le señalé a Ramón el San Blas.

"Ahí está, esa es mi bebé", dije con orgullo.

"Ese es un bonito barco, Tomas".

Una vez a bordo, dejó sus maletas en la cabina y caminó hacia el frente.

"Ella es una belleza", pronunció.

"Lo es, pero todavía necesita algo de trabajo, pero ya está todo pagado y es todo mío. Aquí, déjame mostrarte la mejor parte".

Levanté las escotillas y le mostré los impecables motores con doble turbo. A Ramón se le apareció una enorme sonrisa. Quedó tan impresionado que sugirió que podría ofrecerme algunas nuevas oportunidades para ganar más dinero, pero lo rechacé cortésmente y en lugar de eso, orienté la conversación hacia lo que ella podía hacer. Me hizo sentir bien que alguien apreciara tanto a San Blas como yo. También le mostré todas las mejoras que había realizado.

"Déjame adivinar, tú también tienes Internet", preguntó cuando vio mi computadora portátil.

"Oye, debo tener todas las comodidades modernas", alardeé.

Le entregué una cerveza mientras miraba a su alrededor y luego nos sentamos y charlamos un rato.

"Antes de llamarlo, ¿has hablado con Tío últimamente?" Lo comprobé.

"Sí, Tomás. En realidad, ya no vive en Frontera. Su esposa tiene familia en Progreso así que se mudaron aquí hace como un año", me informó.

"¿Han tenido más hijos?"

Ramón se rió y añadió: "Es curioso, acaban de tener su último 'otro niño' hace unos seis meses".

Me reí con él porque Tío era un hombre de familia y tenía una GRAN familia.

"¿No son eso siete niños… todos varones? Sé que solíamos llamarlo Vara de Oro porque cada vez que tenía sexo parecía funcionar, pero hombre, ¡siete!

Tío, cuyo verdadero nombre era Jorge, tenía casi cincuenta años y no le importaba que mostrara su edad; era casi una insignia de honor. Medía alrededor de 5'7 "de altura, tenía cabello negro rizado, una barriga cada vez mayor y algunos dientes torcidos, astillados o rotos. Siempre fue amigable y ciertamente disfrutaba su hierba; el tipo de hombre que literalmente se levantaba para ir al baño por la noche y fumaba un porro antes de volver a la cama. Aunque le encantaban las cosas verdes, estaba muy en contra de cosas como la cocaína. Todos éramos conscientes de que era muy inteligente en la calle y conocía la zona peligrosa de la ciudad, pero el equipo siempre fue muy protector con él.

Con una familia numerosa que mantener, trabajaba durante meses seguidos, pero cuando estaba en casa, siempre hacía que su esfuerzo valiera la pena. Siempre dijimos lo reconfortante que era ver a un padre tan dedicado y su sólida relación con los niños. Tenían una vida bastante buena, pero Tío siempre tenía que trabajar extra para asegurarse de que sucediera y, por lo tanto, siempre estaba dispuesto a trabajos secundarios cuando surgían. No sólo era nuestro primer oficial, sino que, debido a su amor por la marihuana y la comida, también era un cocinero fabuloso. Tenía muchas ganas de volver a hablar con él.

"Necesito limpiarme antes de salir", dijo Ramón mientras terminaba su cerveza.

"La ducha está a través de esa puerta, encuéntrame en el Tiki cuando hayas terminado", le dije.

"¡Entendido!"

Unos minutos más tarde, subí a la cubierta del Tiki y acerqué una silla al lado de Cantrelle.

"Oye, Cap, escuché que tú y el mayor Jeff atraparon un arma grande esta mañana mientras estabas en el bote", declaró mientras miraba.

"Diablos, sí, esta cosa era una bestia. Jeff necesitó todo lo que tenía para atrapar al tonto", agregué.

"También escuché que intentaste ahogar a mi marinero". Él sonrió antes de tomar un gran sorbo de su bebida.

"¿Por qué todo el mundo menciona eso?" Me reí y negué con la cabeza. "Le lancé un flotador".

"Eres realmente duro, amigo mío". Él se rió entre dientes mientras me abofeteaba de una manera jovial pero firme.

"Oye, era un monstruo que había que atrapar. Además, José no pareció muy molesto una vez que lo vio… y me disculpé".

"Creo que es posible que tengas un nuevo club de fans, Cap. Ha estado corriendo y contándoles a todos sus amiguitos lo que pasó y lo increíble que eres como Capitán. Cantrelle sonrió.

"Me gustó tan pronto como lo conocí, incluso si es un poco engreído", bromeé.

"Así es como hay que actuar en este negocio, ¿no?" preguntó retóricamente.

Los dos continuamos charlando sobre esto y aquello por un rato, obviamente sin hablar del trabajo en un lugar tan concurrido. De vez en cuando miraba a mi alrededor y veía a Diana corriendo de mesa en mesa con bandejas de comida y bebida. Llevábamos sentados allí unos veinte minutos cuando entró Ramón. Levanté la mano para indicarle que se acercara. Parecía un jefe de la mafia con pantalones oscuros, una camisa negra abierta y el pelo peinado hacia atrás. Fue algo apropiado ya que había desempeñado ese papel una o dos veces a lo largo de los años como parte de nuestros esfuerzos.

Me levanté de mi silla y le di un fuerte abrazo. "Se ve bien, Ramón. Cantrelle, quiero que conozcas a uno de mis mejores amigos, Ramón".

Cantrelle se puso de pie y le estrechó la mano, luego le hice un gesto a Ramón para que se sentara a mi lado. Medía unos sesenta centímetros por encima de Ramón, quien sonrió mientras estrechaba su enorme mano. Se le podía ver evaluando a este hombre enorme. No es que deba sorprenderme.

"Cantrelle va a correr con nosotros", le expliqué.

"Un poco más de músculo, o bastánte más, no hará daño", bromeó, a lo que estuve de acuerdo. "Necesito una cerveza", dijo mientras buscaba a una camarera.

Miré hacia el otro extremo del Tiki y Diana se giró hacia nosotros. Levanté la mano y llamé su atención. "Dos minutos", articuló en silencio mientras se alejaba de la mesa que estaba sirviendo. Unos minutos más tarde apareció a mi lado.

"Entonces, este es tu amigo, Tomás", afirmó mientras miraba a Ramón.

Se los presenté a cada uno, Ramón no desperdició la oportunidad de abrazar a una mujer bonita.

"¿Qué puedo regalarte?" preguntó ella.

"A menos que el mundo haya cambiado y girado sobre su eje, tendremos tres tequilas y tres Coronas", ordené.

"Cap, antes de que lo olvide, María llamó hace un tiempo y dijo que había estado tratando de comunicarse con usted, pero no pudo", me informó Cantrelle.

"Mierda, escuché sonar mi celular hace un rato, pero no pude atender la llamada".

"El mismo Tomás, nunca contesta su maldito teléfono", sonrió Ramón.

"Mira, odio estas malditas cosas y no siento la necesidad de que me las coloquen quirúrgicamente", despotriqué. "Joder… siete llamadas perdidas y un mensaje de texto. No escuché todo esto".

Fui directamente al texto de María, decía:

Lo juro, nunca contestas tu teléfono. ¡Llámame cuando recibas esto, de inmediato, Tomás!

Marqué su número de inmediato (ni siquiera me molesté en caminar hasta el estacionamiento como de costumbre), pero no obtuve respuesta. Rápidamente lo intenté por segunda vez y obtuve el mismo resultado.

"Ahora, ¿quién no contesta su teléfono?", Bromeé con un mensaje de voz y luego volví a guardar el celular en mi bolsillo. Justo cuando llegó al fondo de mi bolsillo, llegó Diana con nuestras bebidas, incluida una cerveza extra.

"¿Les importa si me uno a ustedes un rato? Mi turno ha terminado, así que puedo relajarme y convertirme en cliente en lugar de mesero", preguntó.

"Claro, acerca una silla", le dije.

"Oye, hombre, ¿qué posibilidades crees que hay de que tomemos el barco de Jeff para una pequeña vuelta más tarde?" Le sugiero a Cantrelle con una ceja levantada.

"Estoy seguro de que podemos hacerlo, capitán. Dudo que le importe", respondió Cantrelle.

Las bebidas fueron colocadas frente a nosotros y Ramón tomó su trago de tequila. Todos hicimos lo mismo, bebimos de una vez, antes de tomar nuestras cervezas y tomar un trago. La banda elegida esa noche era una banda de rock, y tocaron numerosos clásicos americanos, lo que tenía la pista de baile llena de gente que se pavoneaba borracha.

El Tiki continuó llenándose, y esta banda era obviamente popular ya que acudió tanta gente que la "fiesta" se extendió al estacionamiento y las terrazas circundantes.

"Oye, Ramón, sé que dijimos que saldríamos, pero mira el Tiki, ¿este es el lugar para estar esta noche?" Imploré porque no me sentía a la altura de otras partes de la vida nocturna local.

"Suena bien, Tomas, pero dentro de un rato tendremos que dar un paseo para recoger algunos artículos para la fiesta", respondió con un guiño.

"Dios, Ramón, sin problemas esta noche, ¿de acuerdo?"

"No te preocupes, amigo, todo irá bien", aseguró.

"Joder, desearía tener cinco centavos por cada vez que dices eso", respondí.

"¿Van a algún lado?" intervino Diana.

"No muy lejos. Ramón tiene que ir a recoger algo. Nos iremos y regresaremos en menos de media hora, lo prometo", le dije.

"Está bien", anunció mientras terminaba su cerveza y se levantaba. "Voy a mi apartamento a cambiarme si vamos todos en el barco. Por cierto, Tracy y Heather fueron a buscar algo de hierba con José, pero volverán pronto. ¿Quizás puedan unirse a nosotros?"

"¿Por qué no?", estuve de acuerdo con una sonrisa a Ramón sabiendo que se llevaría bien con ellos.

Me besó en la mejilla y rápidamente salió por la puerta trasera.

"Está bien, Ramón, hagamos lo que vamos a hacer", dije mientras tomaba mi pinta.

"No hace falta que me lo digas dos veces", asintió e hizo lo mismo.

El estacionamiento estaba tan lleno que le sugerí a Ramón que arrastrara un par de botes de basura para reservarnos un lugar mientras estábamos fuera.

"¿Adónde vamos?" Pregunté mientras salíamos del estacionamiento.

"Sólo hasta los muelles de pesca", respondió.

"Mierda, bueno, vamos a tener que estacionarnos en la tienda y tomar un taxi los últimos kilómetros más o menos. De ninguna manera llevaré el Porsche de Jeff allí", dije.

Los muelles de pesca en cuestión eran la Laguna Pescaderos, una zona conocida por ser extremadamente accidentada y poco hospitalaria para cualquiera que no perteneciera allí. Cuando Ramón consiguió lo que buscaba, el Porsche ya habría sido robado, desmantelado, cortado y desmontado en piezas de repuesto. Supongo que conocía a alguien allí y al menos estaríamos relativamente a salvo.

Conduje por el extremo este de la isla y nos detuvimos en un desfile de tiendas a unas tres millas de la entrada a los muelles. No era exactamente el tipo de seguridad que merecía, pero al menos aquí la gente probablemente lo reconocería como perteneciente a Jeff y lo dejaría así.

Paramos un taxi que nos llevó hasta la entrada, pero no pudo avanzar por el mal estado de la carretera. Hoy en día, sólo los camiones y los SUV grandes podían atravesar esa pista devastada y arrasada por los baches. Le di al conductor veinte dólares para que nos esperara y nos alejamos por la pista con vegetación selvática a ambos lados. Una vez que llegamos a los muelles, todo se abrió con los botes y los atracaderos en la cubierta a un lado y una hilera de chozas de bajo alquiler al otro.

"Hombre, espero que ya tengas todo esto arreglado. Estoy seguro de que no iré de puerta en puerta buscando a tu contacto", le dije.

"Honestamente, que no cunda el pánico, hombre, él está justo allí", dijo mientras señalaba a un hombre que bajaba de uno de los botes.

Me senté en un banco de madera y observé a Ramón en acción.

Ese hombre nunca cambiará.

No podría haberle dicho a nadie una razón exacta, pero Ramón y yo siempre habíamos sido mejores amigos, prácticamente desde la primera vez que nos conocimos en el trabajo. Le confiaba mi vida y casi todos amaban a Ramón, especialmente las damas.

Lo vi hacer el viejo intercambio de apretón de manos en el que colocaba un fajo de billetes en la mano del hombre mientras le pasaba a Ramón algo a cambio, que no pude ver con claridad. Todo había salido según lo planeado, y él caminaba por el muelle hacia mí cuando vi a dos federales salir de una de las chozas y dirigirse directamente hacia Ramón.

"Ah, joder", murmuré mientras me movía rápidamente del banco y me escondía dentro de una pequeña nevera donde no podían verme.

Un americano en los muelles pesqueros generaría una serie de preguntas sin formato y muchas sospechas. Me quedé escondido, pero pude ver lo que estaba pasando. Desde mi punto de vista, no podía escuchar lo que decían, pero parecía que Ramón estaba haciendo todo lo posible para salir adelante. Si conocía a Ramón, y lo conocía, era casi seguro que tenía algo ilegal encima.

Todo cambió en un segundo. El que estaba detrás lo agarró de los brazos y los cerró con llave mientras su colega lo ayudaba a meter a Ramón en la parte trasera de un camión estacionado cerca. Lo empujaron boca abajo y parecieron atarlo de la muñeca con bridas. Un hombre entró delante y el otro con Ramón detrás. Luego, el camión pasó a mi lado y subió la colina hasta la salida.

Me apresuré a subir la colina detrás de ellos en un esfuerzo por llegar al taxi y seguirlos. Tuve que permanecer fuera de la vista en las largas rectas, así que usé los árboles para ocultarme de sus retrovisores. Cuando llegué al taxi y vi el camión estacionado al otro lado de la carretera y una pequeña escaramuza en la parte trasera, llamé a Jeff de inmediato.

"Hola Jeff..." tartamudeé.

"¿Qué pasa?" respondió con preocupación.

"Sí, errm, Ramón acaba de ser arrestado", confesé.

"¡¿Ya?! Sólo lleva aquí un par de horas", respondió Jeff de manera jovial. "¿Fueron policías de tránsito, locales o federales?"

"Federales, en los muelles de pesca".

"Sí, no hay problema". Él se echó a reír. "Ni siquiera quiero saber qué estás haciendo ahí abajo, pero puedo adivinarlo. Déjamelo a mí".

14 CAPITULO CATORCE

Cuando el taxista llegó a ese Porsche, le pagué rápidamente y me dirigí hacia el auto tratando de decidir qué hacer. No era así como me había imaginado que serían las cosas, al menos no todavía. Jeff era bueno haciendo su magia, no es que yo supiera lo que eso implicaba. Todo lo que podía hacer era esperar. Ya sea por una llamada telefónica diciéndome que estaba jodido o por buenas noticias que no suelen suceder con frecuencia.

Estaba a punto de devolverle la llamada cuando el camión Federal se detuvo delante del coche. Mis ojos se abrieron cuando contemplé que venían por mí, pero la puerta se abrió y de repente, Ramón fue empujado rodando por el hombro de la carretera mientras cerraban la puerta y se alejaban a toda velocidad.

¿Qué carajo?

Cuando Ramón se levantó, pude ver que su camisa estaba rasgada en tres lugares, algunos rayos de sangre corrían por su piel y parecía que ambos lados de su cara estaban hinchados. Obviamente le habían dado una pequeña paliza en el poco tiempo que estuvo en la camioneta. Se acercó, casi con indiferencia se sacudió el polvo y se subió al coche.

"Bueno, esa fue una experiencia inesperada y algo desagradable", bromeó mientras se limpiaba un poco de sangre de la cara con la manga de su camisa.

Todo lo que pude hacer fue sonreír. "Oye, buenos tiempos, hombre", agregué sarcásticamente.

"Eres un imbécil", bromeó a cambio.

Casi resoplé porque me reí muy fuerte. "Hombre, tú te lo buscas, hermano mío. Volvamos a la Marina para que puedas limpiarte".

Mientras regresábamos, algo me mordía.

"Sabes, tengo que preguntar", rompí el silencio, "¿qué pasó para que te atacaran de esa manera?"

"Yo tampoco estoy del todo seguro. Dijeron que sabían por qué estaba allí y que necesitaba salir de allí. Dije: 'Está bien, ya me voy' y luego el joven engreído me empujó contra la barandilla de madera y me preguntó adónde carajo iba. Ahora dejemos de lado que me habían dicho que me fuera, cosa que intenté, ¡tú sabes cómo odio que la gente me empuje!". explicó.

"Sí, muy bien, y tengo cicatrices que lo demuestran también. La vida nunca es aburrida cuando estás cerca mi hermano; No conozco a nadie que se meta en tantas cosas como tú." Me reí.

"Es una habilidad muy perfeccionada", respondió asintiendo con orgullo.

Llegamos al estacionamiento del Tiki unos quince minutos más tarde, y el lugar estaba tan ocupado que habían comenzado a estacionar al costado de la carretera. Por suerte y sorprendentemente, nadie había ocupado la plaza de aparcamiento. Incluso tuvimos que esperar a que la gente se apartara del camino mientras avanzábamos a gatas por el aparcamiento.

"Hombre, mira lo ocupado que está este lugar. Jeff debe estar haciendo un gran trabajo", sugirió Ramón.

"Eso es lo que te estoy diciendo. Ha sido así todos los fines de semana que he estado aquí, sin excepción. No es el tipo de lugar que uno espera que sea tan popular y, sin embargo, de alguna manera Jeff lo ha hecho funcionar".

Bajo las luces del estacionamiento, pude ver mejor a Ramón y se veía peor.

"Ve a limpiarte en el bote y reuniré a todos, y puedes encontrarnos con nosotros en el muelle allí donde está amarrado el bote de Jeff", le dije.

"Funciona para mí. Nos vemos en unos minutos", dijo con un gesto mientras caminaba hacia mi bote alrededor de la cubierta para que nadie viera su estado.

Cuando regresé a la terraza de Tiki, Tracy y Heather habían regresado con José después de recoger marihuana. A veces los barcos sólo atracan durante uno o dos días y siguen adelante, pero debemos haber causado una impresión lo suficientemente grande como para que pasen el rato con nosotros. Por la cantidad de risas que hubo, supuse que habían tenido éxito en su búsqueda de marihuana. Entonces me di cuenta de que no le había preguntado a Ramón qué fue exactamente a recoger.

Cantrelle y Diana se habían trasladado a la barra para sentarse y charlar con ellos.

"Escuche, señor, eso fue más de treinta minutos", preguntó.

"Sí, digamos que tuvimos un pequeño problema. Todo está bien, pero Ramón se congració con algunos lugareños y terminó en una pequeña situación, pero está bien. Simplemente bajó a mi barco para limpiarse. No hay necesidad de preocuparse, esto es bastante normal con Ramón y una noche de fiesta", le expliqué mientras me apoyaba en la barra.

"Hola, Tracy, Heather y, por supuesto, José, que parece más seco que cuando lo vi antes", bromeé.

"Oye, Tomas", dijeron casi al unísono.

"Escuchamos que nos invitaste a un pequeño viaje en bote", se rió Tracy.

"¿Estás interesada?"

"Claro, pero ¿qué te parece esto como idea? Si lo capitaneas, tal vez podríamos llevar nuestro catamarán; tiene más espacio", sugirió Tracy.

Cantrelle y yo nos miramos. "Aún mejor", confirmé.

En ese momento, José se había movido a otra mesa y estaba ocupado charlando con algunas chicas más cercanas a su edad.

"Parece ocupado", le dije a Cantrelle, "dejémoslo tranquilo y disfrutemos de su velada", propuse, a lo que Cantrelle asintió con la cabeza.

Todos estaban a punto de terminar su bebida, así que agarré a Diana casualmente y me volví hacia Tracy: "Vamos a bajar a mi bote por un minuto a buscar a Ramón. Nos encontraremos con ustedes en el catamarán. Por cierto, ¿supongo que tienes una parrilla? Yo pregunté.

"Oh, sí, uno grande", exclamó con las manos separadas.

"Lindo. Tengo unas colas de langosta, las traeré", sugerencia que pareció entusiasmar a todos.

Diana y yo nos abrimos camino entre los diversos grupos de gente bailando o charlando y caminamos hasta San Blas.

"Creo que nunca he cenado tarde en un barco. Esta es una sugerencia increíble, Tomas", dijo mientras me tomaba del brazo.

"Es tanto una necesidad como una alegría. He estado en movimiento desde esta mañana, con el paseo en moto de Jeff, recogiendo a Ramon y su pequeña excursión. Estoy listo para patear los talones y pasar una velada relajante con buena comida y compañía".

Pronto llegamos a mi barco y la ayudé a subir a bordo. Ramón estaba en la Sala y ya vestido cuando entramos.

"Mierda", dijo Diana en voz alta cuando vio el rostro de Ramón, "¿qué diablos te pasó? ¿Estás bien?"

"Estoy bien. Sólo un pequeño desacuerdo con un miembro del gobierno local. Parece mucho peor de lo que es", le aseguró.

Puede que él la haya engañado, pero a mí no. Sabía que le estaba restando importancia porque tenía una botella llena de tequila a un lado y, cuando miré, noté que se había acabado una cuarta parte. No dije nada, sabía que esa era la manera que tenía Ramón de calmar cualquier dolor. En lugar de eso, fui al refrigerador y les compré una cerveza a todos.

"Toma, déjame arreglarte un poco eso", sugirió Diana mientras buscaba en su bolso y sacaba una bolsa de maquillaje.

Ramón asintió en señal de acuerdo y se sentó en el sofá con su trago de tequila. Tenía un corte feo en la mejilla, pero Ramón, siendo el hombre que era, ya había usado un super glue para sellar la herida. El hecho de que lo llevara consigo decía más que nada.

Es posible que también haya habido otro aspecto. Él mismo había sido luchador y también trabajó como cut man para otros luchadores cuando no estaba involucrado en el suyo. Él sabía cómo cuidarse a sí mismo cuando se trataba de todo tipo de lesiones y había reparado sus propias heridas regularmente a lo largo de los años.

Diana se puso a trabajar con él durante unos quince minutos y una vez que terminó, dio un paso atrás y admiró sus esfuerzos.

"Incluso me he impresionado a mí misma. Eso se ve mucho mejor", afirmó.

"No te equivocas, apenas se ve nada más que la hinchazón", agregué.

"Oh, hombre, tienes que enseñarme cómo hacer eso", preguntó Ramón mientras miraba su reflejo en un espejo.

"Mejor aún, ¿qué tal si dejas de pelear batallas perdidas en lugar de aprender a estar presentable después? Existe tal cosa como alejarse", bromeé.

"Sí, sí, lo sé", fue su única respuesta.

Fui al área de la cocina y tomé la caja de langosta del congelador debajo de los escalones y también tomé un poco de aceite de oliva y ajo. Como ya estaba abierta, también escondí la botella de tequila en una bolsa.

"Está bien, vámonos", dije mientras los acompañaba fuera de la cabina.

Los tres caminamos alrededor de los muelles y nos dirigimos hacia donde estaba amarrado el catamarán. Cantrelle ya tenía el motor diésel en marcha cuando subimos a bordo.

"Listo cuando tú lo estés, Cap", declaró.

"Hagámoslo", agregué mientras dejaba la caja de langosta y la bolsa en la cubierta. Luego, Ramón y yo soltamos las líneas y, una vez que estuvimos libres en el agua, Cantrelle le entregó los controles a José.

"Buena decisión, traer a José", le dije mientras nos poníamos en marcha, "¡alguien que condujera!".

Los seis ocupamos un espacio en uno de los lujosos sofás de la gran cabina que tenía un bonito brillo azul debido a la multitud de luces azules del suelo. Comencé a servirnos a todos un trago de tequila mientras salíamos de la Marina.

15 CAPITULO QUINCE

El catamarán salió de la Marina y una vez que llegamos a los embarcaderos, nos encontramos con un ligero oleaje que se había formado, pero no fue problema para el gran catamarán que lo aguantó muy bien.

"José", grité hacia el puente elevado sobre nosotros, "¿qué tal si navegamos dentro del arrecife exterior y luego llegamos al lado sur de la isla?"

Se reclinó y asintió, luego giró hacia el este. Todos continuamos tomando algunas bebidas y compartiendo algunos bocadillos que Tracy compró. Mientras nos divertíamos, José guió hábilmente al catamarán entre las cabezas de coral. En un momento dado parecían un poco cercanos a babor, pero Cantrelle nos aseguró que conocía el arrecife como la palma de su mano.

Mientras todos seguían conociéndose, me acerqué a la barra para preparar la langosta. Mientras las preparaba, las chicas ya se habían cambiado a los bikinis mientras todos reían, bromeaban y contaban historias.

Una vez que José maniobró el catamarán por el lado sur de la isla, el agua se volvió increíblemente tranquila, resbaladiza hasta casi un acabado de espejo. La luna brillaba en la superficie e incluso se podía ver el reflejo de todas las luces de la casa de Jeff en lo alto del acantilado sobre nosotros. Le di algunas indicaciones a José y él colocó el catamarán entre los arrecifes antes de anclar en un lugar arenoso. Me aseguré de que el ancla aguantara y le dije a José que apagara el motor.

Nos unimos a todos hacia la parte trasera del catamarán y Tracy presionó algunos interruptores en una consola. De repente, el agua se iluminó brillantemente alrededor del barco. Las luces integradas en el casco debieron iluminar el agua en casi veinte metros en todas direcciones. No satisfecho con las luces blancas estándar, el agua estaba bañada por un brillo azul por un lado y un exótico violeta por el otro.

El agua ya se veía increíble, pero estábamos en aguas lo suficientemente poco profundas como para que todo el arrecife y las cabezas de coral debajo de nosotros se iluminaran. Era una de las vistas más coloridas y hermosas de la isla, pero la adición de los colores de las luces llevó todo a un nivel completamente nuevo. Los peces más conocidos adquirían diferentes tonalidades en su apariencia a la luz del día. Era la primera vez que veía luces como ésta tan cerca de un arrecife y fue impresionante. Me encontré memorizado mientras estuve de pie durante unos minutos y miré hacia el agua.

"Voy a agregar luces similares en San Blas", me dije a mí mismo.

Diana apareció a mi lado y me agarró del brazo. "¿No es simplemente asombroso?", dijo, más como una declaración que como una pregunta.

"Realmente lo es, y me ha dado algunas ideas para mi barco", respondí. "Hey, escuchen todos, ¿por qué no vamos a nadar mientras José vigila la langosta?"

No esperé una respuesta. Me quité los pantalones cortos y los náuticos, luego me paré a un lado y me zambullí. Diana ya se había quedado con el bikini, así que no perdió tiempo y se lanzó al agua inmediatamente detrás de mí. Heather se acercó a un lado y nos miró flotando en el agua.

"¿Puedes tocar el fondo?" preguntó vacilante.

"No, aquí no, pero hay una zona arenosa al frente que es menos profunda. Toma unas cuantas cervezas y podrás acercarte por el lado izquierdo de la proa", sugerí.

Diana y yo nadamos hasta el frente del catamarán y nos quedamos allí mientras los demás se metían al agua. Las luces eran tan brillantes que se podía ver el fondo y las nubes de polvo arenoso cada vez que alguien movía los pies. Nos quedamos allí, con cerveza en mano, y contemplamos las cabezas de coral brillantemente iluminadas mientras disfrutábamos del momento con música reggae que salía de los parlantes del barco.

Miré a Diana y, por el rabillo del ojo, vi a Tracy nadar hacia Ramón y envolvió sus piernas alrededor de su cintura. Me había preguntado en qué momento la chica decidiría quién se quedaría con quién. Uno o dos minutos después, Heather nadó hasta Cantrelle. Eso me dejó muy bien con Diana.

Levanté la vista y vi a José, que estaba sentado escribiendo mensajes de texto en su teléfono celular. No me sentí mal porque no se unió porque sabía que Cantrelle le pagaría bien por el trabajo extra. También parecía bastante contento y siempre estaba rodeado de grupos de chicas cada vez que lo veía.

Diana me rodeó con sus brazos y sus piernas mientras disfrutábamos de nuestras cervezas y charlábamos. Casi nos habíamos dividido en tres parejas espaciadas alrededor de la parte delantera del barco.

"Me lo he pasado genial estos últimos días, Tomás", me dijo. "¿Cómo es que alguien como tú no está conectado con alguien?"

"He tenido muchas novias, algunas bastante serias, pero por una razón u otra, a veces los trabajos que he hecho no funcionaron. No estoy tan seguro de estar hecho para compromisos a largo plazo", respondí con sinceridad.

Ella me dijo algo más, pero de repente me desconecté y mi mente fluyó pensando en China, aunque sólo fuera por unos segundos.

"¿Estás bien?" preguntó mientras yo regresaba al momento presente.

"Lo siento, se me acaba de ocurrir un pensamiento. No es nada. ¿Alguien tiene hambre?" Pregunté mientras rápidamente cambiaba de tema.

Un coro de rápidos "sí" llegó rápidamente. Juguetonamente acerqué a Diana a la proa y la ayudé a regresar a cubierta antes de salir del agua. Después de secarnos en la cabina, me puse a trabajar con las colas de langosta.

Los coloqué en una bandeja y los sazoné con los elementos que traje junto con algunos otros que encontré.

"Perfecto", declaré.

"¿Parece que has hecho esto muchas veces?" -Preguntó Diana.

"Lo he hecho", sonreí. "Un viejo amigo en Honduras me enseñó algunas formas de cocinarlos para que siempre queden perfectos".

Saqué la gran parrilla montada en la parte trasera del bote al lado de la plataforma de baño y me puse a trabajar. Una vez que todos estuvieron cocinando bien, me uní a Diana en uno de los sofás. Ella ya había abierto dos cervezas frescas y me entregó una mientras me sentaba.

Hubo sonidos de susurros y risas femeninas fuertes desde la parte delantera del barco, y era obvio que todos estaban pasando un buen rato. Apoyé la cabeza contra el brazo de Diana.

"Pareces cansado, Tomás".

"Han sido un par de días largos. Apenas he parado y sospecho que una vez que comamos, podría desmayarme", admití.

"Bueno, asegúrate de no desmayarte demasiado pronto", le guiñó un ojo.

El delicioso olor debió haber atraído a los demás, y todos aparecieron en la parte trasera del barco como si fuera la hora de comer en el zoológico. Serví todo y cada uno se sentó por parejas en diferentes sofás y bancos. Diana fue la primera en tomar un tenedor lleno de langosta, mojarlo en mantequilla y llevárselo a la boca.

"Oh, vaya, esto está delicioso", exclamó.

Los demás pronto se unieron a sus elogios por el plato que acababan de servir. Ninguno de nosotros dijo mucho después de eso mientras todos comíamos nuestra comida. No era necesario decir mucho basándose en las caras de satisfacción frente a mí.

Justo cuando terminamos, miré y vi una expresión que no había visto antes en el rostro de Diana.

"¿Todo bien?" Pregunté mientras me limpiaba la mantequilla de los labios.

Ciertamente pareció sacarla de lo que sea que estuviera pensando.

"Sí, lo siento". Ella sonrió mientras ponía su mano en mi pierna. "Me lo estoy pasando genial y justo estaba pensando en los últimos dos días contigo. Ha sido un poco como un cuento de hadas; ¿Siempre es así?

"Honestamente, no", confesé, "pero trato de vivir mi vida lo más simple posible. Sospecho que la mayoría de la gente diría que es una vida aburrida la mayoría de los días, especialmente cuando se trata de tareas domésticas o de mantenimiento del barco.

"Me gusta aburrirme, eso está bien para mí", añadió. "¿Te importa si te pregunto qué tan bien conoces a Jeffryn?"

Su rostro tenía una expresión medio seria y la pregunta parecía un poco fuera de lugar, pero estaba feliz de responder.

"Lo conozco muy bien. Hemos trabajado juntos durante muchos años e incluso salí con su hermana en un momento. ¿Qué te hizo preguntar?"

"Sé que tienes algún tipo de negocio con él, y sé muy bien que trata con gente mala. Realmente disfruté pasar tiempo contigo y no puedo evitar preocuparme de que te pueda pasar algo y odiaría eso", dijo con una mirada triste.

"No tienes que preocuparte por mí", le prometí mientras la acercaba a mí. "Realmente me conmueve que te importes y tú también me gustas, pero no tienes por qué preocuparte por mí. Mi trabajo con Jeff es solo una entrega en barco y tengo mi propia tripulación para cuidarme las espaldas. Después de todo, tengo a Ramón conmigo y él es un tipo rudo que se asegura de que no me meta en ningún problema".

"Parece del tipo que se mete en problemas", añadió.

"Tienes razón en algunos casos, pero él es prácticamente intocable. Tiene familia en altos cargos del gobierno".

"En serio, ¿quién es ese?" ella continuó.

Me pareció una conversación un poco extraña y no quería estropear la noche, especialmente porque parecía que podríamos quedarnos a pasar la noche dependiendo de cómo se llevaban los demás.

"Hablemos de eso en otro momento", dije mientras cerraba la conversación.

"Lo siento, Tomas, no quise entrometerme", respondió rápidamente.

"No hay problema, no te preocupes, simplemente tenemos mejores cosas que hacer y de las que hablar".

Tal vez fue la creciente sensación de edad, o tal vez simplemente fatiga residual, pero la conversación se sintió pesada para una segunda cita. Diana había sacado a relucir algunas preguntas existenciales profundas, y aunque encontré su consideración loable, fuera de lugar, seguramente lo parecía. Se lo atribuí a ella tratando de encontrar puntos en común, de profundizar en cosas que eran realmente importantes para mí. Y aún quedaba la carga del momento, y tuve que sacarla de mis pensamientos.

La brisa del mar se pegaba a mi piel, salada y pegajosa, por lo que la idea de una ducha era irresistiblemente tentadora. "Me voy a enjuagar", anuncié al grupo, anhelando un breve escape.

Elegí una de las cabañas que no mostraba signos aparentes de pertenencias de otra persona esparcidas por ahí.

Era bastante neutral, sin reclamar, sin posesiones personales. Cerré la puerta corrediza detrás de mí y exhalé, saboreando el silencio por un momento mientras me quitaba la camisa húmeda y la arrojaba sobre una silla cercana. La cabaña olía levemente a protector solar y a cedro. Por un momento, solo estábamos yo y la promesa de agua tibia de la ducha para pasar el día.

El agua cobró vida cuando giré la manija, fría al principio, pero calentándose gradualmente. Justo cuando estaba a punto de pasar bajo el arroyo, la puerta se abrió con un chirrido detrás de mí. Mi cabeza giró y mi pulso se aceleró. Allí estaba Diana, con sus ojos oscuros brillando con picardía.

"¿Qué estás haciendo?" Pregunté, mi voz teñida con una mezcla de sorpresa y curiosidad. Sin decir palabra, se llevó la mano detrás del cuello y tiró de los lazos para soltar la parte superior del bikini. La tela de colores brillantes se desprendió de la piel, la prenda cayó sin fanfarria mientras la sonrisa de Myra se hacía más profunda: la confianza inquebrantable de los labios curvados en seguridad en sí misma no admite dudas.

"¿Qué crees tu?" —replicó ella, aireada y casi burlona, mientras se quitaba la parte inferior del bikini. Caminaba con el aire confiado de una mujer que sabía exactamente lo que quería y no estaba dispuesta a pedir permiso.

Antes de que pudiera decir una palabra, se metió bajo la ducha y el agua cayó sobre ella como una cascada en miniatura.

Las gotas se aferraban a su piel, captando la luz y delineando cada curva con exquisito detalle. La puerta de la cabina se cerró detrás de ella y después de eso escuchamos, en rápida sucesión, suaves ruidos de otras puertas cerrándose al unísono. Parecía que todos habían decidido irse a dormir, así que nos quedamos en este pequeño capullo, solos y juntos.

"Diana", comencé en voz baja, sin saber si iba a protestar o alentar lo que fuera que esto fuera.

"Shh", susurró, colocando un dedo contra mis labios, mientras se inclinaba más cerca. Su cercanía era magnética; El calor de su cuerpo y el brumoso frescor de la ducha formaban una combinación erótica. "Piensas demasiado. Simplemente sigue adelante".

Su mano recorrió mi pecho y, donde pasó, dejó a su paso un calor parecido al del hierro. Mi resolución comenzó a decaer cuando ella curvó sus labios en otra sonrisa coqueta; su sonrisa fue para desafiarme a intentar resistirme a ella. Levantó la mano y, con los dedos debajo de mi barbilla, levantó mi rostro para que nuestras miradas pudieran encontrarse. Inconfundible era la profundidad de su mirada: una vorágine arremolinándose bajo la fachada de su alegría.

"No muerdo... a menos que tú quieras", dijo, bajando la voz hasta convertirse en un susurro sensual.

Su risa fue ligera y juguetona, pero hizo poco para enmascarar la tensión que crepitaba entre nosotros. Ojalá pudiera decir que vacilé, que me detuve, aunque sea por un momento para reflexionar, pero la verdad es que los pensamientos cuerdos se habían desvanecido hacía mucho tiempo.

Mis manos encontraron su camino alrededor de su cintura, acercándola mientras el agua caía sobre nosotros y alrededor de nosotros, el mundo exterior se alejaba cada vez más. Sus labios presionados contra los míos eran suaves, pero inflexibles, el equilibrio perfecto entre deseo ferviente y sumisión.

El agua hizo poco para calentar el aire frío de la tarde, pero poco importó. El calor entre nosotros era más que suficiente. El vapor giraba en espiral a nuestro alrededor, mezclándose con el rítmico golpeteo del agua que caía en cascada al suelo. Mis dedos se entrelazaron a través de su cabello húmedo, acercándola mientras sus uñas raspaban suavemente mi espalda, enviándome escalofríos que poco tenían que ver con el frío.

"Estás llena de sorpresas", susurré contra sus labios, mi voz ronca por el anhelo.

"No tienes idea", dijo, volviendo a sonreír, traviesa y llena de promesas.

Ella se giró, arrastrándome completamente bajo el agua con ella. El agua nos empapó hasta los huesos y le pegó el pelo a los hombros, pero ella parecía ajena a todo. Sus manos trabajaron deliberadamente, buscando, provocando, sin dejar ningún centímetro de mí sin explorar.

El aire a nuestro alrededor se volvió espeso y eléctrico, el espacio entre ellos se redujo hasta que fue como si nada más existiera excepto nosotros. El tiempo se alargó, cada momento se desarrolló con cada sensación. Las baldosas contra mi espalda, la calidez de su piel a mi lado y su aliento se mezclaron suavemente con el mío. No podía decir dónde terminaba yo y ella empezaba, y por primera vez en lo que parecía una eternidad, no quería saberlo.

Fuera lo que fuese, era salvaje y emocionante: todo lo que no sabía que había estado anhelando. Mientras el agua seguía cayendo a nuestro alrededor, arrastrando los escombros del día, hubo una cosa que quedó clara: Diana no fue algo momentáneo. Ella era una fuerza, una tormenta contra la que no tenía esperanzas de enfrentarme, y cuando su risa volvió a sonar en la cabina, supe que no quería hacerlo.

16 CAPITULO DIECISEIS

Me desperté a la mañana siguiente y me encontré solo en la cama. Miré mi reloj y descubrí que acababan de pasar las siete de la mañana. Por la portilla ya entraba el sol y se oía el graznido de las gaviotas sobre el barco. Me di cuenta de que podía escuchar voces y personas haciendo cosas diferentes.

Me vestí, usé un poco de enjuague bucal junto al pequeño fregadero y subí a cubierta donde encontré a Tracy sentada con Ramón. Parecía que habíamos regresado a la Marina en las primeras horas del día mientras yo todavía dormía. No era la primera vez que dormía hasta tarde mientras navegaba.

"Buen día. ¿Dónde están todos los demás? Yo pregunté.

"Heather todavía está durmiendo. Cantrelle dijo que tenía que prepararse para su viaje y Diana tenía que preparar el Tiki. También dijo que deberías venir a desayunar cuando estés levantado. También hay café recién hecho si lo necesitas", me informó Tracy.

"Lamento haber terminado la noche un poco temprano", admití mientras servía una taza de café, "fue un día increíblemente largo".

"Está bien, hombre, nos lo pasamos de maravilla", confirmó mientras me sentaba junto a ellos.

Ramón estaba bastante callado. Estaba sentado allí con las gafas puestas y la cabeza apoyada en el sofá, y no había dicho nada desde que aparecí.

"Oye, hermano, ¿estás vivo allí?" Pregunté fingiendo preocupación.

La única reacción que dio fue un gemido visiblemente doloroso y un pulgar hacia arriba. Estaba tratando de averiguar si tenía una resaca impresionante, si Tracy lo había agotado o si la paliza había sido peor de lo que pensaba ayer.

"Hombre, te ves como una mierda", admití.

Su brazo repitió la misma acción, sólo que esta vez me mostró el dedo medio en lugar de levantar el pulgar.

"Termina tu café, amigo mío. Tenemos mucho que hacer hoy. Tracy, ¿os apetece desayunar con nosotros?

"Es muy amable por tu parte preguntarlo, pero tendremos que pasar. Heather y yo vamos a Cancún hoy a hacer algunas compras", respondió Tracy.

"Gracias por la hospitalidad. La próxima vez podemos tomar mi barco", sugerí.

"Nos encantaría", estuvo de acuerdo Tracy mientras me daba un abrazo.

"Vamos, Ramón, es hora de mostrar algo de vida".

Gruñó algo y se levantó del sofá, luego le dio un abrazo a Tracy antes de seguirme fuera del catamarán.

Mientras los dos caminábamos por la Marina, vimos a Cantrelle ya en el muelle hablando con José.

"Hombre, ve a limpiarte. Tengo que hablar con Cantrelle rápidamente", le dije a Ramón.

Le entregué las llaves del barco y continuó hacia San Blas. José estaba cargando bolsas de hielo en la máquina de hacer hielo.

"Buenos días, José. Buenos días, Cantrelle, ¿cómo estuvo tu cita de anoche?

"Fue una buena noche, Cap. José nos trajo de regreso a la Marina alrededor de las 6 am de esta mañana y luego me despertó para que pudiéramos arreglar algunas cosas antes de nuestro viaje de hoy", respondió alegremente.

"Perdón por salir temprano anoche, estaba golpeado. Estoy planeando dirigirme a Progreso esta mañana. ¿Te parece bien?" Lo comprobé.

"Todo bien aquí, Cap. Jeff me dio el camión y tengo la mayoría de los suministros cargados, así que eso funciona para mí", respondió.

"Perfecto, recogeré mis cosas y desayunaré. Recógenos sobre las once en el Tiki.

"Lo haré", dijo Cantrelle.

Continué cruzando la Marina hasta mi barco y escuché la ducha correr cuando entré a la cabina. Me preparé una taza de café recién hecho y salí a la terraza para llamar a Jeff.

"Tomás, buenos días. ¿Recuperaste a Ramón ayer? respondió.

"Sí, gracias por la ayuda. Lo maltrataron un poco, pero ya lo había visto en peores condiciones", le dije.

"Intentar que no se meta en líos, al menos hasta después del trabajo", recalcó. "Por cierto, Gringo, creo que tienes el trasero en problemas. María bajó al Tiki a buscarte anoche y se quedó hasta el cierre esperando a que aparecieras.

"¡¿Qué?! ¡Mierda! Pensé que todavía estaba en Miami".

Dejó escapar una carcajada. "Creo que está completamente enamorada otra vez, amiga mía. Regresó ayer por la tarde. No puedo ver su auto, así que puede que esté bajando para verte", me informó Jeff.

"Le daré una llamada rápida. Hablando del trabajo, he arreglado que Cantrelle nos recoja a las once y deberíamos estar en Progreso a las dos", le dije.

"Excelente. La gente de Don Miguel deja el paquete para el intercambio a las tres. ¿A qué hora se irán?", preguntó Jeff.

"En cuanto tengamos todo lo que necesitamos, y el paquete de don Miguel debería hacerlo", confirmé.

"Bien, dame tu ETA cuando salgas y yo me encargaré del resto. ¿Avísame si necesitas algo más? comprobó.

"Lo haré", dije mientras colgaba.

Llamé a María tan pronto como colgué el teléfono con Jeff, pero saltó directamente el correo de voz. Colgué y regresé al interior justo cuando Ramón se acercaba a la Sala. Todavía tenía puestas sus gafas de sol, pero se había limpiado por completo.

"Al menos te ves mejor", exclamé.

"Puede que me vea mejor, pero me siento como una mierda", respondió.

Le serví una taza de café y me dirigí a mi cabaña una vez que se la entregué. Cuando entré, noté que el trozo de palillo estaba nuevamente sobre mi cama.

Bien, ahora te tengo a ti.

En lugar de ducharme, me puse pantalones cortos para recuperar la cámara. Ramón estaba hablando por teléfono cuando reaparecí en la Sala. Le dije que volvería enseguida, fui silenciosamente al espejo de popa y me sumergí en el agua.

Nadé, saqué la cámara de su soporte y nadé de regreso al bote. Ramón todavía estaba hablando por teléfono y apenas pareció darse cuenta de que estaba mojado. Dejé la cámara rápidamente en un cajón y me di una ducha rápida. Por mucho que confiara en Ramón, quería ver las imágenes cuando estuviera solo. Ramón había terminado su llamada cuando me vestí y regresé.

"Buenas noticias amigo, ya ordené los permisos para el muelle API y ya se presentó la declaración de seguridad ante el Capitán de Puerto", anunció entusiasmado.

"Buen trabajo, hermano. Tomemos algo de comer en el Tiki y pongamos en marcha este espectáculo".

Diana ya estaba de turno cuando caminamos por el muelle y entramos al Tiki.

"¿Nunca te tomas un día libre?" Bromeé.

"Para que sepas, tengo el jueves y medio día el viernes y el domingo. Aparte de eso, sí, tal vez viva aquí".

"Se me ocurren peores formas de ganarme la vida", reflexioné mientras contemplaba la Marina, los barcos en movimiento hacían que el reflejo del sol brillara y brillara al ritmo.

Pedimos algo de desayuno (un par de tortillas y zumo de naranja) y Diana se dirigió a la cocina. No me había dado cuenta de que Ramón se había quitado las gafas mientras elegía nuestra comida. Cuando giré la cabeza, dejé escapar una risa desenfrenada.

"Pareces un maldito mapache", le dije.

"¿Qué quieres decir?" -Preguntó mientras buscaba un espejo.

Saqué mi teléfono y tomé una foto de su rostro mientras me miraba. Luego me presté y se lo entregué.

"Mierda, mírame los ojos... hombre, y creo que me arruinaron la nariz".

"Supongo que eso pasó cuando te sacaron la mierda a patadas", me reí.

"Sí, por cierto, gracias por la ayuda".

"Sabes, alguien tuvo que mantenerse fuera del camino y pedir ayuda", le recordé de manera divertida.

"Ese mocoso Federal se lo merecía", se defendió mientras Diana se acercaba a nuestra mesa y ponía los platos delante de nosotros.

"¿Todavía van a ir a Progreso hoy?" preguntó ella.

"Sí, debería regresar en un par de días si todo va según lo planeado", confirmé.

"Antes de que lo olvide, Tomás, María estuvo aquí toda la noche esperándote".

No podía decir si había preocupación en su voz o si eran celos.

"Traté de llamarla, pero no respondió. Gracias por hacérmelo saber. Tal vez podamos reunirnos para almorzar cuando regrese", sugerí como una forma de avanzar con el tema.

"Claro", sonrió, "tú sabes dónde estaré".

El tono de su voz era extraño, ni celoso, ni amistoso, simplemente apagado. Simplemente parecía menos habladora, un poco fuera de lugar. Ramón no se dio cuenta y se comió directamente la comida. Supuse que era solo yo e hice lo mismo.

Mientras comíamos, miró a Diana mientras limpiaba la barra y buscaba información.

"Entonces, ¿estás hablando en serio con esto?" cuestionó.

"No vayas allí, hombre, no esta mañana", respondí medio serio.

"Parece que tienes la costumbre de caer…" comenzó.

"¿Qué se supone que significa eso?" Respondí bruscamente.

Pudo ver que estaba irritado, pero se negó a ceder.

"Solo digo que China te hizo bastante daño, luego María hizo lo mismo y ahora hay algo lindo, incluso si ella parece ser la que mejor se adapta a ustedes", continuó.

"Oh, no me jodas. La conocí hace unos días en la fiesta de Jeff y hemos estado una vez en Cilantros", me defendí."

"¿Y… la laguna?"

"¿Qué diablos, todo el mundo sabe sobre la laguna?"

Él simplemente sonrió. Me azoté las manos y me levanté.

"Que te jodan, hermano. Come tu comida y reúnete conmigo en el barco".

Él simplemente se rió y siguió comiendo mientras yo me alejaba.

17 CAPITULO DIECISIETE

Observé a una pequeña familia jugando en el agua y a algunos de los viejos en su lugar habitual de pesca mientras caminaba de regreso a San Blas. Me pregunté si Ramón tenía razón después de todo.

Sabía que amaba, y todavía amo, a China, y me arruinó mucho cuando rompimos. Todavía pensaba que María no me molestaba tanto, simplemente porque ella siempre iba a la universidad y eso sería el final. En cuanto a Diana, volvió a tener razón; ella parecía encajar con mi personalidad y adoraba mi estilo de vida.

Había hecho todo lo posible en los últimos años para evitar compromisos serios. Yo era alguien que siempre lo daba todo en las relaciones, a menudo anteponiendo sus necesidades y deseos a los míos, pero ahora era mi momento. Metafóricamente, traté de salir de ahí: necesitaba concentrarme en el trabajo y había otro asunto que necesitaba atención.

Bajé a la Sala en mi barco. La habitación estaba fresca y una nueva ráfaga de aire acondicionado me golpeó.

"¡Es hora de ver quién ha estado jodiendo mi barco!" Murmuré mientras tomaba la cámara del cajón.

Lo acababa de conectar a mi computadora portátil y estaba avanzando rápidamente a través del metraje estático y no vi nada durante la primera mitad. Justo cuando alguien jugueteó con la escotilla. Miré mi reloj y vi que eran casi las once, así que tuve que guardar la cámara y la computadora portátil nuevamente y prepararme para el trabajo.

Después de una ducha rápida, me puse unos pantalones cargo negros, una camiseta negra lisa y mi pistola SIG Sauer calibre 45 enfundada. Sujeté la funda a mi cinturón cerca de la parte baja de mi espalda y me puse la camiseta holgada por encima. Sabía muy bien que si me atrapaban con un arma en México iría a prisión, pero esa era una opción más agradable que estar muerta.

Reuní el resto de mis cosas: cuchillo de buceo, aletas de propulsión, máscaras, snorkels, luz subacuática, brújula, dos pequeños tanques de buceo del tamaño de una botella de dos litros, llamados pony botellas, que tenían respiradores incorporados y permitían descender a unos quince metros y permanecer sumergido durante unos treinta minutos. También agregué algunas pesas y cinturones adicionales, solo para estar seguro.

Una vez que tuve todo empacado, caminé hasta la Sala y comencé a cerrar. Como pensamiento de último momento, decidí esconder la cámara en un lugar mucho más difícil de encontrar.

Es mejor prevenir que lamentar, en caso de que alguien entre, pensé mientras lo guardaba debajo de un aparador difícil de detectar.

Ramón apareció en la puerta justo cuando yo estaba listo para salir.

"Maldita sea, hombre, parece que estás listo para una misión", bromeó.

"Muy gracioso", respondí mientras le lanzaba las llaves. "Coge tus cosas y reúnete conmigo en el Tiki lo más rápido que puedas. Nos recogerán pronto", le dije.

"Sí, sí, no hay descanso para los malvados, te entiendo", murmuró mientras pasaba junto a mí para llegar a la cabaña de repuesto.

Me di cuenta de que varias personas me miraban fijamente mientras caminaba de regreso por el muelle. No había nada de qué preocuparse, eso lo podía ver de todos modos, y solo asentí al pasar. Entendí que no estaban acostumbrados a ver a un tipo vestido de espaldas con un bolso negro. Cantrelle ya estaba sentada en la barra hablando con Diana y esperándonos cuando llegué.

"¿No estás un poco caliente con todo eso?" ella me preguntó.

"Sí, ¿qué tal una fría?", Bromeé.

"¿Estás listo, Capitán?" comprobó.

"Listo. Sólo estoy esperando a que Ramón agarre su mierda y arrastre su trasero hasta aquí", confirmé.

Diana todavía parecía menos habladora y para mí parecía estar golpeando y chocando más de lo habitual. El problema era que no la conocía lo suficiente como para estar seguro, pero habría apostado a que tenía algo en mente. En ese momento apareció Ramón en la puerta.

"Listo cuando ambos lo estén", dijo mientras bebía lo último de mi cerveza.

"Diana, nos vemos en un par de días", le dije con la esperanza de ver alguna señal positiva.

Ella rodeó la barra y me dio un fuerte abrazo, la reacción que esperaba.

"Ten cuidado", exigió.

"Siempre."

Agarramos nuestras maletas y caminamos hacia el camión que estaba afuera. Una vez que guardamos todo el equipo, Ramón se sentó al frente con Cantrelle y yo ocupé un lugar en la parte trasera. Me estiré en la parte de atrás e intenté llamar a María por última vez, pero una vez más, no hubo respuesta y saltó el correo de voz.

Apoyé la cabeza hacia atrás y miré por las ventanillas mientras conducíamos. En algunos momentos, debí haberme quedado dormido, ya que no parecía que hubieran pasado dos horas cuando Cantrelle me sacó de mi letargo y me pidió direcciones.

"Oye, Cap, ¿hacia dónde quieres que vaya?"

"Sube a Cilantros y gira a la derecha hacia el estacionamiento de la Marina. Ahí está atracado el barco", respondí.

"Entendido", respondió mientras aceleraba alejándose del cruce.

Cuando llegamos y estacionamos, vi a Shirma e Izquierdo dirigiendo un carril de combustible para alejarse del bote.

Shirma tenía poco más de treinta años, medía un metro ochenta y pesaba un par de cientos de libras y tenía el pelo negro y rizado. Puede que tuviera un poco de barriga, pero tenía ojos femeninos de gato con pestañas largas. Como hombre, era humilde y de naturaleza amigable, pero al igual que Tío, también era inteligente en la calle, lo que compensaba su falta de educación.

Su amigo cercano Izquierdo, con quien se crio, también medía seis pies de altura y tenía cabello negro, pero lo peinó con un corte de pelo muy corto en lugar de la masa con borlas de Shirma. Era un hombre tranquilo y tímido que rara vez hablaba a menos que le hablaran y confiaba en Shirma para hablar la mayor parte. Siempre había sido un gran trabajador y siempre el primero en salir cuando se trataba de tareas.

También pude ver a Tío en la terraza fumando; Dejé escapar una risa leve porque sabía que él nunca había fumado cigarrillos.

Ésa es mi banda de forajidos y pícaros, reflexioné.

"Cantrelle, entra de reversa a la pasarela y los muchachos podrán descargar el equipo".

Mientras volvía a estacionar la camioneta, Ramón se acercó a Shirma e Izquierdo y todos se abrazaron.

"Es bueno verlos a ambos. ¿Estás listo para esto? preguntó.

"Puedes apostarlo", respondieron ambos.

Rápidamente se pusieron a trabajar quitando las bolsas de atrás y caminé hacia Cantrelle.

"Esos son Shirma e Izquierdo. Los tres tienen mucho que hacer para ponerse al día, así que se los presentaré más tarde. De hecho, hay alguien más que quiero que conozcas".

Él asintió y me siguió hasta el barco y escaleras arriba hasta el puente. Estoy seguro de que notó la gran sonrisa que apareció en mi rostro cuando vi a Tío.

"Tío, es un placer verte, amigo mío", grité mientras le daba un gran abrazo.

"Capi, tú también. Estoy muy feliz de trabajar contigo nuevamente", respondió.

"Tío, este es Cantrelle, un amigo que trabaja para Jeff y pensé que sería una buena incorporación".

"Encantado de conocerlo. Me hubiera venido bien en Ancla", añadió con una gran sonrisa.

"Estás muerto ahí mismo", me reí ante el desconcierto de Cantrelle. "Déjame explicarte, Tío y yo estábamos en un bar en Tampico una noche, llamado Ancla, y nos patearon el trasero porque este idiota estaba borracho haciendo movimientos con una señora casada".

"Sí, pero ella estaba buena", confesó Tío mientras se reía a carcajadas.

"Entonces, ¿cómo has estado, Tío?", comprobé.

"Bien, hombre, listo para hacerme algo de dinero", declaró.

"Lo haremos con seguridad, y puede que sea un día de pago mayor de lo que pensábamos", le dije.

"¡¿En realidad?!" mientras sus ojos se iluminaban.

"Reunámonos todos más tarde y podremos discutir eso. Cantrelle, Ramón y yo guardaremos nuestro equipo y luego podremos almorzar".

"Funciona para mí. Tengo el puesto para esa barcaza de combustible y acabo de recibir todos los gráficos. Puedo trazar nuestra carrera y tenerla lista cuando hayas terminado", sugirió Tío.

"Entendido. Cantrelle, déjame mostrarte tu habitación —señalé.

Los dos bajamos las escaleras hasta la siguiente cubierta, que tenía cuatro habitaciones. Cada uno estaba impresionantemente equipado con un baño y camas más grandes de lo habitual para un barco en funcionamiento. Shirma e Izquierdo aparecieron con nuestras maletas.

"Shirma, pon el mío ahí", señalé, y el Capitán Cantrelle se queda en la habitación opuesta a la mía en el lado de estribor.

Los dos dejaron nuestras maletas justo dentro de las habitaciones.

"Voy a dar una vuelta por el barco y hacer algunas comprobaciones. Adelante, ponte cómodo", le dije.

"Entendido", respondió mientras entraba a su habitación.

Bajé un tramo de escaleras hasta el nivel de la cocina y el comedor, luego bajé otro tramo hasta la sala de máquinas. Estaba bien mantenido y también tenía una nueva capa de pintura con motores de dieciséis cilindros aproximadamente del mismo tamaño que los de una locomotora. Calculé que podría alcanzar unos doce nudos.

No lo suficiente para dejar atrás a nada, pero sí una velocidad cómoda.

Atravesé la sala de máquinas hasta llegar al compartimento de gobierno y luego encontré lo que estaba buscando: una escalera con una trampilla de escape a la cubierta principal. Había algunos contenedores en la cubierta principal, y decidí que podíamos escalonarlos alrededor de la escotilla y eso proporcionaría una forma temporal de escondernos si nos abordaban... o al menos esconder el dinero.

Shirma e Izquierdo estaban cargando suministros cuando me acerqué a ellos en la cubierta principal.

"Shirma, ¿tenemos una grúa aquí?"

"Sí, Capi, está por ahí. Podemos tenerlo aquí en aproximadamente una hora", respondió.

"Genial, ustedes dos síganme".

Los guie sobre los contenedores y les expliqué mi plan, dónde quería los contenedores y cómo podrían ayudarnos a movernos del interior al exterior sin ser vistos, y que tenían que asegurarse de que la escotilla no estuviera cubierta. Se pusieron a trabajar para que esto sucediera mientras yo caminaba de regreso a la cabaña.

Siempre le comunicaba cosas a Shirma cuando hablaba con ambos, a pesar de que él era el menor de los dos. Izquierdo tenía mucha experiencia y había trabajado conmigo varias veces, pero no pensé que me hubiera dicho más de una docena de palabras en todo ese tiempo. Al menos nunca tuve que preocuparme de que tuviera los labios flojos.

Mientras me dirigía a la cabaña, noté un columpio que colgaba del techo a la sombra. Tuve unos momentos así que saqué mi teléfono celular mientras estaba apoyado en él; Hubo tres llamadas perdidas desde China que debieron llegar mientras dormitaba en el camión. Presioné marcar y ella contestó de inmediato.

"Tomás, ¿dónde estás?" dijo con urgencia.

"Estoy en el barco en Progreso; Acabamos de llegar hace unos treinta minutos", le dije.

"Escúchame, ¡tienes que cancelar esta carrera y alejarte de allí y de todo lo que tenga que ver con ella ahora mismo!"

"Está bien, cálmate, retrocede un poco. ¿Supongo que tienes alguna información nueva?

"Sí, y es serio. Por lo que he descubierto, parece que todo esto es una trampa. Como les dije, Don Miguel está en serios problemas por un acuerdo que salió mal y donde perdió casi un millón de dólares del dinero del Cartel".

"Está bien, eso ya lo sabíamos", interrumpí.

"Tengo una fuente confiable que me dijo que se suponía que Don Miguel pagaría el diésel con su propio dinero para compensar al cartel, pero nunca hizo la compra. Parece seguro que el plan es que algunos tipos "desconectados" de Don Miguel se encuentren contigo, te roben el dinero y te maten para no dejar testigos. ¡Simplemente aléjate! ella instó.

"Escucha, tengo a todo el equipo aquí y estamos a punto de hacer una pausa para comer algo. Lo hablaremos y nos comunicaremos con usted en la próxima hora más o menos", le expliqué.

"Tomás, por favor, aléjate de esto", suplicó.

"Relájate, China, te llamaré de nuevo", dije y colgué.

De lo que China no era consciente era del hecho de que esperábamos que así fuera como se desarrollarían las cosas. Sabíamos que había muchas probabilidades de que tuviéramos la oportunidad de traicionar a los traidores y ganar una gran cantidad de dinero en el proceso. Si el trato fuera legítimo, nunca podríamos haberlo considerado porque eso significaría que tendríamos todo el cartel detrás de nosotros. Como este era un trabajo "fuera de los libros" para Don Miguel, ¡lo culparían cuando saliera mal y simplemente lo matarían!

Ahora que sabía que esto iba a suceder, me senté en el banco del columpio y comencé a poner a prueba el plan alternativo. Estaba pensando cuando Ramón salió por la puerta trasera.

"Oye, Tomas, ¿pensaba que una vez que los muchachos hayan movido esos contenedores, podríamos reunirnos todos, repasar el plan y comer algo?"

"Vayamos al puente y veamos cómo le va a Tío", sugerí.

Desde el puente, vimos a Cantrelle y Tío afuera en el ala del puente hablando. Mientras asomaba la cabeza por la puerta, noté que Tío tenía otro porro en la mano.

"¿Tú también participas del humo, Cantrelle?" Le pregunté con una sonrisa.

"Yo no, no puedo hacer esas cosas. Si fumo, no tendremos suficiente comida para todos", bromeó.

"Sé lo que dices, a mí también me da mucha hambre. Oye, Tío, apaga esa cosa y entra.

"Sí, Capi", asintió mientras lo apagaba en la barandilla y guardaba el resto en su bolsillo.

Nos siguieron y me uní a Ramón en la mesa de cartas donde él estaba mirando el rumbo sugerido por Tío.

"¿Qué te parece, Capi?" comprobó.

Vi que nos había trazado un rumbo que mantendría el barco a tres millas de la costa hasta Frontera.

"Se ve bien. Hay algunas cosas que debemos discutir antes de comenzar. ¿Reunámonos a todos mientras Ramón y yo compramos algo de comida y luego lo repasaremos todo? Sugerí.

Los chicos salieron de la habitación y cerraron la puerta. Me volví hacia Ramón y le expliqué lo que China me había dicho durante la llamada telefónica. Obtuve la respuesta exacta que quería.

"Joder, sí", rugió mientras se frotaba las manos. "Vamos a ganar dinero de verdad", añadió encantado.

"Tú y yo vamos a dividir el corte original. El exceso lo dividiremos en un ochenta por ciento entre nosotros y el veinte restante entre la tripulación" —propuse.

Ambos sonreímos y nos dimos la mano.

"Ramón, somos los únicos que sabemos la cantidad exacta del dinero, así que sigamos así".

Él asintió con entusiasmo. Bajamos a la cubierta principal y vimos que los muchachos ya estaban merodeando junto al camión. Todos subimos, crucé la Marina y entré en el estacionamiento detrás de Cilantros. Cuando entramos, vi que estaba más ocupado de lo habitual con una gran cantidad de gente.

Miramos a nuestro alrededor y todas las mesas estaban ocupadas. Un camarero se acercó y nos informó que tendríamos que esperar treinta minutos para sentarnos. Asentí y luego salí para hacer una llamada a mi teléfono celular, una llamada a mi amigo y dueño, Cilantro.

"Tomás, ¿qué pasa, amigo mío?" respondió después de un par de timbres.

"Hola, Carlos. Odio preguntar, pero estamos aquí en el restaurante y está bastante ocupado. Tenemos una agenda un poco apretada, así que me preguntaba si podrías mover algunos hilos para organizar una mesa adicional.

"Claro, Tomás. Estoy en Houston ahora mismo, pero déjamelo a mí", respondió. "¿Cuánto tiempo vas a estar en Mérida?"

"Me temo que no por mucho tiempo. Tenemos una carrera esta noche, pero hablaremos pronto. Muchas gracias por tu ayuda", agregué.

"Me ocuparé de ti y me mantendré en contacto", finalizó antes de colgar.

Todos los chicos sonrieron.

"Sacar la tarjeta VIP, qué bien", sonrió Ramón.

El camarero regresó unos minutos más tarde y nos dijo que la mesa estaría lista en breve. También tomó un pedido de bebidas por seis cervezas Corona. Al otro lado de la cubierta, vi a dos de sus colegas arreglando apresuradamente una mesa nueva. Me sentí un poco avergonzada cuando interrumpieron la comida de una pareja para hacer espacio, pero no tuvimos tiempo de esperar; Es bueno tener amigos en los lugares correctos.

Una vez que la mesa estuvo lista, nos acercamos y tomamos asiento. No se me escapó la atención de que todos nos miraban mientras intentaban averiguar quiénes éramos para recibir ese trato. Asentí con la cabeza en señal de agradecimiento y todos volvieron a comer mientras nos sentábamos.

El camarero vino y tomó nuestro pedido, luego reemplazó todas las botellas de Corona. Comenzamos con una pequeña charla para ponernos al día y luego pasamos al negocio en cuestión.

"Ramón, todo parece según lo previsto, pero todavía nos falta un ingeniero", comencé. "¿Alguien ha tenido noticias de Magdaleno?"

Magdaleno, o Maggie, como lo llamaban a menudo, era nuestro ingeniero jefe habitual. Tenía poco más de cuarenta años, era un hombre bajo, de poco menos de cinco pies y casi igual de ancho. Su cabello negro usualmente estaba cortado con una raya al estilo de Barney Rubble a un lado, a lo que a menudo me refería como el Barney Rubble latino. Era un tipo tranquilo, humilde y amigable, pero sumamente seguro cuando se trataba de motores.

"Sí, Capi, subió a un micro esta mañana a las 6 de la mañana y estará aquí a las 8 de la noche", confirmó el Tío.

"¡¿Un autobús?!" exclamé. "Podríamos haber organizado un vuelo. No importa. Tío, toma el camión y estarás allí cuando él llegue. Partiremos tan pronto como esté a bordo".

"Entendido, Capi", confirmó Tío.

Miré a mi alrededor y acerqué mi silla a la mesa, y luego les hice un gesto a los demás para que hicieran lo mismo.

"Está bien, escuchen, las cosas han cambiado un poco en la última hora y necesito saber si todos todavía quieren participar. Va a ser extremadamente complicado y peligroso, pero obtendrás el triple de la recompensa actual".

Se miraron y sonrieron.

"Un contacto mío cercano que está muy bien informado sobre los movimientos de los cárteles y la Armada de México me ha brindado nueva información. El hombre que financia nuestra operación está en una mala situación con los cárteles por un acuerdo anterior que salió mal. Ahora pretenden traicionarlo, tomar el dinero en efectivo, el diésel y matar a todos los involucrados.

Todas las sonrisas desaparecieron.

"Ahora que tengo su atención y entienden el riesgo, mi plan es superar a esos cabrones", anuncié mientras las sonrisas regresaban. "Quiero que lo piensen mientras comen y me avisan si están dentro una vez que regresemos al barco. Luego discutiré los detalles del plan".

Ramón y Tío sonrieron y levantaron sus copas para confirmar que estaban dentro, y el resto del equipo hizo lo mismo. Nunca tuve muchas dudas, pero ellos merecían saberlo. Mientras volvíamos a comer y charlar, Tío se inclinó y en voz baja me dijo que necesitaba hablar en privado con expresión preocupada.

Mierda, esto será difícil sin Tío.

Amaba a Tío como a un hermano, pero él tenía muchos hijos y tenía la intención de respetar su decisión si quería salir; tendríamos que arreglárnoslas sin él.

Todos parecían de buen humor y comieron la comida tan pronto como llegó. Hubo un momento en que lo sentí casi como una reunión familiar y eso me hizo sentir más responsable. Pensé en cada parte del plan mientras jugaba con mi comida y me preguntaba si nos estaba metiendo en serios problemas. Ramón notó cómo simplemente picaba mi comida.

"¿Estás bien?" preguntó.

"Sí, estoy bien. Necesito ir y hacer un par de llamadas, y luego tú y yo necesitamos tener una reunión privada".

"Te tengo", respondió.

"Tío, trae a los chicos de regreso al barco una vez que hayas terminado y luego ve a esperar a Maggie".

"Entendido, Capi", confirmó mientras terminaba mi comida, dejaba algo de dinero y me dirigía hacia la puerta.

Tenía cosas que hacer y no iba a terminar conmigo sentado aquí.

18 CAPITULO DIECIOCHO

El sol se estaba poniendo y lentamente se oscurecía a medida que se hundía en el horizonte, pero todavía quedaba una hora de luz, así que caminé por la playa hasta la Marina. Hacía un clima un poco más fresco de lo habitual con una agradable brisa que soplaba desde el Golfo. Caminé hacia las rocas amontonadas contra el malecón y me senté.

Saqué mi celular del bolsillo y llamé a María, pero una vez más saltó el correo de voz después de un solo timbre. Luego volví a revisar mis contactos para llamar a Diana.

"Tomás, ¿llegaste a Progreso?" ella comprobó al responder.

"Sí, llegamos hace un par de horas y acabamos de almorzar tarde en Cilantros". Lo confirmé.

"¿Cuándo sales de viaje?" ella continuó.

"Nos vamos esta noche", respondí antes de llegar a una pregunta un poco incómoda dada mi cercanía con ellos dos. "Odio preguntar, pero ¿has sabido algo de María desde anoche?"

"No, pero no eres el único que la busca. Jeff vino hace aproximadamente una hora y preguntó lo mismo", respondió.

"Puede que no tenga señal de teléfono una vez que partamos, pero tendré internet. ¿Puedes enviarme un mensaje de texto si escuchas algo?

"Claro, y cuídate", dijo.

Le di las gracias y colgué. El siguiente punto de la lista era hablar con China nuevamente, así que le devolví la llamada.

"Bueno, Tomás", respondió ella.

"Oye, China, ¿tienes más información para mí?

"Sí. Hablé con algunas personas y parece que Don Miguel definitivamente está planeando usar algo de fuerza para traicionarte. Hay rumores de que ha pedido prestado el dinero para este trabajo y supongo que tiene la intención de robar el dinero, no devolverlo y culpar de todo a otra persona... conociéndolo, posiblemente presentarlo como si fuera la persona que lo prestó. Tiene mucha artillería y ha planeado asegurarse de que ninguno de ustedes sobreviva. No hagas este trabajo, Tomás, no vale la pena", volvió a suplicar.

"Voy a charlar con Ramón y analizar algunas cosas. Prometo que te llamaré en la próxima hora".

Esto aún podría funcionar, pero significa que alguien podría tener que hundirse metafóricamente con el barco.

Cuando regresé al restaurante, los otros muchachos estaban a punto de subirse al EUV para regresar a la Marina. Ramón se había movido de una mesa a la barra, así que agarré un taburete a su lado.

"¿Hay noticias?" preguntó en voz baja.

"Sí, y no estoy seguro de que podamos lograrlo", respondí en voz baja.

"¿Cuál es el problema?" Continuó con preocupación.

"Este personaje de Don Miguel es un pez gordo. Mi contacto me dice que tiene mucha artillería y sospecho que, si lo traicionamos antes de que pueda hacerlo con nosotros, estaremos huyendo y escondiéndonos por el resto de nuestras vidas. No había imaginado que tuviera tal alcance", le expliqué.

"¿Quieres descartar todo y regresar?"

"Creo que todavía podemos hacerlo", continué después de un trago de la cerveza sobrante que Ramón había pedido. "Mi contacto tiene conexiones con la Armada de México y podría configurarlo para que nos 'arrestaran', pero para hacerlo, alguien tendría que permanecer a bordo para establecer la conexión".

"Hombre, si ya tenemos el dinero, ¿por qué no ponemos el maldito barco en piloto automático y nos subimos al barco del primo de Tío?", sugirió.

"Podríamos, pero entonces sabrán quién se llevó el dinero, y Don Miguel y el cartel estarán constantemente persiguiéndonos cada vez que aparezcamos. El plan que estoy reformulando es que tú y yo dejemos a los chicos una vez que nos acerquemos al lugar. Una vez que lleguemos allí, podrás conducir mientras yo amarro; dará la apariencia de que hay una tripulación completa a bordo. Una vez que amarremos, irás a la sala de máquinas y me esperarás. Conectaré la manguera y cuando baje para alinear las válvulas, escaparemos por la escotilla escondida por los contenedores… con suerte sin ser vistos.

"¿Sin ser vistos?" cuestionó con una ceja levantada.

"Entiendo tu preocupación, amigo mío. Tengo conmigo un par de botellas con unos veinte minutos de aire. La zona tiene corrientes de marea realmente fuertes según los gráficos. Amarraremos el barco de manera que la parte trasera quede en el lado de corriente abajo. La corriente nos ayudará a alejarnos lo suficiente antes de que nos quedemos sin aire.

"Estoy contigo hasta ahora. Si no pueden vernos, ¿cómo lo harán Tío y los chicos?

"Ah, siempre hay muchos barcos pesqueros en la zona. Si nos mantenemos a unos cientos de metros de la corriente, nadie sospechará nada. Una vez que salgamos a la superficie, puedo indicarle a Tío con la luz, de espaldas a nuestro barco, que nos recoja.

Tomó un trago y me miró mientras esperaba su reacción.

"Mierda, me apunto", respondió en menos de un minuto.

"¡Espera, todavía no has oído la parte aterradora!"

"¿Quieres decir que es más aterrador que los cárteles traicioneros y un gran mandamás?" preguntó.

"Tengo la intención de iniciar un tiroteo con la Armada de México", agregué.

"No es una buena idea", rugió y me miró como si fuera suicida y estuviera bromeando.

"Escúchame. Si tienen artillería, tienen muchas armas. Recibiremos el diésel cuando llegue el barco de la Armada. Sacaré una pistola y dispararé contra los hombres de Don Miguel, luego hare un disparo al barco de la Armada cuando llegue. No sabrán quién está disparando y absolutamente responderán. Una vez que eso suceda, me meteré en la escotilla, me encontraré contigo y escaparemos al agua."

"Ese es un brillante cambio de plan. Incluso si no matan a Don Miguel, estará demasiado ocupado escondiéndose de los cárteles por haber perdido su dinero por segunda vez como para venir tras nosotros", añadió Ramón mientras asentía.

"Bingo. El Cártel asumirá que la Marina confiscó el dinero ya que la cantidad incautada nunca es la misma que la cantidad reportada, si es que se reporta", finalicé.

"No tengo idea de cómo se te ocurre esta mierda, pero hasta donde puedo ver, todo funciona", finalizó Ramón.

"Tómate otra cerveza y luego nos vemos en el paseo marítimo. Tengo una llamada que hacer", le dije mientras me levantaba y me iba. Decidí caminar por la playa nuevamente porque estaba mucho menos concurrida que el paseo marítimo. La brisa había amainado y miré las iluminaciones en constante crecimiento que fluían a través de la superficie de vidrio durante más de cien metros.

Más vale que no estemos tan tranquilos cuando hagamos la conexión, de lo contrario será muy fácil que nos detecten en el agua. Necesitamos al menos dos o tres pies de mar para ayudar a ocultar nuestra fuga.

Sabía que necesitaba consultar el informe meteorológico cuando regresáramos al barco. Fue un control vital que podría decidir nuestro curso de acción final. Llegué al mismo macizo de rocas y me senté para realizar la llamada prometida a China. Como antes, ella respondió de inmediato.

"Hola, China. Hablé con Ramón y tenemos un nuevo plan, pero vamos a necesitar tu ayuda para llevarlo a cabo", comencé.

"Estoy escuchando", confirmó.

"Necesito que arregles algunas cosas con tus contactos de la Marina. Hágales saber que en uno o dos días habrá una venta ilegal de diésel frente a la costa de Frontera".

"Supuse que estarías lo suficientemente loco como para seguir adelante con esto, así que ya hablé con él", suspiró.

"No tengo una hora exacta todavía, pero les avisaré con al menos doce horas de antelación antes de que suceda continué. "Diles que sucederá a unas tres millas de la costa de Frontera. Será de noche, así que, si muestran luces para un barco pesquero, deberían poder acercarse antes de que todos se den cuenta de que es un barco de la Armada", propuse.

"¿Algo más, mientras estás en eso?" preguntó ella.

"En realidad, ¿averigua con él cuánto dinero necesitamos dejar en el barco para que se quede con una parte, pero todavía muestre suficiente para una redada legítima?"

"Tomás, soy consciente de que tú y tu alegre banda de piratas sabéis lo que estáis haciendo, pero ¿sabes que existe la posibilidad de que mi contacto nos joda a todos y los mate también por el dinero?" advirtió.

"Que no cunda el pánico, preciosa, ninguno de los miembros del equipo estará allí cuando caiga".

"¿Y cómo vas a lograr eso?" ella bromeó.

"Eso es todo lo que puedo decir ahora. Escucha, me tengo que ir, pero me pondré en contacto pronto", le aseguré.

"Está bien, ten cuidado", añadió antes de finalizar la llamada.

Llamé a Jeff, pero saltó directamente el correo de voz. Le dejé un mensaje, pero en el momento en que colgué sonó mi celular.

"Hola, Jeff", respondí.

"He estado tratando de localizar a María todo el día. ¿Has hablado con ella? preguntó en pánico.

"No, escuché que vino a la Marina anoche, pero nadie ha sabido nada de ella desde entonces", le dije mientras yo también me preocupaba más.

"Encontré su auto en el aeropuerto y estoy tomando el vuelo de las 10 pm a Miami para seguir a dónde fue. Estoy seguro de que está bien, pero no es propio de ella hacer esto".

"Envíame un mensaje de texto tan pronto como sepas algo", le pregunté con firmeza. "Solo llamé para avisarte que voy a revisar los informes meteorológicos y esperaré a que Magdaleno revise los motores, luego te llamaré para avisarte a qué hora concertar la reunión con Don Miguel".

———

"Está bien, házmelo saber", finalizó cuando terminamos la llamada. Se me escapó un suspiro mientras intentaba procesar todo lo que estaba a punto de hacer. Si esto salía mal, estábamos todos jodidos.

Seguí preocupado por María, pero ya no conocía sus rutinas. El hecho de que Jeff estuviera tan preocupado aumentó mi miedo. Ella siempre había sido el tipo de mujer que podía cuidar de sí misma, pero su hermano mayor Jeff siempre la había vigilado de cerca para asegurarse.

Caminé por el malecón y me senté en un banco vacío mientras esperaba a Ramón. No había señales de él después de treinta minutos, así que comencé a caminar hasta Cilantros para ver cuál era el retraso. Lo vi caminando por la esquina del bar con una chica del brazo. Él la besó y ambos se rieron, luego ella se alejó en una dirección diferente.

"El bueno de Don Juan… ni siquiera puede tenerlo en sus pantalones por un día". Me reí entre dientes. "Entonces, ¿cuánto hace que la conoces?" Pregunté con una sonrisa.

"Oh, unos veinte minutos". Él sonrió.

"Ni siquiera voy a preguntar. Aun así, esa debe ser tu segunda relación más larga", bromeé.

"Y un gran jódete", respondió.

Caminamos de regreso al barco y los muchachos estaban sentados en cubos detrás de la cabina, jugando con sus teléfonos como de costumbre. Levantaron la vista cuando llegamos y Shirma se puso de pie.

"Nos arreglamos todos, Capi. ¿Necesitas algo más?" preguntó.

"No, gracias por preguntar, Shirma. Sólo avísame cuando Tío vuelva con Maggie".

"Sí, Capi, claro que sí".

Ramón se dirigió a su habitación para revisar su equipo mientras yo subía las escaleras exteriores hacia el puente. Cantrelle estaba durmiendo una siesta en el sofá, así que me dirigí silenciosamente a la computadora para consultar el informe meteorológico.

Al principio el informe llegó tal y como había temido antes: una calma resbaladiza durante la noche, pero se suponía que el viento y el oleaje aumentarían al día siguiente. Era obvio que necesitábamos retrasar nuestra salida un día. Sabía que eso no sería un problema una vez que llegara Magdaleno, ya que podría desactivar temporalmente algo que nos "obligaría" a retrasar nuestra partida.

Eso haría que Don Miguel tuviera un gran ataque porque tendría que alterar sus planes para matarnos.

Debe ser una pesadilla logística muy estresante para él, pensé sarcásticamente, especialmente porque sabe que, si vuelve a salir mal, le derretirán la cabeza en una tina de ácido: ¡pobre hombre!

Imprimí el informe y estaba a punto de bajar cuando Cantrelle se sentó en el sofá.

"¿Qué pasa, Cap?", Preguntó mientras se frotaba los ojos.

Me senté en el asiento junto a él y le expliqué el plan con todo detalle, hasta el retraso en la salida.

"Entiendo todo, Cap, y no tengo preocupaciones en las que no hayas pensado", respondió. "Para que lo sepas, si necesitas que me quede a bordo, también tengo mucha experiencia en buceo".

"En serio, ¿cuánto?"

"Soy un Navy SEAL retirado, por ejemplo".

Me recosté en mi silla con una gran sonrisa. "Ahora eso tiene mucho sentido".

"¿Cómo es eso?" cuestionó.

"No pude evitar notar que trajiste una bolsa bastante grande a bordo para lo que se supone que será un viaje de dos días", agregué. "¿Tienes suministros?"

Ambos sabíamos que me refería a más que una botella extra de agua y una barra de proteínas.

"Nunca voy a ningún lado sin él, ven a verlo". Hizo un gesto mientras se levantaba.

Lo seguí hasta su habitación y cerré la puerta detrás de nosotros. Levantó la bolsa del suelo, la colocó sobre la cama y comenzó a sacar de ella una excepcional variedad de equipo, que incluía un rifle de asalto AR-15 compacto, dos pistolas SIG Sauer similares a la mía, un par de cuchillos tácticos, botas, reloj, traje de neopreno, aletas de propulsión y un pequeño respirador. Este último era similar a mis botellas de pony, pero mientras que eso me permitía veinte minutos, el respirador limpiaba el aire y permitía que volviera a pasar, lo que me daba casi una hora de aire.

"Oh, qué impresionante", dije mientras tomaba el AR-15 y expulsaba el cargador para ver que contenía munición de grado militar.

Recargué, verifiqué el seguro y se lo devolví.

"Está bien, cambiémoslo y quédate a bordo con Ramón y conmigo, en caso de que algo salga mal y necesitemos potencia de fuego adicional", sugerí.

"Ya lo tienes, Cap", confirmó mientras comenzaba a empacar todo.

"Ya que no nos vamos esta noche, ¿por qué no vas y te relajas con el equipo en la ciudad y pasas un buen rato?"

"Gracias por la oferta, Cap, pero creo que me quedaré en el barco. Más tarde iré a nadar y quemaré algunas cervezas y comida de hoy", me dijo.

"Está bien, haz lo tuyo. Me reuniré con los muchachos y luego probablemente descansaré un poco", dije.

"Lo tienes", finalizó.

Regresé a la terraza para llamar a Jeff; no sonaba mejor que antes cuando respondió.

"Oye, Tomas, ¿qué necesitas? Estoy a punto de subirme a un avión", preguntó apresuradamente y estresado.

"Seré lo más rápido que pueda. Cuando tengas oportunidad dile a la gente de Don Miguel que pueden dejar el dinero y que parece una salida a tiempo", mentí porque quería mantener lo que iba a pasar en un círculo lo más pequeño posible.

"Bien, deberían estar allí en una hora", me informó.

"Gracias, Jeff. Por favor envíame un mensaje de texto tan pronto como encuentres a María", le pedí.

"Lo haré, hablaremos más tarde", y colgó.

Había otra razón por la que no le dije a Jeff lo que estábamos haciendo. Cuanto menos supiera, mejor y más lejos estaría de todo. Además, ya tenía suficientes preocupaciones con María.

Hice una pausa y miré hacia el muelle y vi que Tío acababa de bajar del camión con Magdaleno. Bajé la pasarela para encontrarme con ellos. Maggie dejó caer su bolso y rápidamente se acercó a mí para darme un gran abrazo.

"Tomás, es un placer verlo de nuevo, Capitán", dijo con entusiasmo.

"Del mismo modo, Maggie, ¿cómo has estado?"

"Bien, tengo un nuevo bebé, así que estoy lista para ganar algo de dinero". Él sonrió.

"Felicidades, hermano. Lamento ir directo al grano, pero nos pondremos al día más tarde. Tengo algo que necesito que mires de inmediato", enfaticé.

"Solo di la palabra, Cap".

"Necesito que bajes a la sala de máquinas y encuentres una forma no obvia de desactivar la dirección o los motores. Tiene que ser algo que nos impida partir hasta mañana al mediodía", le expliqué.

"Ah, Cap, déjalo por hecho", dijo con un guiño mientras recogía su bolso.

"Maggie", grité mientras él cruzaba la cubierta, "encuéntranos en el puente cuando hayas terminado y te informaremos del resto".

Su reconocimiento consistió en un gesto de mano.

"Tío, mientras Magdaleno hace su magia, vamos a tener esa charla", sugerí.

Los dos fuimos al ala del puente y nos sentamos en las sillas de jardín que estaban esparcidas desordenadamente.

"Entonces, ¿de qué querías hablar, Tío?", Le pregunté con calma.

No dijo nada y tenía una mirada vidriosa que indicaba que estaba molesto por algo.

"Hombre, definitivamente te queremos con nosotros en el trabajo, pero si realmente estás preocupado por algo o no quieres hacer el viaje, todo está bien", le prometí. "No hay que explicar nada y nada cambia; Si quieres salir, te reservaremos un vuelo a casa y nos pondremos al día en unas semanas".

"No, Capi, no es eso. No tiene nada que ver con el trabajo en sí". Tragó y me miró a los ojos. "Me sentí bastante mal hace unas semanas y fui al médico. ¡Me hicieron un montón de pruebas y hace un par de semanas me dijeron que tenía cáncer de huesos!

Esas tres palabras golpearon como un mazo.

"¡Cáncer de huesos! Mierda. ¿Es tratable?"

Sacudió la cabeza y aparecieron lágrimas en sus ojos. Deslicé mi silla hacia él y rodeé a mi amigo con el brazo.

¿Qué se puede decir ante noticias como esa?

"Tío, eres familia y haremos todo lo que podamos por ti".

"Sí, lo sé, Capi", dijo mientras se secaba una lágrima. "No quiero que los demás lo sepan, ¿entiendes?" preguntó.

"Por supuesto, pero ¿no quieres volver a casa y estar con tu familia? Me aseguraré de que recibas tu parte".

"Todos lloran y sienten lástima por mí. Para ser honesto, necesito este viaje con los muchachos nuevamente, algo de normalidad, por eso no quiero que lo sepan", explicó. "Es mi última ronda, déjame disfrutarla".

Asentí con la cabeza y sentí que las lágrimas empezaban a salir lentamente de mis ojos. Los limpié y me levanté.

"Te amo como a un hermano, Tío. Lo entiendo totalmente y esto queda entre nosotros dos. Dígales cuando esté listo".

"Gracias, Capi", dijo mientras también se levantaba, se aclaraba los ojos y respiraba hondo.

Ambos nos dirigimos al puente y cuando entramos, algo llamó la atención de Tío.

"Cap, es posible que haya un hombre al agua", dijo, un poco desconcertado.

Me acerqué a él y miré hacia donde señalaba. Pude ver a un hombre nadando a través de la bahía hacia los embarcaderos.

"Ah, ese es Cantrelle. Mencionó que podría ir a nadar", confirmé.

"¿Un baño?" Él se rió. "Parece que se dirige hacia el mar".

"Es un ex Navy SEAL, así que probablemente lo sea".

Tío continuó mirando con asombro mientras yo revisaba algunas de las impresiones.

"¿Sabes qué? Estaba planeando acostarme temprano, pero como no nos vamos hasta mañana, ¿qué tal si salimos a tomar unas cervezas una vez que los matones de Don Miguel hayan dejado el paquete?"

"Suena como un plan, Cap".

Unos minutos más tarde, Magdaleno apareció en el puente limpiándose la grasa de las manos.

"Todos los sistemas funcionan, o, mejor dicho, no", se rio para sí. "Desactivé la dirección y no podremos conseguir la pieza que necesito hasta mañana por la mañana. Estoy muy molesto", se burló con un guiño.

"Buen trabajo, Maggie. Ve a buscar autorización, saldremos a tomar unas copas una vez que llegue el paquete".

19 CAPITULO DIECINUEVE

Fui al área de la cocina y tomé una cerveza del refrigerador. Podría haberme sentido más relajado ahora que todo el equipo había llegado, pero todavía estaba entumecido por las noticias de Tío. Ahora que había llegado Magdaleno, las ruedas se estaban poniendo lentamente en marcha.

Maggie era una de las partes más importantes del equipo. La clave de cualquier trabajo que involucrara un barco era la sala de máquinas (sin motor, sin movimiento) y Maggie era el doctor en ingeniería y uno de los mejores que había conocido.

Jeff, Ramón y Maggie fueron los primeros con los que trabajé cuando me asignaron un trabajo en México hace muchos años. El resto del equipo lo adquirimos a lo largo del camino, pero tenías que conocer a alguien para formar parte de nuestra pequeña y alegre banda. No aceptamos a cualquiera y había que tener ese oficio especial y, lo más importante, ser digno de confianza.

Miré a Tío, que estaba sentado al otro lado del puente hablando con su esposa por teléfono, y pensé en dejarlo con eso. Decidí ir y desempacar mi equipo. De camino a mi habitación, llamé a la de Ramón y le hice saber que Maggie había llegado.

"Hablando de Maggie", dije mientras él asomaba la cabeza, "revisé el clima y decidí que pospondremos nuestra salida hasta mañana al mediodía. Antes de que preguntes, sí, sin duda provocará un ataque de ira por parte de Don Miguel, pero hice que Magdaleno desactivara temporalmente la dirección y, aunque no lo sepas, ¡la pieza no estará aquí hasta mañana!

"¿De dónde se te ocurre todo eso? ¿Necesitas algo más de mí?" preguntó.

"No, pero como no nos vamos hasta mañana, Tío y yo decidimos ir a tomar algo, ¿te apetece?"

"Oh, seguro. ¿A qué hora?"

"No se. Estamos esperando que los gorilas contratados por Don Miguel dejen caer el dinero", le expliqué.

"Bien, sólo avísame veinte minutos antes", dijo mientras cerraba la puerta.

Como capitán tenía el camarote. Era dos veces más grande que los demás y también tenía una oficina completamente equipada con mapas GPS para poder rastrear nuestra posición sin tener que caminar hasta el puente.

En la esquina del escritorio había una pila de pequeños monitores que me permitían ver lo que estaba pasando en las partes cruciales de la nave. Hice clic en algunos botones y cambié la señal a uno que pudiera reposicionarse para mostrar el estacionamiento y ver cuándo llegaba la gente de Don Miguel. No me preocupaba demasiado porque Shirma e Izquierdo me avisarían si aparecía alguien.

Extendí la mano y levanté mi bolso del suelo, lo coloqué sobre la cama y comencé a vaciar el contenido. Dejé las botellas en el suelo y agarré mi SIG Sauer y sus municiones.

Ahora, ¿dónde puedo esconderte?

Decidí esconderlo detrás de uno de los paneles del techo que salían encima de mi cama. Cuando lo quité, había aproximadamente un pie de espacio entre el falso techo y el mamparo de acero por donde los cables y las tuberías iban de una habitación a otra. Era el lugar perfecto.

Mientras guardaba todo mi equipo de buceo en el casillero, un SUV negro se detuvo junto a la pasarela en el monitor. Se apearon dos hombres, uno de ellos con una gran maleta negra y rígida.

"Y aquí viene nuestro dinero", exclamé mentalmente.

Me estiré por encima de mi cama y agarré mi pistola, verifiqué que estuviera cargada nuevamente y luego la sujeté a mi cinturón. Estaba realmente seguro de que no sería necesario, pero quería tenerlo y no necesitarlo, y no al revés. Caminé hasta la cocina justo cuando Shirma los escoltaba al interior. El matón que sostenía el maletín se acercó a mí a propósito.

"¿Es usted el Capitán Tomás?" preguntó, a lo que asentí. "Me ordenaron que le permitiera confirmar el contenido de este caso. Luego debo informar a Don Miguel de su hora de salida y de su llegada estimada a la barcaza."

Me siguió escaleras arriba hasta mi habitación, pero se negó a entrar cuando abrí la puerta.

"Tengo prohibido ver lo que hay dentro del maletín", dijo con severidad. "Es sólo para tus ojos".

Me pasó una llave y abrió las esposas que llevaba en la muñeca. Tomé la llave y cerré la puerta, luego coloqué la maleta en mi litera y la abrí. El corazón casi se me sale del pecho cuando vi todo ese dinero. Pude entender por qué Don Miguel no quería que sus muchachos tuvieran ni siquiera la tentación de verlo.

Derramé el contenido sobre mi cama y rápidamente pensé en cómo ese dinero podría cambiar mi vida. Los fajos de dinero (cada paquete contenía 10.000 dólares en billetes de 100) llenaron la litera. Recogí cada uno y los hojeé para asegurarme de que todos fueran dinero y no pedazos de papel en blanco como había visto antes.

Era imposible para mí saber si eran falsificaciones o no, pero dado que Don Miguel esperaba recuperar su dinero y el diésel, era poco probable que lo arriesgara todo excepto usando dinero falso. Era demasiado arrogante para eso. Con tanto dinero involucrado, sería fácil iniciar un tiroteo entre los dos cárteles y la Marina, ya que cada uno asumiría que estaban siendo traicionados.

No fue una tarea fácil y me llevó un tiempo, pero finalmente conté los 1,2 millones de dólares completos. Lo guardé en la maleta y lo coloqué debajo de mi cama. Abrí la puerta y el repartidor se adelantó.

"Dígale a don Miguel que acepto el paquete y he confirmado su contenido. Saldremos mañana por la mañana y estaremos allí por la noche a las 21.00 horas".

No dijo nada, simplemente se dio la vuelta y se alejó, seguido rápidamente por su colega, y abandonó el barco. Cerré la puerta nuevamente y saqué algunas bolsas de basura de debajo del fregadero. Lo separé y dividí en cuatro bolsas. Luego las coloqué en el escondite del techo. En caso de que sucediera algo, quería la maleta como distracción, así que la llené con algunos libros y la cerré con llave antes de colocarla debajo de mi litera. Si la suerte nos acompaña, alguien podría agarrarlo y huir, pero no se saldría con la suya.

Después regresé al puente donde Tío me estaba esperando.

"¿Ya ha subido Ramón?" Lo comprobé.

"No, Capi, no lo he visto".

"Está bien, vamos a ver cómo están él y Maggie para ver si vendrán mientras yo hablo con Shirma".

Lo encontré sentado en una mesa de la cocina con Izquierdo.

"Oye, Shirma, vamos a ir un rato a la ciudad esta noche. Mientras estamos fuera, necesito que tú e Izquierdo roten las guardias hasta que regresemos. Ya conoces el procedimiento. No dejes subir a nadie a bordo sin llamarme primero", le dije.

"Ya lo tienes, Cap", respondió.

Salí a cubierta y llamé a China por última vez antes de partir. Ella sonaba medio dormida cuando respondió.

"Hola China, lo siento, ¿te desperté?"

"En realidad no, simplemente me quedé dormida. ¿Qué necesitas?" preguntó cansada.

"Sólo quería hacerle saber que los hombres de Don Miguel ya se fueron, y organizamos la reunión para mañana por la noche a las 9 pm. ¿Pongamos nuestro pequeño plan en acción, digamos, a las 10 de la noche?

"Está bien, Tomas, escucha, ¡ten cuidado!" ella suplicó.

"No te preocupes en absoluto. Sólo asegúrese de decirles que es importante que no lleguen ni demasiado temprano ni demasiado tarde", señalé.

"Lo haré, llámame por la mañana", preguntó antes de terminar la llamada.

Escuchar su voz medio dormida sacó de mi mente recuerdos del momento en que estábamos juntos. Ella podría ser una contradicción, en un momento buscando vivir el momento y disfrutar de la vida, al siguiente podría estar agobiada por algo. Muchas veces pensé que estaba relacionado con el trabajo. Hubo momentos en que se levantaba en medio de la noche para salir con su teléfono. Siempre supe que, si ella quería hablar de eso, lo habría hecho.

Unos minutos más tarde, todos los chicos salieron por la puerta. Nos subimos a la camioneta y salimos del estacionamiento. Estábamos cerca de todo así que podríamos haber caminado; Me sentí mejor teniendo el camión allí.

"¿Algún lugar en particular?" Le pregunté a Tío quién estaba atrás.

"Donde te convenga, Capi", respondió con una sonrisa.

"Oye, ¿qué tal Lipsticks? La chica con la que estuve antes dijo que trabajaba allí".

———

Sacudí la cabeza. "Lipsticks suenan como un gran lugar". Me reí.

Cuando nos detuvimos frente al club, era todo lo que esperarías de un nombre como Lipsticks. El nombre brillaba con brillantes luces de neón de color rosa que destellaban alternativamente con la silueta de una mujer en bikini. Todos entramos con entusiasmo al interior y fuimos recibidos con la vista de mujeres medio desnudas en postes o camareras con poca ropa sirviendo bebidas.

"Sé que conocías este lugar antes que la chica que conociste hoy. Vamos, admítelo", le susurré a Ramón.

"La verdad, Tomás, no sabía que existía este lugar", protestó.

Sonreí y sarcásticamente seguí: "¡Sí, claro!"

Una camarera se acercó y nos indicó una mesa. Ocupé el asiento con la mejor vista de la entrada y de cualquiera que entrara (un viejo hábito que adquirí hace mucho tiempo, algo que hacía cada vez, independientemente de lo que estuviera haciendo) y la camarera regresó rápidamente con una cubeta de hielo y algunas cervezas. Cada uno de nosotros agarró una, las abrimos y brindamos.

"Por estar juntos de nuevo, la vieja pandilla, y por nuestro éxito mañana", brindé.

El DJ anunció un cambio en las bailarinas y todas las recién llegadas tenían el tipo de nombres de bailarinas exóticas que cabría esperar: Mercedes, Jasmine, Sapphire. Mientras miraba a los chicos que claramente estaban disfrutando de la vista, me hizo pensar en los viejos tiempos, en todos los líos en los que nos habíamos metido y salido juntos. Solíamos hacer este tipo de cosas a menudo, pero luego, uno por uno, nos casamos o simplemente nos cansamos de la misma escena de siempre. Todos estaban charlando, disfrutando del espectáculo y de buen humor, pero rápidamente noté que Magdaleno tenía dos cervezas a una para todos los demás, y también estaba pidiendo tragos de tequila para todos… y luego otra vez.

"Maggie, ¿tienes algún tipo de misión esta noche?" Grité por encima de la música.

Pareció desconcertado por sólo un segundo, luego sonrió y asintió. Él podía soportar su licor, así que eso no me preocupaba demasiado desde la perspectiva laboral. Decidí vigilarlo sólo para estar seguro.

La paz reinaba y había mucha actividad durante una noche entre semana. Entonces recordé que era una ciudad portuaria; donde hay marineros, hay licor y mujeres. Sólo para demostrar mi punto, yo

Llevó a Tío y Ramón a hacer varios viajes a las cabinas de baile privadas. En un momento, una chica gritó el nombre de Ramón detrás de mí. Fue uno de los bailarines quien le señaló una cerveza, en gesto pidiéndole que se la comprara.

"Sí, nunca había estado aquí antes", murmuré con una sonrisa.

A veces era tan playboy que me sorprendía que no hubiera contraído algo después de sus acciones descarriadas durante todos estos años. Para mi sorpresa, sacudió la cabeza para indicar que no pagaría por ello. Lo intentó de nuevo y una vez más él negó con la cabeza. Después de la tercera vez, comenzó a gritar algunas palabras hostiles en español y al momento siguiente, la botella voló en nuestra dirección. Todos nos agachamos y se estrelló contra un espejo detrás de nosotros. Grandes fragmentos de vidrio reflectante volaron en todas direcciones y todos saltamos de nuestros asientos.

"Caballeros, es hora de irse… vámonos", se rió Ramón.

En ese caso, vámonos significaba salir de allí, en un sentido muy literal. Todos tomamos nuestros teléfonos celulares y cualquier otra cosa y nos dirigimos hacia la puerta. A mitad de camino, un portero salió para ver a qué se debía todo el alboroto. Saltó delante de Ramón, quien, como siempre, era el primero en la fila corriendo hacia la puerta.

Sin perder el ritmo, Ramón lo golpeó fuerte en el pecho con la palma de su mano, lo que lo empujó hacia atrás, boca arriba. Como era de esperar, no quedó impresionado por la expresión de su rostro, pero no teníamos tiempo suficiente para descubrirlo. Todos lo pisoteamos como ganado mientras salíamos por la puerta.

Todos nos lanzamos al camión, lo puse en marcha y pisé el acelerador. La rueda de nuestro camión giró ligeramente y luego ganó tracción cuando yo la hice girar. El camión roció grava y conchas de ostras sobre los demás vehículos e incluso sobre las personas en el estacionamiento mientras huíamos. Lo último que habrían escuchado fue el sonido de una risa imparable mientras todos caíamos histéricos.

"Maldita sea, hombre, no podemos llevarte a ningún lado sin que te metas en una mierda u otra", me reí entre dientes a Ramón. "Caballeros, eso es todo, creo que volvemos al barco.

Eso no pareció desanimar el ambiente mientras todos disfrutaban de su visión de lo que acababa de suceder con gran diversión. Fue como volver a contar las mejores partes de una película que acaban de ver. Cuando llegamos al barco, le dije a Ramón que pusiera el camión detrás de un contenedor porque estaba seguro de que la policía local ya lo estaría buscando.

El resto de nosotros caminamos hasta la cocina. Me senté frente a Shirma, que estaba sentada a la mesa, mientras los demás asaltaban el refrigerador en busca de más cerveza. Magdaleno era el único que parecía un poco borracho, pero no tan mal cuando sumé cuánto había bebido. Los chicos parecían contentos y felices de estar todos juntos de nuevo.

Después de explicarle la última escapada de Ramón, le dije: "Puedes irte a la cama ahora si quieres, pero quiero que tú e Izquierdo vengan a ver a las 6 am en punto".

"Claro que sí", confirmó mientras se levantaba, se estiraba y se dirigía hacia las cabañas. Los chicos estaban pasando un rato bullicioso en la cocina, así que los dejé así por un rato y fui a hacer algunas últimas llamadas. Fui al puente, comprobé el tiempo antes de coger una botella de agua y salir a cubierta.

Intenté llamar a Jeff primero, pero saltó directamente el buzón de voz. Supuse que probablemente todavía estaba en el avión o que no había desactivado el modo avión, lo cual hacía a menudo. Intenté con María de nuevo, una parte de lo más profundo de mí esperaba que respondiera. No lo hizo; volvió a saltar directamente al buzón de voz.

Dejé escapar un suspiro audible y miré hacia la Marina, donde las luces se reflejaban en la superficie apenas ondulante. Había un barco mercante amarrado al largo muelle que se adentraba en el otro extremo de la bahía. Era un muelle aduanero, y allí era donde tenían que pasar todos los barcos que venían de puertos extranjeros antes de poder atracar y descargar toda su carga.

Me encontré mirándolo mientras intentaba descubrir qué diablos le pudo haber pasado a María. Más importante aún, ¿si ella estaba bien? Sabía que Jeff habría probado en todos los hospitales, departamentos de policía, asociados de María, amigos… morgues. Me estremecí al pensar en lo último. No era propio de ella simplemente desaparecer. Siempre le hacía saber a Jeff si planeaba estar fuera de contacto o no contactable.

Mientras intentaba resolverlo, escuché a algunas personas gritar a lo lejos hacia el barco mercante al otro lado de la bahía. Estaba demasiado lejos para escuchar exactamente lo que estaba pasando, pero por la cantidad de gritos, era bastante serio. La gente no estaba contenta, eso me di cuenta.

De repente sonó una alarma y la tripulación corrió por la cubierta con antorchas mientras las luces iluminaban el agua.

La alarma se detuvo unos diez minutos más tarde, pero los miembros de la tripulación parecían seguir mirando al agua mientras los oficiales del puente gritaban órdenes mientras estaban fuera de la cabina en la cubierta superior. A continuación, cuatro miembros de la tripulación lanzaron al agua un rápido bote de rescate y lo condujeron alrededor de la Marina y la bahía. Continuaron iluminando luces e investigando el agua.

Pasaron a cien metros de nuestro barco y me apuntaron con sus luces. Levanté la mano para protegerme los ojos y rápidamente se dieron la vuelta y se dirigieron hacia su barco.

¿Qué diablos está pasando allí y qué están buscando?

"¿Qué pasa, Capitán?" preguntó Cantrelle empapado, que estaba parado en un charco de agua detrás de mí.

"Jesús, Cantrelle, me asustaste muchísimo. ¿De dónde vienes?"

Él simplemente sonrió y señaló el barco mercante.

"¿Eres responsable de todo el caos que hay aquí?" Pregunté sacudiendo la cabeza.

"Errm, sí, eso es obra mía, Cap. Es sólo un pequeño ejercicio para mantenerse alerta". Él sonrió.

"¿Qué hiciste?" Pregunté, no muy segura de querer saber.

"Mira esto", respondió.

Cantrelle levantó la mano y me mostró una herramienta que estaba sosteniendo.

"Este es un gancho de agarre y una herramienta repelente que utilizamos en los SEAL. El anzuelo se dispara a unos sesenta pies y tiene un motor que puede arrastrar a un hombre de trescientas libras hasta donde esté sujeto el anzuelo. Por supuesto, funciona igual para repeler hacia abajo", explicó.

Me lo pasó. Era bastante pequeña y no mucho más grande que una pistola de tamaño normal. El cable era extremadamente delgado y parecía que el gancho solo se abría cuando lo usabas.

"¿Qué tan fuerte suena cuando disparas el anzuelo?" Yo pregunté.

"Utiliza un cartucho de CO2, Cap, y está silenciado. Pruébelo usted mismo", sugirió mientras señalaba el agua.

Apunté hacia abajo y apreté el gatillo. Se escuchó un "puf" apenas audible y el anzuelo voló rápidamente hacia el agua. Cantrelle señaló un interruptor en el costado. Lo giré y apreté el gatillo, y los veinte metros de cable retrocedieron en un par de segundos.

"Eso es genial. Bien, ¿dónde puedo conseguir uno? Sonreí.

"No está en el mercado civil, Cap, ¿te imaginas el daño que

podrían causar esos piratas somalíes si tuvieran en sus manos un equipo como este?" respondió.

"Buen punto. Oye, ¿has estado nadando todo este tiempo? Te vimos salir antes".

"Sí. Sin embargo, sólo nadé ocho millas; Normalmente hago al menos doce", respondió con orgullo.

"Hombre, me habría ahogado después de la una", agregué riendo.

"Ah, no te desanimes, Cap. Todos simplemente intentamos hacer uso de las habilidades con las que nacemos. Estoy animado y listo, así que ¿cuándo nos vamos, Cap?

"Saldremos a las 09:00, así que adelante y descansa un poco", le dije.

"Entendido, capitán. Estaré levantado a las 06:00, nos vemos entonces".

Cantrelle entró y lo vi dirigirse a las cabañas a través de la ventana.

Saqué mi teléfono por última vez y llamé a Diana. Ella respondió después de un solo timbre.

"Oye, Tomas, me preguntaba si llamarías esta noche".

"Grandes mentes y todo eso", bromeé. "¿Solo quería ver si habías tenido noticias de Jeff o María?"

"No, lo siento, cariño. Lo único que sé es que Jeff voló a Miami esta tarde, pero nadie ha sabido nada desde entonces", respondió con tristeza.

"Está bien, lo pensé mucho, pero sólo quería comprobarlo mientras pudiera. Estaré fuera de contacto por un par de días, pero te enviaré un mensaje de texto con mi dirección de correo electrónico. Sé que sueno como un disco rayado, pero ¿avísame cuando escuches algo?"

"Por supuesto. Ahora, ten cuidado ahí fuera. Avísame una vez que todo esté terminado", me dijo.

"Lo haré, buenas noches", agregué antes de terminar la llamada.

Como no podía hacer nada más, regresé a mi cabaña. Comprobé que todo estaba donde lo había dejado, luego me senté en mi escritorio y me serví un brandy. Tomé unos sorbos mientras repasaba el plan en mi cabeza. Como soy un planificador meticuloso, saqué una libreta y anoté cada paso, y al lado agregué cualquier plan de contingencia que habíamos preparado.

Tomé un segundo trago y leí todo nuevamente mientras lo bebía lentamente. Como cualquier plan, el único punto ciego era lo desconocido. No pude evitar resoplar porque me recordó el discurso "Desconocidos conocidos" de Donald Rumsfeld. En lo que respecta al plan, eso significaba personas desconocidas, como los primos de Tío.

No se me ocurrían ideas nuevas ni arrugas, así que decidí dividir la parte del dinero de todos para poder repartirlo antes de conocer a la gente de Don Miguel. La regla número uno era que nunca se dividiera la ganancia delante de todos, especialmente si las personas recibían cantidades diferentes.

Mientras apilaba el dinero, me di cuenta del capitán de la Armada.

¡Podrían matar a todos y quedarse con el dinero! De hecho, ¿por qué no lo harían?

¿Qué tan bien conocía realmente China al chico? ¿Iría él tras ella si intentáramos sacarlo de su parte? Dejé de lado la preocupación porque realmente me asustaba que le pudiera pasar algo. También empaqué el dinero del Capitán, pero decidí tener presente la segunda regla más importante: esperar lo mejor y planificar lo peor.

Decidí darme una ducha una vez que terminé mi segundo trago. Mientras estaba de pie con los ojos cerrados bajo el agua humeante y el líquido corriendo por mi cabeza y hombros, me di cuenta de lo cansado que estaba. Todo mi cuerpo estaba tenso y me sentía exhausto. Había sido agradable estar jubilado. Puede que no tuviera mucho dinero, pero mis niveles de estrés eran prácticamente nulos y valió la pena.

Me puse unos pantalones deportivos y una camiseta cuando terminé y me recosté en la cama. El atractivo del dinero era enorme, pero no podía evitar desear estar en San Blas en mi propia cama. Me encantó la vida de jubilación sin estrés desde que compré mi barco. No hay nada mejor que despertarse y tomar un café en la terraza mientras contempla las cristalinas aguas azules del Caribe. Ese lugar feliz fue suficiente para relajarme y me quedé dormido.

Me desperté a la mañana siguiente a las 5 am. Me tomó un momento ubicarme debido al entorno desconocido, pero una vez que me orienté, me levanté, me vestí y me dirigí al puente. Encontré a Tío profundamente dormido en el sofá.

"Tío, ¿por qué no vas a tomar una siesta adecuada?" Pregunté mientras sacudía su pie.

Se despertó y sus ojos inyectados en sangre miraron a su alrededor.

"Te necesito de guardia a las 06:00, así que cierra un poco los ojos. ¿Algo que informar antes de partir?" Lo comprobé.

"Sí, Capi, el Capitán Cantrelle salió a correr y dijo que regresaría a las 6 am. Tenemos un camión de supermercado que estará aquí a las 07:00 y tengo todos los gráficos con el rumbo trazado para que puedas verificar todo", me informó mientras yo preparaba una taza de café recién hecho.

"Perfecto, gracias Tío", respondí.

Él asintió y se dirigió arrastrando los pies a su litera mientras yo servía una taza de café y me dirigía a las sillas de jardín en el ala del puente. Me senté en uno y apoyé los pies en otro. La bahía todavía estaba en calma a pesar de que soplaba una ligera brisa. Vi varios pequeños barcos de pesca justo fuera del embarcadero y un barco piloto junto al barco mercante.

Obviamente están comenzando después de las travesuras de anoche.

También observé por el rabillo del ojo a Shirma, Izquierdo y Magdaleno riendo y bromeando en la terraza trasera. No pude entender lo que decían, pero Maggie se rió varias veces de buena gana. Eso me hizo sonreír. Era casi como un padre orgulloso viendo jugar a los niños. Puede que tuviéramos la misma edad, pero todos me consideraban su líder. Me había ganado muchas veces su respeto y su confianza.

Entré, tomé otra taza de café y luego fui a revisar mis correos electrónicos. Justo cuando estaba junto a la computadora, Cantrelle subió las escaleras.

"Buenos días, Cap, no podía dormir así que me levanté a las cuatro y salí a correr", me dijo.

"Bueno, ahora son las 05.45, date una ducha y desayuna algo. Tenemos la compra llegando a las siete y saldremos a las 0900".

"Está bien", afirmó y se dirigió hacia abajo.

"Probablemente acaba de correr más de veinte millas. Es como el maldito Terminator", bromeé para mis adentros.

Con una segunda taza en la mano, vi que los chicos habían vuelto al trabajo. Bajé a la sala de máquinas para comprobar todo con Magdaleno. Pasé por la habitación de Ramón en el camino y asomé la cabeza para comprobar que estaba a bordo; lo encontré roncando como loco, así que cerré la puerta en silencio.

Entré en la sala de máquinas y vi a Magdaleno inclinado sobre la hélice de proa atornillando un filtro nuevo.

"Oye, Maggie, ¿qué pasa? ¿Algún problema real?" Yo pregunté.

"Hola Capi, nada grave", respondió mientras se limpiaba las manos con un trapo. "Encontré una pequeña restricción en los filtros de combustible. Sólo para estar seguro, los cambié".

"¿Has pasado por todo lo demás?" Lo comprobé.

"Sí, ese fue el último cheque. Estamos listos para partir", respondió positivamente.

"Genial, salimos a las 09:00, así que ya deben calentarse para entonces".

"Entendido ", respondió mientras despegaba hacia el compartimiento del motor principal.

20 CAPITULO VEINTE

La vista de un desayuno completamente servido me recibió cuando entré a la cocina. Obviamente, Shirma había estado ocupado y sirvió Huevos Mexicanos, frijoles negros y tortillas. Me había acostumbrado bastante a la comida latina y encontraba las comidas estadounidenses bastante insulsas en comparación, incluso si había cosas que los estadounidenses hacían mejor, como pizza, filetes… y gumbo de mariscos.

Conseguí un plato y lo comí rápidamente, pero a pesar de lo agradable que era, mi mente todavía estaba en otras cosas, sobre todo en la falta de llamadas, mensajes de texto o correos electrónicos en mi teléfono. Una vez que terminé, subí a cubierta y llamé a Jeff. Después de varios tonos, respondió.

"Hola Jeff, ¿cómo va todo ahí? ¿Has encontrado a María? Pregunté con urgencia.

"No, ella no está en Miami. Paré durante la noche y esta mañana regreso a México en un vuelo temprano", me dijo exasperado.

"Bien, tenemos que posponer este trabajo", agregué rápidamente. "Nos reuniremos con usted en Cozumel lo antes posible".

"No, Tomas, realmente necesito que sigas adelante y hagas esa carrera, luego traes tu trasero aquí lo más rápido posible", dijo con firmeza.

"¿Qué carajo está pasando, Jeff? ¿Hay algo que no me estás diciendo? Agregué severamente.

"Escucha, Tomas, ella está detenida, pero te puedo asegurar que está bien", respondió.

"¡¿Detenida?! ¡¿Detenida?! ¿Qué diablos significa eso?"

"Mira, no puedo decir nada en este momento, pero ella está bien y necesitas saberlo. Simplemente corre y regresa aquí lo más rápido que puedas", explicó.

"¡Bien! Lo que necesites", comencé mientras él colgaba rápidamente.

Me eché hacia atrás en mi silla y sentí que quería salir de mi piel. Mi mente estaba acelerada, mi corazón latía con fuerza y mi cabeza estaba llena de numerosos pensamientos. Mi presión arterial se disparó y si no estaba estresado antes, ciertamente lo estaba después de la llamada.

¿En qué me he metido?

Finalmente me había liberado de todos los negocios y trabajos ilegales en los que había estado involucrado anteriormente, y ahora había logrado volver a ser absorbido. Me incliné hacia adelante y tomé uno de los cigarrillos de Tío de un paquete casi vacío sobre la mesa.

Inhalé unas cuantas caladas y luego me lancé de la silla. Lo agarré por la parte superior y lo estrellé repetidamente contra las barandillas. Varias metrallas de plástico volaron por toda la cubierta. Para terminar, lancé la silla con un rugido por el costado.

Necesitaba calmarme porque ser tan emocional a menudo corría el riesgo de descuidos o errores en el trabajo, y las consecuencias de eso serían graves o peores. Baje un piso y estaba justo en el proceso de calmarme en la barandilla cuando la cabeza de Ramón asomó desde la terraza de abajo.

"¿Todo bien, Tomás?" preguntó con una mirada preocupada.

"No, hombre, está lejos de estar bien. Jeff acaba de decirme que alguien se llevó a María", respondí mientras desahogaba algo de enojo.

"Bien, déjame arreglar mis cosas y podemos ocuparnos de esto", añadió sin dudarlo.

"No, espera", grité.

Me miró con preocupación y sorpresa. Obviamente él sentía lo mismo: un miembro de la familia estaba en problemas y era necesario solucionarlo.

"Hablé con Jeff, él sabe quién la retiene y por qué. Él insistió en que ella estaba bien y que nos necesita para lograrlo. Honestamente, no sé nada más que eso. Necesitamos que todos estén concentrados al máximo, así que no digan nada hasta que hayamos terminado el trabajo. Entonces tú y yo podremos regresar juntos", le dije.

"Bien, déjame vestirme y enseguida me levanto", añadió.

Terminé las últimas caladas del cigarrillo robado, luego me recompuse y regresé al interior. No llevaba sentado en el sofá más de uno o dos minutos cuando sonó el teléfono del puente. Era Cantrelle llamando desde la cocina.

"Las compras están aquí, Cap", me informó.

"Bien. Dile a Shirma que una vez que guardéis todo, nos iremos."

Él estuvo de acuerdo y luego llamé al piloto para organizar nuestra escolta. No lo necesitábamos físicamente, pero era la ley mexicana para cualquier buque de más de cien toneladas. Inmediatamente nos pidió permiso para navegar, que había sido cubierto por el padre de Ramón. Anoté su número y se lo envié por fax. Volvieron a llamar minutos más tarde para confirmar que un piloto abordaría a las 0855 para una salida a las 0900.

Colgué y bajé las escaleras. Ramón salía de su habitación cuando pasé por las cabañas.

"Ramón, el piloto estará aquí a las 0855. Desayuna y luego llévanos", le dije.

"Entendido. ¿Tienes una ruta planeada?" cuestionó.

"Sí. Tío trazó el recorrido, pero asegúrate de correr despacio. Quiero llegar a las 21 y ni un minuto antes", reafirmé.

Él asintió con la cabeza y me fui a mi cuarto. Me senté en mi escritorio para ordenar mis pensamientos, para digerir todo lo que me habían dicho. No pude hacer nada así que decidí terminar de dividir las ganancias. Conté cuidadosamente la parte restante y terminé de empacarlas en bolsas de basura con cinta adhesiva. Una vez que la tripulación estuvo seleccionada, saqué lo suficiente para pagarle al Capitán de la Marina y lo puse en un maletín de repuesto que dejaríamos. El resto lo puse en dos montones de 400.000 cada uno para Ramón y para mí.

Un buen día de pago, pero estamos arriesgando nuestras vidas por ello.

Saqué la lista que había hecho la noche anterior y la evalué una vez más. Los "desconocidos conocidos" todavía me atormentaban, una preocupación que no podía deshacerme. Cerré los ojos y en ese momento de silencio se me ocurrió una parte más del plan. Llamé a la cocina y le pedí a Shirma que enviara a Ramón arriba. Unos minutos más tarde, llamó a mi puerta y lo dejé entrar.

"Quiero discutir una nueva idea contigo. He dividido todo el dinero, 400 mil dólares para cada uno", comencé a ser recompensado con una gran sonrisa de Ramón, "pero hay una preocupación por algo que me vino a la mente. No conocemos en absoluto a los primos de Tío y, en términos generales, su parte es bastante pequeña".

"Creo que sé adónde vas", intervino.

"Tú y yo vamos a dar un paseo, solos tú y yo. Encontraremos un lugar para guardar nuestra parte y luego podremos volver a buscarla cuando las cosas se hayan calmado", sugerí.

"Está bien", añadió Ramón con una expresión ahora profundamente seria.

"Voy a hacer algunos paquetes falsos para nosotros dos usando libros. De esa manera, nadie tendrá preguntas".

"Creo que podría conocer un lugar no muy lejos de aquí".

"Perfecto, vámonos", dije mientras empacaba el dinero en una pequeña bolsa de lona y seguía a Ramón escaleras abajo. Al salir, le dije a Shirma que sacara algunos filetes y los asara para el almuerzo y que los dos teníamos que salir.

Nos subimos a la camioneta y Ramón me dijo que condujera hasta la autopista y saliera de la ciudad hacia el este.

"Es un manantial de agua dulce en medio de la nada. Una de mis novias más serias me trajo aquí una vez con sus hijos para ir a nadar".

Le di una mirada rápida porque no parecía su tipo de cosas, pero había tenido muchas amigas diferentes a lo largo de los años y ésta parecía que podría ayudarnos con una situación complicada. Condujimos durante unos veinte minutos mientras Ramón contemplaba los árboles y el paisaje. Vio lo que buscaba y giré a la derecha por un camino de tierra.

Apenas era lo suficientemente ancho para el camión y los árboles raspaban los costados mientras avanzábamos. Se ensanchó después de media milla para revelar un gran terreno arenoso alrededor de un manantial de agua dulce con una pequeña cascada de entre diez y doce pies de altura. Tuvimos suerte de que fuera lo suficientemente temprano como para que no hubiera nadie cerca. Retrocedí con la camioneta hasta unos árboles en el otro extremo del estacionamiento.

"Entremos aquí y regresemos a las rocas", sugerí mientras agarraba la bolsa.

Saltamos y Ramón abrió el camino. Una vez lejos del lote, se convirtió en un terreno denso parecido a un bosque. Eso me hizo relajarme ya que había pocas posibilidades de que alguien volviera caminando hasta allí. Avanzamos con cuidado para asegurarnos de que no se rompiera ningún follaje que pudiera delatar nuestro camino. Una vez que llegamos a la cima de las rocas, vi una gran roca plana apoyada contra un lado.

"Ahí", propuse, "ayúdame a moverlo".

Parecía perfecto cuando le dimos la vuelta. No podíamos traer una pala porque eso se vería demasiado obvio, así que saqué mi cuchillo, lo usé para aflojar la tierra y cavamos un hoyo con las manos. Introducimos la bolsa y la volvemos a tapar, cuidando de no dejar tierra fresca al descubierto y echamos toda la que sacamos a los arbustos.

Nos llevó casi una hora enterrar completamente la bolsa y eliminar todos los signos de huellas y suelo removido. Una vez que estuvimos seguros de que habíamos sido lo más minuciosos posible, caminamos de regreso al camión. Cuando regresamos, ambos estábamos empapados de sudor. Miré mi reloj y le dije a

Ramón que teníamos veinte minutos antes de que llegara el piloto.

Una vez que llegamos a la carretera, me detuve entre los arbustos y abrí la ventana para escuchar. Quería asegurarme de que nadie nos viera entrar en la autopista. No podía oír ningún coche, así que salí a la autopista y volé de regreso a la Marina.

Cuando llegamos a la Marina, miré y vi que el barco del piloto estaba empujado contra el casco.

"El piloto está aquí. Vete directo arriba y pónganos en marcha. Iré y estacionaré el camión. Iré a relevarte durante el almuerzo", le dije a Ramón.

Tan pronto como me detuve junto a la pasarela, saltó y corrió hacia el puente. Una vez que estuve a bordo, fui a la cocina y le dije a Shirma que comenzara a preparar el almuerzo a las once y que me gritara cuando estuviera listo. Agarré una botella de agua y me senté frente a Magdaleno que estaba en la mesa con su computadora portátil.

"¿Todo sigue bien, Maggie?" Yo pregunté.

"Sí, Capi, justo estaba hablando con mi hija. Se gradúa de la universidad la próxima semana", me dijo con inmenso orgullo.

"Transmita mis felicitaciones. Escucha, Ramón sacará el barco y yo voy a tomar una siesta rápida antes de tomar el control. Si hay algún problema, simplemente llame al puente", le dije. Luego caminé hasta mi cuarto para recuperarme un poco.

Un par de horas más tarde sonó el teléfono de mi cabina. Fue Shirma haciéndome saber que el almuerzo estaba listo. Retiré la pequeña cortina que cubría mi portilla y, para mi alivio, parecía que el viento había aumentado de forma prevista.

El mar estaba subiendo entre dos y tres pies, lo que no afectaba a una embarcación de este tamaño, pero sí marcaría la diferencia para alguien que estuviera en el agua. Si hubiéramos estado amarrados, el barco se habría balanceado lentamente de un lado a otro, pero íbamos directo hacia ellos a seis nudos y el viaje fue agradable.

Izquierdo estaba lavando los platos cuando llegué a la cocina. El resto de los muchachos estaban bajo una lona en cubierta.

"¿Ya comiste?" Le pregunté.

"Sí, Capi", confirmó.

"Está bien, ¿puedes conducir un poco para que Ramón pueda bajar a buscar comida?"

Cogí un plato de comida y una botella de agua y salí a cubierta. Los chicos estaban sentados en una especie de círculo bajo la lona con sus platos en el regazo. Sabía que la comida tenía que ser buena porque eran bastante silenciosos, algo que ocurre muy raramente. De repente me di cuenta de que Tío no estaba con todos. Verifiqué si alguien había verificado si venía a buscar comida y Shirma confirmó que vendría. Con todo como debía estar, me metí en la comida.

Tío llegó poco después, así que esperé a que llenara su plato y tomara asiento antes de hablar con el equipo y actualizarles sobre la situación.

"Muy bien, escuchen muchachos", comencé y todos miraron hacia arriba. "Quiero que todos descansen un poco. Shirma e Izquierdo tomarán una guardia de cuatro horas cada uno, luego Tío asumirá el control a las 19:00. Luego podrá hacer los arreglos para reunirse con sus primos a las 20:30. En ese momento deberíamos estar a unas cinco millas del sitio de intercambio. En ese momento, todos desembarcarán excepto Cantrelle y yo".

Magdaleno levantó la mano y preguntó: "Si vamos a recogerlos a los dos, ¿por qué no nos quedamos todos a bordo y nos vamos juntos?"

Entendí su pregunta.

"Los primos de Tío tendrán dos pequeños barcos pesqueros. Te quiero a ti, Shirma e Izquierdo en el primero, con Ramon y Tío en el segundo. Este último barco con Ramón y Tío quedará una milla detrás del barco y los demás os quedaréis donde desembarcaréis a cinco millas. Después del almuerzo, les daré a cada uno su parte y ustedes serán responsables de la suya".

Me alegré de que todos asintieran en ese momento.

"Una vez que todos lleguemos al lugar de espera, correremos juntos río arriba hasta Frontera. Tengo boletos de bus para todos hasta Villahermosa, y desde allí, ustedes estarán solos. ¿Alguien tiene alguna pregunta?

Mi pregunta fue recibida con silencio. Me levanté y levanté mi botella de agua a modo de saludo. "Está bien, chicos, hagamos esto".

Cada uno de ellos se unió y luego regresaron a su comida y charlaron entre ellos. Me acerqué a Tío y Cantrelle.

"Los encontraré a ambos en el puente a las 7 pm", les dije.

Ambos asintieron con la cabeza sin decir nada. Con todo ordenado, terminé los restos de mi comida antes de regresar a mi cabaña. Preparé algo de ropa para más tarde y me dejé caer en la cama para tomar una siesta.

Mi alarma me despertó a las 6:30 pm y me di una ducha, me vestí, otra vez toda de negro, y subí las escaleras. Subí al puente y vi a toda la tripulación sentada en los sofás. Todos me saludaron al unísono y les respondí mientras caminaba hacia la cafetera para servirme una nueva.

El siguiente trabajo fue buscar actualizaciones, así que me senté frente a la computadora y revisé mis correos electrónicos. Había un dejo de aprensión porque no tenía idea de lo que podría contener allí, especialmente si eran noticias de Jeff. Todo lo que encontré fue uno de China que decía:

Tomás, ya está. ¡POR FAVOR tenga cuidado!

"Están listos, caballeros", le dije a la tripulación.

Todos empezaron a hablar entre ellos sobre el plan y lo que se esperaba mientras caminaba hacia Tío.

"¿Está todo arreglado con tus primos?" Lo comprobé.

"Sí, Capi. Recibí un mensaje de que ya estaban en camino según las coordenadas que les dimos. Deberíamos estar allí en cuarenta minutos.

"Excelente, buen trabajo", lo elogié mientras me sentaba en la silla del copiloto.

Unos treinta minutos después, vi luces de varios pequeños barcos pesqueros más adelante. Cogí los binoculares y busqué dos que estuvieran muy juntos, lo cual encontré después de uno o dos minutos.

"Tío, creo que los veo a estribor".

Encendió y apagó la luz dos veces, y momentos después, los dos barcos nos iluminaron con una luz más pequeña, tal vez una linterna, de la misma manera.

"Esos son ellos. Está bien, chicos, es hora de jugar", anuncié.

Me agaché y cogí una de las bolsas de lona que había llevado conmigo en el puente y les entregué sus paquetes de dinero y billetes de autobús. Dejé las bolsas falsas en el bolso para que Ramón los llevara. Era importante que nadie supiera el cambio que habíamos hecho, por el bien de todos, no sólo alguien que pudiera estar cruzándonos.

"Hermano, si algo sale mal o me pasa algo, dale mi parte a China", me incliné y le susurré a Ramón mientras le entregaba la bolsa. No dijo nada, asintió y bajó las escaleras. Miré a Tío.

"Hay otra bolsa allí", dije mientras señalaba una segunda bolsa que preparé antes. "Llévalo contigo; tiene una muda de ropa para Cantrelle y para mí.

Se acercó y me dio un gran abrazo después de recoger la bolsa. "Cuida tu trasero, Capi".

Me estiré y apreté lentamente el acelerador mientras nos acercábamos a los dos pequeños botes. Una vez que estuvimos a cincuenta metros de distancia, puse marcha atrás y nos detuvimos. Los primos de Tío detuvieron ambos barcos hasta la puerta de babor. Rápidamente caminé hacia la ventana en la parte trasera del puente para verlos abandonar el barco. Cantrelle apareció rápidamente a mi lado.

"¿Qué necesitas que haga?" preguntó.

"Nada todavía, solo espera", respondí.

Una vez que los muchachos abordaron sus respectivos barcos pesqueros y se alejaron a una distancia segura, apreté el acelerador a fondo y continuamos hacia nuestro encuentro en la barcaza. Las recientes aguas tranquilas habían sido reemplazadas por un mar que corría alrededor de un metro.

Finalmente vi las luces de la barcaza más adelante. Al comprobar el radar, confirmó que la barcaza estaba a poco más de cuatro millas de distancia. Calculé que debía llegar a las 20.45 para tener quince minutos para asegurar el barco a la barcaza.

Subí el alcance del radar y busqué el buque de la Armada. La mayoría de los barcos sólo aparecen como un pequeño punto, pero aun así se puede notar la diferencia entre un esquife y un barco. Encontré un contacto a unas doce millas al oeste. Rápidamente calculé que su velocidad era de poco más de catorce nudos.

Tiene que ser el barco de la Armada.

Exactamente a las 08:45, me acerqué a menos de cien yardas de la barcaza. Era más grande de lo habitual y parecía tener una sección habitable. A simple vista, había once hombres en la barcaza. Me volví hacia Cantrelle.

"Son muchos hombres para trabajar en una línea de combustible. ¿Tienes tu bolsa lista?" pregunté apresuradamente.

"Sí, está en la sala de máquinas", respondió.

"De acuerdo, aquí vamos", anuncié después de tomar una profunda respiración.

Puse los motores en marcha nuevamente y avanzamos lentamente hacia la barcaza. Los hombres de Don Miguel ya estaban en la cubierta, pero no pude ver armas claramente visibles. Eso no significaba que no las hubiera.

"Cantrelle, me acercaré a unos diez metros y luego te lo pasaré en los controles de popa. Tendrás que maniobrarnos para colocarnos en posición. Una vez que coloque la línea de popa, simplemente empuja la hélice de proa para mantenernos contra la barcaza. Luego, corre como el infierno a la sala de máquinas. Nos encontraremos allí", le dije.

Acababa de poner los motores en marcha atrás para detenerme junto a la barcaza cuando de repente un foco brillante iluminó el puente. Instintivamente levanté la mano para protegerme los ojos de la luz, lo que me permitió ver que provenía de un pequeño esquife de la Marina con una gran ametralladora montada en la parte delantera sobre un trípode. Me apuntaron directamente.

"¡Abajo!" Grité mientras me lanzaba al suelo. Sin previo aviso, las ventanas inmediatamente explotaron en una lluvia de balas.

21 CAPITULO VEINTIUNO

El sonido del fuego de la ametralladora era casi ensordecedor, incluso para alguien familiarizado con los disparos. Fragmentos y grandes trozos de vidrio explotaron por todo el puente, algunos se pegaron a las paredes y al techo como dientes dentados que habían cortado. La consola del puente principal y la mesa de cartas explotaron como fuegos artificiales en la víspera de Año Nuevo antes de que ambas se incendiaran. Parecía sacado de una película de Star Trek cuando el Enterprise fue devastado.

Cantrelle y yo nos habíamos arrojado a la corriente mientras la lluvia de escombros caía sobre nosotros. Se arrastró en mi dirección sobre los cristales rotos y luego ambos nos arrastramos boca abajo hasta las escaleras. Estaba tan cerca detrás de mí que aterrizó sobre mí al pie de las escaleras.

Al unísono, nos pusimos de pie de un salto y corrimos por el siguiente tramo de escaleras, atravesamos la cocina y llegamos a la sala de máquinas. Una vez que estuvimos dentro, cerré la escotilla de golpe. Me di vuelta y Cantrelle ya tenía su bolso al hombro y había cargado una bala en su rifle. Corrí a la esquina y agarré mi bolso también.

"Salgamos de aquí ahora mismo", grité.

Rápidamente bajamos más allá de los motores y llegamos a la escotilla que conducía al compartimiento del timón.

"¡Entra!" Grité cuando Cantrelle se arrojó.

El pasaje a la sala del timón era en realidad un pequeño espacio de acceso de sólo un metro de altura. Tan pronto como Cantrelle terminó, salté y aseguré la escotilla detrás de mí. Nos arrastramos sobre manos y rodillas hasta la sala del timón en fila india. Todavía podíamos escuchar el sonido de los disparos, ahora provenientes de múltiples direcciones, junto con numerosos hombres gritando, pero el ruido abrumador era nuestra respiración entrecortada.

"¿¡Qué carajo, Cap!?" preguntó Cantrelle atónito.

"No tengo idea", resoplé, "solo ponte la máscara. Nos vamos a largar de aquí".

Las balas continúan rebotando y rebotando en el casco metálico del barco, y la mayoría de las veces suena como si vinieran del frente. Metí la mano en mi bolso y saqué mi máscara. Lo colgué alrededor de mi cuello, me puse mi botella de pony sobre mi hombro y coloqué el respirador en mi camisa.

"Sígueme y mantente cerca", insté a Cantrelle.

Agarré la escalera que conducía a la escotilla y la abrí ligeramente una vez que estuve lo suficientemente cerca. El sonido de los disparos se hizo mucho más fuerte y era obvio que venían de todos lados. Podía escuchar a hombres gritando y gritando en español, y sonaba mucho más cerca de lo que me hubiera gustado. Miré hacia abajo a Cantrelle, quien asintió con la cabeza, antes de levantarlo un poco más y mirar por la rendija. Todo estaba claro en nuestras inmediaciones, pero innumerables

Las balas impactaban en los contenedores alrededor de la escotilla. Salí apoyándome en manos y rodillas con Cantrelle siguiéndome de cerca. Nos arrastramos hasta los baluartes de popa y asomé la cabeza para observar rápidamente lo que nos esperaba. Exactamente como estaba previsto, los contenedores estaban perfectamente colocados para bloquear la vista de cualquiera.

"Es hora de que hagamos Foxtrot Oscar", le dije a Cantrelle.

Me metí el regulador en la boca y me deslicé por encima de las amuradas hasta el agua. Intenté hacer el proceso lo más rápido pero mínimo posible para evitar un gran revuelo. Cantrelle entró al agua justo detrás de mí.

Agarré mi medidor para verificar la profundidad del agua, la presión en mi tanque y la brújula en la parte trasera. Me hundí a 20 o 25 pies donde el agua estaba completamente negra, pero no usamos ninguna antorcha en caso de que las luces en el agua delataran nuestra posición. Los medidores tenían una luz, pero los mantuve debajo de mí y fuera de la vista desde la superficie.

Según mis cálculos, con la corriente a nuestro favor, necesitábamos doscientas patadas para alcanzar los doscientos metros. Puede que estuviera oscuro y prácticamente no hubiera visibilidad, pero el agua en sí estaba tibia. Seguí revisando mi brújula y seguí avanzando hacia el este. Cantrelle nadó a mi lado con el rifle todavía en las manos. Una vez que conté la patada doscientas, miré a Cantrelle y levanté el pulgar.

Con cuidado y lentamente, nadamos hacia la superficie y una vez que llegamos, vi que estábamos más lejos de lo que había previsto: unos trescientos metros. Los disparos ahora más lejos crepitaron como fuegos artificiales y pude ver los destellos de algunos miembros de la gente de Don Miguel mientras disparaban desde detrás de las viviendas en la barcaza. Su luz se encendió como luces intermitentes de alta velocidad.

"¿Qué diablos acaba de pasar, Cap?" preguntó Cantrelle nuevamente mientras caminaba en el agua a mi lado después de quitarse el respirador.

"Parece que el Capitán de la Armada decidió quedárselo todo".

Me metí en el agua y cogí la luz de buceo del cinturón. Lo protegí cuidadosamente frente a mí y comencé a mostrarlo en dirección este, donde se encontraba el barco pesquero de Tío y Ramón. Estaban en la distancia cuando llegamos a la cima de cada ola, pero los perdimos de vista cuando nos sumergimos.

A los pocos minutos, resoplaron lentamente junto a nosotros dos y nos ayudaron a subir al bote. En poco tiempo, el primo de Tío la hizo girar y aceleró en dirección a Frontera.

"Capi, desde aquí escuchamos todo el revuelo. ¿Qué pasó allí?" preguntó Tío con urgencia.

"¡Se trata de una traición, y eso es exactamente lo que el Capitán de la Armada intentó hacernos!" Le expliqué, recuperando el aliento contra el costado del barco. Seguí mirando detrás de nosotros a la barcaza y la velocidad de los disparos se redujo considerablemente a unos pocos disparos. Supuse que probablemente estaban rematando a los heridos. Mis manos todavía temblaban y mi corazón seguía latiendo con fuerza a pesar de que lo peor probablemente ya había pasado. Unos diez minutos más tarde, escuché la voz de Shirma y los demás cuando llegamos al punto de encuentro.

"¿Están bien Capi y Cantrelle?" gritó Shirma.

"Están todos bien, los tenemos a ambos", respondió Cantrelle.

El primo de Tío guió su bote junto al de ellos y estábamos a punto de tomar un momento cuando Shirma dio la alarma.

"Capi, mira, mira", gritó mientras señalaba detrás de nosotros hacia la barcaza.

No necesité binoculares para ver el esquife de la Marina dirigiéndose directamente hacia nosotros.

"Mierda, no hay manera de que podamos dejarlos atrás", dije con profunda preocupación.

"Capi, dame tu arma", exigió Tío con calma.

"¿Por qué, tío? ¿Qué vas a hacer?" Pregunté sorprendido.

"Voy a alejarlos. Sabes que es la elección lógica. Déjenme hacer esto por ustedes, por ustedes, por todo lo que han hecho".

Metió la mano en la bolsa que tenía al lado.

"¡Asegúrate de que mi esposa reciba esto!" preguntó mientras me entregaba su paquete de dinero y yo le pasaba mi pistola.

La conmoción en los rostros de los demás era incuestionable, incluido yo mismo, pero los demás no sabían lo que hacía y lo entendí. No le quedaba mucho tiempo y era lógico: una vida a la que no le quedaba mucho tiempo para quemar quedaba para varias otras. No hubo tiempo para llorar, lamentarse, debatir sobre una dirección diferente o incluso para decir adiós. El esquife se acercaría rápidamente a nosotros.

"¡Todos, traigan sus traseros aquí ahora!" Grité mientras saltaba al segundo bote.

Por un momento todos se pusieron de pie y miraron a Tío.

"Vaya, vaya, vaya, vaya", gritó mientras empezaba a empujarlos hacia el segundo bote. Rápidamente se dirigió a los controles y aceleró a fondo mientras se alejaba de nosotros hacia tierra. Al mismo tiempo, corrí hacia las luces y desconecté todos los cables que pude ver; Se apagaron las luces y todo quedó negro. La falta de protestas del primo de Tío me hizo pensar que ya sabían de su situación de salud.

"Ve por allí", le grité.

Hizo girar el barco y continuó en dirección a Frontera. Mientras lo hacía, todos vimos a Tío acelerar hacia la costa. Era imposible saber si el esquife de la Marina había mordido el anzuelo, pero entonces vi dos fogonazos. Era Tío disparando mi 45 al esquife, que inmediatamente respondió al fuego con su poderosa ametralladora.

"¡Funcionó!" Pensé con tristeza, sabiendo el costo que se pagaría.

El esquife continuó disparando y viró en dirección a Tío. Todos en nuestro barco se sentaron y observaron en silencio, excepto el primo de Tío, que estaba al timón del barco. Justo cuando llegamos a la entrada del río, una gran ráfaga de fuego y fogonazos surgió del esquife de la Marina, luego todo quedó en silencio. Ese fue el momento en que se rompió la presa. Las lágrimas brotaron de todos nuestros ojos, incluso del primo de Tío, a medida que los acontecimientos se asimilaban.

"¿Por qué le dejaste hacer eso, Capi?", preguntó Shirma con desesperación.

Me sequé las lágrimas y respiré profundamente porque me resultaba difícil incluso hablar.

"Chicos, Tío me dijo hoy que se estaba muriendo de cáncer de huesos. No quería que lo supieras todavía ni que sintieras pena por él, y simplemente quería disfrutar de un último trabajo juntos. Tengo su dinero aquí, agregaré de mi parte y se lo daré a su familia. En este momento, debemos asegurarnos de alejarnos para poder hacerlo. El momento de llorar será más tarde", les dije con tanta fuerza como pude.

Pasaron unos momentos antes de que todos asintieran hacia mí. Todos miraron hacia el agua, murmuraron su agradecimiento a Tío y volvieron a trabajar. El primo de Tío volvió a los controles y nos llevó río arriba. Pronto llegamos a una bonita casita con un pequeño muelle.

"Este es mi lugar", confirmó el primo de Tío. "Hay una ducha en el cobertizo para botes si tú y Cantrelle queréis refrescaros o cambiaros. Iré a contarle a mi familia lo sucedido y prepararé el camión para llevarte a la estación de autobuses. Asentí y todos le agradecimos.

Tomamos nuestras cosas y caminamos hacia el cobertizo para botes. Estaba configurado como un estudio con una pequeña cocina. Las paredes eran tablones de madera desnudos con huecos por los que se podía ver.

"¿Cuál es el plan, Capitán?" preguntó Cantrelle mientras desarmaba su rifle.

"No te preocupes, me planeé para esta contingencia. Los dos permaneceremos juntos mientras envío a los chicos al autobús. El resto lo explicaré más tarde, pero por ahora tenemos que seguir adelante", le dije.

Una vez que todos estuvieron listos para partir, nos subimos al camión. Habían pasado unos cuarenta y cinco minutos cuando llegamos al aparcamiento de la estación de autobuses. Todo parecía tan tranquilo como esperaba. Saqué el dinero que había empacado para el primo de Tío y se lo entregué. Ese pareció ser el momento en que todo lo golpeó.

"Jorge me habló de ti y de cómo lo has ayudado a través de los años. Estoy seguro de que, a sus ojos, dar su vida por ti y el resto de la tripulación era una mejor manera de hacerlo que morir lentamente en una cama de hospital. "

"Ha sido un honor y quiero que le digas a tu familia cuánto amamos a Tío", dije mientras nos dábamos la mano. "Cuídate a ti mismo y a tus seres queridos".

Todos subimos al camión y caminamos hacia los asientos para esperar el autobús. Me senté junto a la ventana y observé la carretera en busca de cualquier señal de problema. Ramón y

Cantrelle vinieron y se sentaron a mi lado mientras los demás se sentaron frente a nosotros. Lo único que pudimos hacer fue esperar.

22 CAPITULO VEINTIDOS

El autobús que pretendíamos tomar ya estaba aparcado en su plaza, pero aún quedaba más de una hora de espera antes de partir. Cantrelle tenía su larga bolsa de mar colocada entre sus pies y el resto de nosotros llevábamos mochilas pequeñas.

"¿Supongo que tu rifle está ahí?" cuestioné.

"Afirmativo", respondió.

Ramón había pasado gran parte del tiempo allí mirando por la ventana. Supuse que él también estaba buscando problemas.

"Tomás, eso se fue a la mierda muy rápido esta noche y puedes apostar que nos van a cazar", advirtió.

"No te equivocas en eso. Quédense todos aquí mientras hago una llamada", les dije.

Tomé mi teléfono, salí y una vez que estuve fuera del alcance de todos, llamé a China.

"Tomás, ¿estás bien?" preguntó ella.

"Sí, estoy bien, pero tuvimos un serio problema en el trabajo. Aparte de Tío, todos estamos bien, pero parece que el Capitán de la Marina tenía ideas diferentes. Intentaron matarnos, obviamente, para quedarse el dinero ellos mismos. Te contaré todo más tarde, pero necesito que consigas a Chivo y Omega. Dales mi número y haz que me llamen", pedí.

"Oh, Tomás, lo siento mucho. Fui yo quien lo recomendó. No sé qué decir. Siempre ha parecido digno de confianza y nunca ha habido señales de alerta a su alrededor", añadió con tristeza.

"Oye, por lo que sabes, alguien podría haber llegado a él recientemente. Ya sabes lo que pasa con cosas como esta, todo el mundo conoce a alguien que conoce a alguien. No es tu culpa. Probablemente descubrirás que tiene alguna conexión familiar con algún cártel en alguna parte" —traté de tranquilizarla.

"Bueno, todavía voy a investigarlo más tarde, pero por ahora, mantengamos el rumbo. Me comunicaré con los muchachos tan pronto como pueda".

Ella no perdió el tiempo y colgó. Me senté en la acera y esperé la llamada, con la esperanza de que se comunicaran conmigo rápidamente. No tuve que esperar mucho y al cabo de un par de minutos sonó el teléfono.

"Oye, Tomas, China acaba de llamar y decir que estabas en un aprieto. ¿Qué necesitas?" preguntó Chivo, la urgencia muy evidente en su voz.

"Gracias por llamar tan rápido, hombre. Necesito que contactes a Omega y vengas a recogernos a mí y a un amigo, pero vengan en coches separados. No tenemos mucho tiempo, así que te contaré el resto cuando llegues aquí", respondí con igual gravedad.

"No hay problema, ¿dónde estás?"

"Recógeme en la gasolinera del lado este del puente en Frontera. Llámame cuando llegues al puente".

No hay problema, dalo por hecho", confirmó y colgó.

No había terminado las palabras cuando el teléfono mostró una llamada de Omega. Le dije lo mismo y que se comunicara con Chivo, quien le explicaría el resto antes de que aceptara y colgara.

Sentí una ligera sensación de alivio por haber logrado hablar con ambos tan rápido. Me apresuré a entrar y me senté nuevamente junto a Ramon y Cantrelle.

"Ramón, he estado pensando un poco, ambos sabemos que probablemente estén colocando barricadas e iniciando una persecución de al menos un estadounidense. Quiero que vayas con los demás en el autobús a Villahermosa. Ya me comuniqué con Chivo y Omega para que nos llevaran a mí y a Cantrelle a Progreso".

"¿Es eso prudente, Tomás?" dijo con una mirada preocupada.

"Nos llevará un tiempo llegar allí, pero les he pedido que vengan en dos coches y uno de ellos actuará como coche líder y avisará sobre cualquier obstáculo en la carretera o problema importante antes de llegar allí. Quiero que vayas directamente a Cozumel y ayudes a Jeff con María. Prometo que estaré allí lo más rápido que pueda", le expliqué.

"Solo cuida tu trasero", me dijo mientras se levantaba y me abrazaba.

"Coge tus cosas y vámonos de aquí", le dije a Cantrelle.

Me siguió fuera de la estación y por un camino secundario.

"¿Hacia dónde nos dirigimos, Cap?"

"Hay una gasolinera junto al puente, a unas dos millas al oeste de nosotros. Podemos llegar hasta allí por caminos secundarios para evitar que nos vean. Una vez que lleguemos allí, podremos escondernos debajo del puente hasta que llegue el viaje que he organizado", le informé de este acuerdo.

Miré mi reloj y vi que era poco más de medianoche. Nos abrimos camino por algunos caminos de tierra residenciales que discurrían a dos cuadras de la carretera. En algunas ventanas se veían destellos de televisores, pero la mayoría estaban a oscuras. Estaba tan tranquilo que nuestros pasos hicieron escandalizar a algunos perros, por lo que hicimos varios baúles por distintos caminos hasta llegar al río.

Pronto llegamos al puente, subimos al terraplén que había debajo y esperamos la llamada.

"¿Te importa si pregunto quién viene a buscarnos?" -preguntó Cantrelle.

"Ellos son mis taxistas. Cada vez que voy a un nuevo país me encuentro con un par de taxistas de mucha confianza. Siempre saben dónde conseguir lo que necesitas y, lo más importante, saben pasar desapercibidos", le expliqué.

"Te tengo, tiene sentido", estuvo de acuerdo.

Ambos nos sentamos en silencio, perdidos en nuestros propios pensamientos. Conozco a Chivo y Omega desde hace muchos años. Chivo tenía aproximadamente mi edad y tenía tres hijos pequeños. Cada vez que regresaba a Estados Unidos, solía comprarles zapatos, mochilas y útiles escolares. Conocí a Omega a través de Chivo cuando necesitaba que alguien me llevara a Del Carmen. Era un poco más joven que yo, pero ambos eran extremadamente dignos de confianza. Mi relación con ellos era más profesional en comparación con el equipo que era familia.

Había pasado casi una hora cuando mi teléfono finalmente sonó.

"Tomás, estamos los dos aquí", confirmó Chivo, "pero hay un problema. Ya hay un control de carretera en el otro extremo del puente. ¿Dónde estás exactamente?"

"Estamos debajo del puente", le dije. "Ten a Omega listo para tomar la iniciativa, y mi socio y yo subiremos al auto con usted".

Nos dijo que esperáramos y yo levanté la mano para indicarle a Cantrelle que esperara. Chivo se quedó en la línea y escuché su respiración aumentar. Unos minutos más tarde nos dijo que estaba libre y le hice un gesto a Cantrelle para que se moviera. Agarramos nuestras maletas y corrimos hasta la cima del terraplén, y encontramos el auto de Chivo justo al lado del puente. Nos sumergimos en el asiento trasero y nos acurrucamos.

"Vamos, Chivo. Llama a Omega y haz que corra un par de millas delante de nosotros. Nos vamos a Progreso y te pago mil cuando lleguemos".

"Lo tienes", declaró mientras tomaba su teléfono, llamaba a Omega y le contaba lo que yo había dicho.

Nos dijo que estábamos limpios unos minutos después y nos sentamos. Rápidamente me acerqué y le estreché la mano en señal de agradecimiento.

"Es bueno verte, ¿cómo están los niños?" Yo dije.

"Les está yendo bien... también están creciendo rápido. ¿Les importa que les pregunte por qué los federales los persiguen a ambos?"

"Tuvimos un acuerdo sobre el diésel que salió mal y ahora tenemos que regresar a Progreso", admití.

"No hay problema, los llevaremos a ambos allí", respondió positivamente.

"Sé que lo harás, amigo mío", confirmé mientras le daba una palmada en el hombro.

Me acurruqué en el asiento trasero y saqué mi teléfono para revisar mis mensajes. No había ninguno, así que decidí actualizar a China con un mensaje que decía:

En ruta con Chivo. Envía un mensaje de texto si me necesitas.

Su respuesta llegó de inmediato:

¡Está bien, mantente a salvo!

Guardé mi teléfono y dejé que mis ojos se cerraran durante unos minutos. Los acontecimientos debieron alcanzarme y dormí casi una hora. Cuando desperté, estábamos en un pequeño pueblo a unas diez millas del puente a Ciudad del Carmen. Miré y Cantrelle todavía estaba dormido con la cabeza contra la ventana. Tal vez incluso sus motores se hubieran desgastado. Me incliné hacia delante entre los asientos.

"Chivo, bajemos un poco el ritmo y dejemos que Omega se adelante un poco más", sugerí.

"Sí, lo tienes", respondió.

Soltó el acelerador y nuestro ritmo disminuyó.

"¿Hay algún problema, amigo mío?" preguntó.

"Estaba pensando, si tenían un control de carretera en Frontera, estoy bastante seguro de que tendrán uno aquí en Del Carmen. Si eso sucede, quiero que nos dejes mientras tú y Omega siguen adelante. Dirígete a Playa Caracol en el lado este de Del Carmen y consigue una habitación en el Hotel Fiesta. Está justo al lado de la playa. Consiga una habitación frente a la cual pueda estacionarse para que sepamos en qué habitación se encuentra. Puede que nos lleve un tiempo, pero llegaremos a pie a través del país", le expliqué.

"Lo tengo, ¿dónde quieres que te deje si es necesario?" continuó.

"Hay una zona boscosa antes de llegar al puente en el lado sur; Eso servirá". Sugerí.

"Sí, Tomás. Seguiré hablando por teléfono con Omega hasta que esto termine".

"Perfecto."

Llamó por teléfono a Omega y decidí que era hora de despertar a Cantrelle. Le di un empujón y él cobró vida como si simplemente hubiera estado mirando por la ventana. Le expliqué el plan y él simplemente sonrió.

"Otro baño, eh, Cap". Él se rió.

Me hizo sonreír, aunque no compartí ni un ápice de su entusiasmo por volver al agua. No supe si reírme o enojarme una vez que me di cuenta de que tendría que nadar en ropa interior si quería ropa seca.

Sólo tuvimos que esperar veinte minutos para confirmar mi sospecha cuando Chivo se giró y dijo: "Tenías razón, Tomás. Omega está atravesando un obstáculo en este momento".

"Maldita sea", pensé, incluso si era una expectativa obvia.

"Una vez que pasemos este pequeño pueblo, haré que nos dejes", le indiqué.

Nadie dijo nada durante los siguientes minutos hasta que rompí el silencio.

"Cantrelle, cuando el auto se detenga, ambos lo sacaremos de tu lado y nos lanzaremos al bosque".

Agarró su bolso y lo colocó firmemente en su regazo, "Solo dime cuándo".

Condujimos por una carretera mucho más vacía de lo que me hubiera gustado durante un par de millas. Miré hacia adelante mientras pasábamos las afueras de la ciudad y comenzamos a tomar una larga curva en la carretera. Sabía que podríamos haber esperado hasta acercarnos un poco más, pero sabía que una vez que hubiéramos bajado a la bahía, caminar por la playa sería una propuesta fácil. Teníamos cuatro horas hasta que amaneciera… y contando.

"Aquí mismo, Chivo", le alerté y se detuvo abruptamente.

Cantrelle y yo saltamos de la parte trasera del auto como un par de cajas sorpresa y corrimos hacia el bosque. Había un cuarto de luna en el cielo, pero bajo el dosel de la jungla, estaba completamente oscuro. Ambos sacamos nuestras linternas para iluminar nuestro camino. Puede que no nos hubiéramos molestado porque la maleza era extremadamente espesa en algunos lugares y de todos modos no podíamos ver mucho al frente. El denso follaje nos restringía a movernos lentamente, especialmente cuando teníamos que sortear obstáculos.

Era una noche pegajosa y calurosa y nuestro esfuerzo constante nos hacía sudar mucho, pero por suerte faltaban mosquitos, probablemente debido a la misma falta de agua. Nuestro viaje a la playa duró casi una hora. Los manglares crecieron en el agua, pero no fue tan malo como podría haber sido. Simplemente significaba que en algunos lugares teníamos que vadear el agua, a veces hasta la cintura.

Hasta aquí la ropa seca, al menos no tendré que nadar con los pantalones.

No hablamos mucho entre los dos, simplemente concentramos nuestras energías en el viaje. Sabía que Cantrelle probablemente podría nadar alrededor de la bahía, pero no había manera de que yo pudiera hacerlo. Necesitaba lanzar desde cerca del puente ya que estaba sólo a unos cientos de metros. Sabía que, si llegábamos al otro lado antes del amanecer, podríamos evitar que nos vieran.

Después de treinta minutos de andar entre la vegetación, vi el puente. Lo que no pude ver fueron controles de carretera ni camiones alimentados. Nos quedamos cerca de la jungla para cubrirnos y nos acercamos al puente. Al final vi que había un control de carretera, pero lo habían puesto unos cien metros antes del puente. Desde nuestro ángulo anterior, ya los habíamos superado. Todo lo que tuvimos que hacer fue cruzarlo a nado y luego recorrerlo aproximadamente tres millas hasta el hotel.

Una vez que llegamos al puente, los dos nos adentramos en el agua y nadamos lentamente a través de los pilotes que había debajo. Cantrelle avanzó fácilmente, pero aproximadamente a mitad de camino, agarré a uno de ellos para un rápido descanso. Había algunos pequeños trozos de hierro oxidado a los que pude agarrar alrededor de todas las conchas de ostras. El agua agitada hizo que fuera más difícil agarrarme y terminé cortándome las manos con las conchas.

Pronto me solté y opté por nadar espalda para conservar algo de energía. Cuando llegamos a la marca de los dos tercios, estaba luchando. Me ardían los brazos y las piernas y realmente sentí que no lo lograría. Cantrelle se mantuvo cerca, pero el baño no fue más que un corto paseo hasta el fondo del jardín; su respiración apenas se aceleraba en reposo.

Le dije que tenía que descansar, así que me quité la camisa y me la envolví en la mano para protegerla mientras agarraba otro de los pilotes. Pasaron unos minutos, pero el ardor en mis piernas comenzó a disminuir. Cantrelle simplemente pisó el agua a mi lado con su bolso.

"¿Cómo diablos nadas con esa cosa?"

"Es resistente al agua, hombre. Si atrapas un poco de aire adentro, flota por sí solo", respondió.

Como si se le hubiera caído un centavo en la cabeza, Cantrelle lo desató y me lo empujó.

"Guárdalo, Tomas, y te ahorrarás un poco de esfuerzo", sugirió.

Se lo arrebaté y lo metí debajo de mi estómago para usarlo como flotador. Hizo toda la diferencia y remé para cruzar.

"Mierda, debería haber usado esto desde el principio", bromeé.

Finalmente estábamos a poca distancia de la orilla en el otro lado y puse mi pie en el fondo para tocar el fondo. Ambos nos levantamos, salimos del agua y llegamos a la playa. Miré mi reloj y calculé que faltaba aproximadamente una hora para que amaneciera.

"¿No crees que tienes ropa seca en tu bolsa de la cueva de Aladino?" Lo comprobé.

"Lo siento, este también fue mi último par", respondió.

"Eso pensé".

Ambos nos desabrochamos los pantalones y nos quitamos las camisas, las escurrimos lo mejor que pudimos y nos las volvimos a poner.

"Caminaremos por la playa hasta que podamos llegar a las carreteras secundarias. Hay una estación de taxis en las afueras del pueblo, a unas dos millas de aquí", le dije una vez que nos vestimos.

"A mí me funciona", confirmó.

Caminamos unos quince minutos detrás de las casas de bajo nivel que bordeaban la playa y llegamos a una que tenía un muro bajo de ladrillos, aproximadamente a la altura de la cintura, alrededor de la propiedad. Saltamos el muro y rápidamente rodeamos el costado de la casa hacia la calle.

El amanecer se acercaba rápidamente y había un resplandor en el este; nos quedaban unos treinta minutos antes de que la gente comenzara a ir al trabajo. Todo estaba en silencio y las farolas seguían encendidas mientras nos dirigíamos hacia la estación de taxis. Estaba en la carretera principal, así que decidí que lo mejor era esperar en un callejón y detener uno.

Esperamos unos minutos y vi uno que bajaba por la carretera en dirección a la estación. Esperé hasta que estuvo cerca, luego salí a la acera y le hice señas para que se detuviera. Se detuvo justo enfrente y los dos subimos de un salto.

El conductor no pareció demasiado sorprendido al ver a dos estadounidenses, pero era un pueblo portuario con muchos extranjeros, algo que esperaba que jugara a nuestro favor. Le indiqué que nos llevara a un pequeño restaurante a unas seis cuadras del hotel, por si acaso sabía que los federales estaban buscando a dos estadounidenses.

El viaje duró unos diez minutos, y justo cuando el sol asomaba sobre el horizonte, nos detuvimos frente al restaurante. Había una joven barriendo la acera mientras nosotros nos demorábamos esperando a que el taxi se alejara. Tan pronto como se fue, le sonreímos a la chica y caminamos hacia el hotel.

Cuando llegamos, vi el taxi de Chivo afuera de una de las habitaciones y el de Omega estacionado al otro lado del estacionamiento junto a la calle. Me acerqué y golpeé ligeramente la puerta y, para mi alivio, Chivo se abrió de inmediato. Entramos rápidamente y agarré la silla más cercana para sentarme.

"¿Dónde está Omega?" Pregunté cuando noté su ausencia.

"Está al lado", respondió Chivo.

Le pedí que fuera a buscar a Omega y los dos regresaron unos minutos después. Parecía que Omega acababa de despertar.

"Omega, necesito que recojas algunos jeans y camisetas para Cantrelle y para mí", dije mientras buscaba en mi bolso y sacaba algunas notas del paquete que me dio Tío.

Me incliné sobre la mesa y anotamos nuestras tallas en una hoja de papel del hotel antes de entregársela con algo de dinero.

Me incliné hacia Chivo, que estaba sentado en el borde de la cama y también le di algo de dinero.

"¿Puedes traernos algo de comida y café mientras los dos limpiamos?" Yo pregunté.

"Sí, no hay problema".

"Póngase cómodo", le dije a Cantrelle cuando se marchaban, "saldré en un minuto".

Sabía que era un hotel pequeño y agradable con baños más grandes de lo normal y camas muy cómodas porque me había alojado allí varias veces antes. Me quité la ropa mojada y entré en la ducha. El agua caliente calmó instantáneamente la tensión en mis músculos. Apoyé la cabeza contra la pared y dejé que el agua cayera en cascada sobre mí e hice lo mejor que pude para pensar en nada más que en la liberación del estrés del agua caliente. Sentí que podía dormir durante una semana.

23 CAPITULO VEINTITRES

Me envolví en una toalla después de mi relajante ducha y le dije a Cantrelle que era su turno. Llevó su bolso al baño y cerró la puerta. Me dejé caer en la cama y saqué mi teléfono. Intenté llamar a Jeff para que pudiéramos ponernos al día, pero saltó directamente el buzón de voz. Decidí enviarle un mensaje de texto.

Estoy de regreso y debería estar en Cozumel temprano en la mañana. Llámame.

También llamé a Diana, quien contestó de inmediato a pesar de que era bastante temprano.

"Tomás, ¿estás bien?" preguntó, pero había algo en su voz que sonaba raro.

"Sí, soy yo. Todo está bien por el momento. ¿Estás bien?" Respondí rápidamente.

"Estoy bien, solo estábamos preocupados por ti".

"¿Quiénes somos nosotros?" Rápidamente pregunté confundido ya que casi nadie sabía sobre el trabajo.

"Ummm", dijo con una pausa momentánea, "todos aquí en la Marina. Esperaba que llamaras anoche... cuando terminaste el trabajo."

Parecía muy nerviosa, pero decidí no dejar ver que sospechaba algo o que sabía que algo andaba mal.

"Aquí todo está bien. Fue una noche larga y me quedé dormido. Estamos en Villa Hermosa y mañana tomaremos el vuelo nocturno a Cancún", le dije.

"¿Necesitas que te recojan?" ella ofreció.

"Estamos todos bien. Tengo a alguien que nos recogerá. Te veré en la Marina alrededor de las diez".

"Está bien, nos vemos entonces", terminó y colgamos.

Me quedé allí en silencio por un momento. Mi sexto sentido me dijo que algo andaba mal. Por eso le dije que estábamos a 160 millas en dirección opuesta. Había aprendido a confiar en mis instintos porque me habían salvado el trasero varias veces. A continuación, me comuniqué con China por mensaje de texto.

Estoy fuera. Te llamaré mañana.

Ella me respondió poco después...

Ten cuidado. La gente te busca por todas partes. La mayoría acaba de empezar a buscarlo en Villa Hermosa, pero han puesto controles en las carreteras hasta Del Carmen y Palenque.

¿Saben quién soy?

No, sólo buscan a dos americanos que viajan juntos.

Gracias, te llamaré mañana.

Me relajé en la cama y esperé a que regresaran Chivo y Omega. A pesar de las nuevas preocupaciones, mi mayor preocupación era María. Esperaba que estuviera bien y parecía que Jeff tenía las cosas bajo control la última vez que hablamos. No me impidió recordar que los cárteles a menudo matan a personas donde se realiza el pago o no. Espero que la conexión política de Jeff a través de su padre sea un incentivo adicional para que no la lastimen. De cualquier manera, Ramón llegaría pronto y muchos de sus contactos estaban al otro lado de la ley.

Si la lastiman, no habrá ningún lugar en el planeta donde puedan esconderse.

En caso de que eso no fuera suficiente, traté de pensar en algún seguro adicional que pudiera aportar a la situación... y entonces mi mente dio con Javier. Sólo la idea hizo que se me erizaran los pelos de la nuca y me estremeciera.

Javier medía alrededor de 6'2 ", tenía cabello negro rizado, buenos dientes, tez aceitunada y una constitución sólidamente musculosa. Hablaba con acento británico y siempre hablaba en serio. Nunca lo había oído reír, pero tenía una sonrisa siniestra en las comisuras de su boca cuando algo le divertía. Era de ascendencia mexicana, pero creció en Europa. Casi siempre vestía de negro y era un experto en artes marciales y combate; era un hombre con el que no se jodía. Hubo un tiempo en que era de las Fuerzas Especiales del MI6, alguien muy involucrado en las guerras de los Balcanes, y ahora era un mercenario puro.

No tenía un número para él, pero estaba seguro de poder enviarle un mensaje a través de su hermano Antonio. Era capitán de barco y amigo de Magdaleno. Así fue como conocí a Javier. Él también se retiró casi al mismo tiempo que yo, así que sabía que habría muchas posibilidades de que estuviera en casa. Revisé mi celular y marqué su número.

"Hola, Tomás, mi buen amigo. ¿Cómo está yendo?" respondió.

"Bueno y malo, larga historia. Lamento ir al grano, pero necesito comunicarme con Javier", interrumpí rápidamente.

"¿Todo bien?" dijo seriamente.

"Ni idea. La hermana de Jeff ha sido secuestrada y, si bien deberíamos poder manejarlo, realmente me vendría bien el respaldo de Javier si está en el país. ¿Puedes enviarle un mensaje para que se reúna conmigo en Cozumel mañana por la noche? Pregunté con cierta desesperación.

"Puedes apostar que le avisaré ahora".

Le expresé mi gratitud y colgamos.

No tenía ninguna duda de que Javier ayudaría si estuviera disponible. Habíamos sido amigos cercanos y todavía le confiaba mi vida. Su participación fácilmente inclinaría las cosas a nuestro favor. Lo había visto hacerle cosas a la gente que asustarían a cualquiera. Era como una máquina, similar a Cantrelle en algunos aspectos, y tenía los reflejos de un gato. Si eras una amenaza, ya estabas muerto antes de darte cuenta.

No había terminado mucho tiempo la llamada cuando entró Chivo con una bolsa de tamales y tazas de café. Me levanté y me senté a la mesa pequeña con él.

"¿Cómo se veía ahí afuera?" Pregunté.

"Normal amigo, no vi ninguna señal de ningún camión federal ni de la policía local", respondió.

"Esa es una buena señal. Cuando nos vayamos, haremos lo mismo que antes y le daremos a Omega una ventaja de cinco minutos", le sugerí para que aceptara.

Cantrelle pronto terminó su ducha y estábamos terminando de desayunar cuando Omega regresó con dos bolsas de ropa. Cogió dos pares de vaqueros y dos camisetas azul marino.

"Perfecto, gracias, ahora consigue algo de comer mientras nos cambiamos", le dije.

Chivo le explicó el plan mientras comía, luego le dije la ruta que quería que tomara para salir del pueblo una vez que estuviéramos vestidos. Cuando terminó, cogió las llaves y siguió su camino cinco minutos antes que nosotros. Tan pronto como mi reloj sonó, habiendo completado la cuenta regresiva, caminamos hacia el taxi y lo seguimos. Dejé que Cantrelle ocupara el asiento delantero para poder estirarme en la parte trasera. Estuve despierto hasta que cruzamos el puente en dirección este antes de tumbarme y tomar una siesta.

El viaje transcurrió sin incidentes. Me despertaba periódicamente con el sonido de Chivo hablando con Omega por teléfono mientras recibía informes de estado más adelante. El viaje nos tomó casi siete horas para llegar a Mérida y me desperté sintiéndome más renovado que los días anteriores. Cantrelle estaba recostado en el frente y parecía dormido, pero con él no era fácil saberlo.

Asomé la cabeza y le sugerí a Chivo: "Dile a Omega que tome el desvío por la plaza y se dirija directamente a la Marina".

Cogió el teléfono y me transmitió mis instrucciones. Miré mi reloj cuando llegamos al estacionamiento de la Marina y eran las 15:00. Le dije a Chivo que se estacionara junto a los contenedores en la parte trasera del estacionamiento y Omega lo siguió de cerca. Fue un éxtasis salir y estirar las piernas después del viaje. Me acerqué a ambos y les di un abrazo antes de buscar en mi bolso, sacar $3 mil del paquete de Tío y darles $1500 a cada uno.

"Gracias, de verdad, muchachos. Te debo mucho por esto. Hay quinientos extras para los dos. Realmente aprecio que hayas ayudado a mí. La próxima vez bebo yo", les dije.

"Harías lo mismo por nosotros. Llámanos en cualquier momento", respondió Chivo.

Nos abrazamos una vez más, regresaron a sus autos y se fueron juntos. Cantrelle y yo rodeamos el contenedor y nos subimos a la camioneta. Las llaves estaban en la consola donde le pedí a Tío que las dejara. Hice una pausa, sólo por un momento mientras los recogía, y pensé en él. Todavía no parecía real.

"Descansa en paz, hermano", susurré mientras hacía la señal de la cruz. Puse en marcha el camión y lo conduje por el aparcamiento. Ya se había convertido en un típico día soleado y parecía que finalmente se nos había acabado la suerte. Todo el mundo salió temprano y el tráfico era denso. Tenía hambre, pero esperé hasta que hubimos pasado las afueras de la ciudad para detenernos en un puesto de tacos al borde de la carretera. Pedí algo de comida y rápidamente la comimos en la camioneta antes de emprender el camino nuevamente hacia Cancún. Calculé que nos llevaría unas dos horas y media.

———

Esperemos que no nos encontremos con problemas en el camino.

Mientras conducíamos, pasamos por la carretera donde Ramón y yo escondimos nuestro dinero. Confié en Cantrelle y estuve medio tentado a recogerlo para evitar tener que volver a buscarlo. Sin embargo, decidí no hacerlo por si en algún momento teníamos que abandonar el camión y echar a correr.

Eso me hizo pensar en Ramón, saqué mi teléfono y lo llamé. Como era de esperar, respondió casi de inmediato.

"Oye, Cap, ¿dónde estás?"

"Cantrelle y yo deberíamos estar en Cancún en unas dos horas", le aconsejé.

"Mierda, ustedes hicieron buen tiempo", exclamó.

"¿Has hablado con Jeff?"

"No, simplemente no responde ni devuelve llamadas. Dejé tres mensajes".

"También lo intenté un par de veces y obtuve lo mismo. Escucha, busca un lugar en Cancún para pasar el próximo par de horas y nosotros iremos a recogerte".

"Lo haré, nos vemos en un momento", respondió mientras finalizaba la llamada.

"Conociendo a Ramón, probablemente tenga varias exnovias en la zona", me reí entre dientes.

"¿Todo bien?" Cantrelle preguntó con curiosidad.

"Como puede ser", respondí. "Vamos a recoger a Ramón, luego puedo dejarte donde necesites ir".

"Suena bien. Me quedo en la marina, a tres puertas de Diana", confirmó.

"Genial, puedo dejarte allí".

Los dos permanecimos en silencio por el resto del viaje. Cuando entramos a Cancún, llamé a Ramón.

"Estamos aquí. Voy a venir al Euro Hotel" —le dije.

"Bien, deténgase allí. Estoy en el Euro, en la habitación 211 del segundo piso. Lo elegí porque supuse que sería uno de los primeros que pasarías", afirmó.

"Te recogeré frente al vestíbulo".

"Entendido", confirmó.

Entramos en el hotel y estacioné frente al vestíbulo. Unos minutos más tarde, Ramón salió por las puertas dobles. Parecía como si literalmente se hubiera puesto la ropa y hubiera salido corriendo por la puerta. Corrió y saltó atrás con una sonrisa. Puse el camión en marcha y me dirigí hacia el muelle del ferry.

Ramón debió sentir que yo no estaba de muy buen humor y se preocupó porque él estaba inusualmente callado.

Una vez que nos detuvimos en un lugar de estacionamiento del ferry, bajé y llamé a China.

"¿Dónde estás?" preguntó sin aliento.

"Estoy de regreso en Cancún. Acabamos de abordar el ferry".

"Oh, gracias a Dios. El barco de la Armada acaba de regresar y escuché informes de un cadáver".

Respiré profundamente. "Ese debe ser Tío, a menos que sea uno de los matones de Don Miguel", dije.

"Tomás, ¡¿joder, tío?! ¿Qué pasó?" preguntó sin aliento.

"No lo sabíamos, pero se estaba muriendo de cáncer. Eligió salir en sus propios términos y salvarnos. El resto os lo cuento más tarde. Estoy absolutamente destrozado por esto, pero hay otras cosas de las que preocuparme ahora mismo".

El recuerdo de él contándonos todavía está fresco en mi cerebro. Odiaba haberlo dejado, independientemente de la situación. Pero tuve que respetar sus deseos. Era lo que él quería.

"Solo llámame si me necesitas. Hasta donde yo sé, todavía están buscando en los alrededores, así que, si estás en Cancún, deberías estar bien por ahora. Te actualizaré sí sé más. ¡Simplemente no hagas ruido!" ella ordenó.

"Sí, señora", respondí mientras colgábamos.

Ramón y Cantrelle se acercaron a buscar algo de comer en el puesto de comida y yo descansé en la camioneta con el aire acondicionado a tope y soplando en mi cara. Quería repasar la siguiente etapa del plan y eso me ayudó a animar mi mente cansada. Necesitaba llamar a Jeff para averiguar qué había pasado con María, y sabía que lo mejor sería hacer una llamada personal rápida a Diana. No era como si pudiera deslizarme y subir a mi bote dado que ella trabajaba a unos quince metros de él.

La idea de mi barco hizo que mi mente se fuera por la tangente. Pensé en lo lindo que sería simplemente soltar las líneas e ir a anclar mi laguna hasta que todo se hubiera acabado. No pude hacer eso. Si Jeff necesitaba mi ayuda, no había manera de que lo decepcionara. Siempre había sido y siempre sería leal a mis amigos.

Justo cuando el ferry aterrizaba en el otro lado, Cantrelle y Ramon volvieron a subir a la vía. Me entregaron una botella de agua que consumí rápidamente. Tan pronto como se abrió la puerta, nos marchamos. Vi la Marina tan pronto como llegamos a la cima de la colina y una sensación de alivio me invadió. Sólo habían pasado un par de días, pero parecían diez.

Giré por la carretera de la Marina y entré ruidosamente en el aparcamiento de conchas detrás del Tiki. En lugar de estacionar en mi espacio habitual, bajé hasta el muelle de combustible para dividir la distancia entre la casa de la Marina y mi bote. Todos salimos y caminé hacia Cantrelle y le estreché la mano.

"Gracias por la ayuda", le dije. "Creo que podemos hacerlo desde aquí".

"Entendido, capitán. Estaré cerca, así que avísame si necesitas ayuda".

Ramón hizo lo mismo y luego regresamos al barco. Juraría que escuché a Cantrelle silbar alegremente. Mientras caminábamos por el paseo marítimo junto al malecón, Ramón miró el catamarán de Tracy. Simplemente miré más allá de eso, al Tiki. Había una multitud decente, incluso sin banda. Mientras miraba, Diana salió de la cocina con dos bandejas de comida.

"Adelante. Estaré allí en cinco", le dije a Ramón mientras le lanzaba las llaves.

Él los atrapó y se dirigió al San Blas, y yo subí al Tiki. Diana me vio mientras caminaba hacia la cubierta. Ella me dio una gran sonrisa, se acercó con entusiasmo y me dio un abrazo.

"Me alegro mucho de que hayas vuelto. Me preocupé cuando no recibí noticias tuyas anoche", admitió felizmente.

"Sí, lo siento, estuvimos un poco ocupados, pero todo salió según lo planeado".

"Que bien. Estoy aquí hasta las doce. ¿Te veré más tarde esta noche? preguntó con una sonrisa maliciosa."

"Seguro. Baja al barco más tarde. Ramón y yo todavía estamos intentando localizar a Jeff. Puede que tengamos que coger un vuelo temprano a Miami, pero estaré aquí toda la noche."

Ella sonrió y me besó en la mejilla, luego volvió a servir a la animada multitud en el bar.

Lejos del Tiki, la Marina estaba inusualmente tranquila en términos de vista y sonido. Incluso podía escuchar el zumbido de mi unidad de aire acondicionado desde lo alto de la timonera mientras me acercaba. Hubo una segunda razón por la que le omití la verdad a Diana. No podía deshacerme de la idea de que ella sabía más sobre ese día de lo que sabía o de lo que dejaba entrever. Decidí no decir nada sobre Tío, el barco de la Marina o el secuestro de María hasta que hubiera hablado con Jeff.

"Suponiendo que pueda encontrarlo", murmuré.

Escuché el sonido de la ducha cuando entré a mi Sala. Mientras Ramón se arreglaba, caminé directamente hacia mi camarote para revisar mi palillo y ver si alguien había intentado entrar al bote. Para mi sorpresa, todavía estaba allí. Regresé a la Sala, tomé una cerveza de la nevera y me senté en el sofá para darle sentido a los últimos días.

Probé con Jeff en mi teléfono celular pero una vez más saltó el correo de voz.

"Mierda", dije mientras lo arrojaba sobre la mesa de café.

¿Dónde está ese hombre?

Mis pensamientos se dirigieron a lo que haría a continuación una vez que me liberara de la tormenta de mierda en la que me había metido. Recuerdo mi estancia en Nicaragua hace unos años cuando pasé un tiempo con un amigo que era pescador comercial de langosta. Me invitó a salir con él varias veces durante un par de meses. Fue una buena experiencia, pero rápidamente la archivé en "Demasiado trabajo duro".

El lugar era otra cosa. Había una pequeña y bonita Marina donde atracó su barco y realmente disfruté del ambiente. Era uno de esos pequeños pueblos pesqueros con una economía decente gracias a la industria de la langosta, además de gente amable y excelente comida.

"Sería un buen lugar para pasar los meses de invierno", pensé mientras cerraba los ojos.

Estaba a punto de quedarme dormido cuando apareció Ramón, habiendo terminado de ducharse y vestirse. Debió haber notado una mirada distante en mis ojos.

"¿Qué pasa?"

"Traté de llamar a Jeff y saltó directamente al correo de voz nuevamente", le dije con cansancio.

"Entonces, ¿qué quieres hacer?" preguntó.

"No sé, no hay mucho que podamos hacer... hasta que lo encontremos de todos modos".

Busqué en mi bolso y coloqué el paquete de Tío sobre la mesa. Rápidamente garabateé una nota para realizar un seguimiento de lo que habíamos usado.

"Toma algunas notas de allí y ve a buscarnos una hamburguesa o algo del Tiki. Sólo me voy a duchar.

"Lo haré", respondió.

Casualmente tomó algo de dinero y desapareció fuera de la cabaña. Bajé a mi habitación y decidí mirar mis correos electrónicos primero. Para mi decepción, no había nada de importancia. La ducha refrescó mi mente y mi cuerpo y planeé la próxima película. Sabía que había tareas que hacer, para empezar, lavar ropa, pero eso podía esperar para otro día.

Una vez que terminé de ducharme, me vestí y me tiré en la cama para esperar a que volviera Ramón.

24 CAPITULO VEINTICUATRO

Lo que terminó siendo un tiempo considerable después, me desperté y encontré a Diana durmiendo a mi lado. Miré mi reloj y vi que eran casi las 3 de la madrugada. Supongo que Ramón no había podido despertarme, no la primera vez, o simplemente no se había molestado.

Mi estómago gruñó con fuerza y me levanté de Diana con la esperanza de encontrar mi comida allí. Entré en la Sala y encendí las luces. Me di cuenta de que Ramón no estaba en el sofá cama y simplemente supuse que se había dirigido al catamarán de Tracy. Había dejado un recipiente para llevar en el microondas que contenía una hamburguesa ahora empapada en su interior. No me inspiró, así que preparé unos huevos.

Me sentí completamente despierto después de haber comido y aproveché el tiempo de tranquilidad. Me deslicé hasta mi cabaña y tomé mi ropa sucia, dejé una nota rápida junto a la cama para Diana, que estaba totalmente fuera, y caminé hasta el cuarto de lavado en la casa de la Marina que era para uso de todos.

La Marina estaba ahora en completo silencio. El Tiki estaba cerrado y lo único que había para iluminar el camino era el brillo de las luces del estacionamiento. Metí la ropa a lavar y me dirigí de regreso al San Blas por si Diana se despertaba. Fui y revisé mi teléfono y mis correos electrónicos nuevamente, luego recordé la cámara que había conectado hace semanas.

Tomé un café recién hecho, lo volví a conectar a la computadora y lo puse en avance rápido para poder ver las imágenes a un ritmo acelerado, y luego lo vi. Una figura oscura cruzó el muelle y llegó al San Blas. Mis ojos se abrieron cuando me incliné hacia adelante y presioné rebobinar, sólo para enfurecerme cuando vi quién era.

Cogí mi teléfono y llamé a Ramón, quien respondió después de unos cuantos timbres. Me di cuenta de que lo había despertado.

"Ramón, ¿dónde estás?" Yo pregunté.

"Con Tracy en el catamarán. ¿Qué pasa?"

"¿Puedes regresar al barco lo antes posible? Parece que tenemos un problema". Dije con urgencia.

"Claro, estaré allí en unos minutos", añadió antes de que se cortara el teléfono.

Estaba sin aliento y cubierto de sudor cuando llegó a la cabaña unos minutos más tarde.

"¿Qué está pasando, hombre?"

"No tenías que correr", sonreí disculpándome.

"Oye, si me has llamado a las 3:30 de la mañana debe ser una emergencia", respondió.

Me incliné hacia adelante y presioné reproducir las imágenes de la cámara. Ambos vimos cómo el video mostraba a Cantrelle de aspecto sospechoso mientras miraba a su alrededor, y cuando pensó que todo estaba despejado, subió al San Blas e intentó abrir la escotilla con su navaja. Los ojos de Ramón estaban tan abiertos como los míos.

"¿Quién carajo es este tipo, Tomas? ¿Pensé que habías dicho que era uno de la gente de Jeff?

"Lo es, pero tal vez también sea la persona de otra persona. De cualquier manera, estamos a punto de descubrirlo".

Cogí mi teléfono y llamé a Cantrelle; obviamente él también estaba dormido.

"Escucha, lamento despertarte, recibí algunas noticias de Jeff. ¿Puedes bajar a mi barco para que podamos hablar todos de inmediato?" Mentí.

Estuvo de acuerdo y colgó. Le dije a Ramón que estaría con nosotros en unos minutos. Se sirvió un café mientras yo entraba a mi habitación para tomar mi otra pistola calibre 45 de mi mesa de noche. Tuve cuidado de no despertar a Diana. Era mejor dejarla donde estaba.

Regresé a la Sala y tomé asiento cerca de la ventana para poder vigilar a Cantrelle. Simplemente esperamos allí con nuestro café. Esperaba que estuviéramos a punto de obtener algunas respuestas. Minutos más tarde, lo vi mientras cruzaba el estacionamiento de la Marina en dirección al barco. Ramón se acercó a la puerta y apretó el puño con anticipación.

"Tranquilo, hermano, toma asiento. Dejemos que esto se desarrolle", le dije.

"Está bien, pero si no me gusta lo que escucho o este imbécil tiene algo que ver con el secuestro de María, voy a enterrar al cabrón", gruñó mientras regresaba a su silla.

Cantrelle entró poco después. Ramón se sentó en el sofá y yo me senté en una silla al otro lado de la Sala.

"Hola Cantrelle, gracias por venir tan rápido. Siéntate en el sofá" —señalé.

Cerró la puerta y se sentó en el otro extremo del sofá.

"Tenemos algunas preguntas. Me pregunto si podrías explicar esto…" dije grandiosamente mientras tomaba la computadora portátil y le mostraba la pantalla. Se mostraba una imagen fija de Cantrelle mientras intentaba forzar la apertura de la escotilla de mi barco. Parecía tan aturdido como Ramón. Me incliné sobre la mesa, cogí mi pistola y apunté directamente a su cabeza.

"Ahora, si tienes alguna forma de explicar esto, te sugiero que la divulgues rápidamente", amenacé.

Hizo una pausa por un momento antes de responder: "Está bien, espere un momento, Cap. Hay una explicación".

Sin previo aviso, Ramón saltó del sofá y conectó un poderoso gancho de derecha en el costado de la cabeza de Cantrelle. Si hubiera sido una caricatura, su cabeza habría dado vueltas. Sacudió la cabeza y se limpió la sangre de la comisura de la boca.

"Explícate más rápido o serás parte permanente del arrecife que hay ahí fuera, hijo de puta", gruñó Ramón mientras se paraba sobre él.

"Él es del FBI, ahora suelta la puta arma", gritó Diana detrás de nosotros.

Me di vuelta y ella estaba parada, con las piernas separadas, con un arma apuntándome directamente. Me quedé atónito y la expresión de Ramón mostró que él era el mismo mientras se recostaba en el sofá. Mi arma apuntando a la cabeza de Cantrelle.

¿Qué carajo está pasando?

"Tienes algunas credenciales allí, Diana... ¿o quien seas?" Pregunté con calma. Una pequeña punzada de irritación me invadió por haberme acostado con ella y ni siquiera haber visto las pistas que apuntaban a que ella estaba encubierta. Maldito idiota. Debería haberlo sabido.

"Tomás, baja el arma y lo hablamos", respondió ella igualmente tranquila.

"Las damas primero", hice un gesto con la cabeza.

"Está bien, está bien, Tomas, lo haré", respondió mientras bajaba su arma deliberadamente lentamente.

Hice un arco lento con mi brazo y le apunté con el arma.

"Ahora, descansa con tu 'pareja'", le hice un gesto.

Ramón se levantó y ella avanzó hacia el sofá con las manos en el aire. Le quité el arma y me alejé más para poder verlos a ambos.

Los ojos de Diana parecían inmensamente tristes cuando miró hacia arriba y dijo: "Por favor, Tomás, baja el arma y no hagas nada de lo que puedas arrepentirte. Realmente podemos explicarlo. No tenemos nada que ver con la desaparición de María, ¡te lo prometo! Incluso podemos ayudarte con eso".

Ramón abrió la boca para decir algo, pero lo detuve antes de que pudiera empezar. Dejé mi arma a un lado para poder agarrarla rápidamente si fuera necesario.

"Adelante, explica", exigí.

Miró a Cantrelle y él asintió afirmativamente. Respiró hondo antes de empezar.

"Hace unos siete meses, Estados Unidos acordó trabajar con el gobierno mexicano en un grupo de trabajo conjunto para acabar con los cárteles. El principal objetivo era el Chapo Guzmán, líder del Cartel de Sinaloa.

"¡¿Y qué tiene esto que ver exactamente con que Cantrelle intente entrar en mi maldito barco?!" espeté.

"Dame una oportunidad. Intentamos enviar agentes encubiertos mexicanos a su organización, pero desaparecieron, se presume que fueron asesinados, así que intentamos un enfoque diferente. Tuvimos información de que Jeffryn era un jugador nivelado en este extremo y pensamos que sería una manera más fácil de infiltrarse en la organización".

"Lo siento, ¡pero no puedes esperar que crea que Jeff es un traficante de drogas!" Dije con incredulidad.

"Nosotros tampoco, pero este viaje que ustedes hicieron para recoger el diésel robado fue un trabajo de Miguel Fuentes, y es un jugador de alto nivel. Nuestro lugar era una operación encubierta profunda para infiltrarnos en todo desde este lado. Ya tenemos gente en todo el cartel gracias a este enfoque de puerta trasera".

"Bien, pero todavía no me has explicado qué tiene que ver esto conmigo y mi barco", grité con frustración.

"Honestamente, eras un desconocido que estábamos tratando de dar a conocer", dijo sucintamente. "Apareciste el otro día y en tu primera noche estabas en la fiesta de Jeffryn hablando con Miguel Fuentes y su hermano. Hicimos verificaciones de antecedentes sobre ti y no encontramos nada, por lo que le dijeron a Cantrelle que averiguara más. Nada más".

En otras circunstancias, tal vez habría intentado salir de la situación lo más rápido posible.

Había dejado atrás todo este tipo de mierda. Y ahora aquí te arrastran de nuevo.

Nunca me habría involucrado si hubiera pensado siquiera remotamente que algo, o más bien alguien, estaba mal. Siempre había sido capaz de detectar a alguien que no era lo que decía que era y, sin embargo, estos dos se habían escapado por completo de mi habitualmente refinado observador de tonterías.

Había una razón por la que encontraron muy poco sobre mí porque deliberadamente me había convertido en un fantasma una vez que dejé esa vida atrás. Pensé que me protegería y resultó que generó más atención de la que un desconocido realmente debería merecer. La razón por la que Ramón y yo no los desactivamos y nos dirigimos a aguas abiertas... María.

Es posible que hayamos tenido mucha ayuda no legal de nuestra parte, pero el FBI tenía recursos importantes. Si ambos lados de la ley trabajaran con nosotros, las posibilidades de que pudiéramos rescatarla aumentarían. Ramón miró y su expresión me dijo que ya había descubierto lo que estaba pensando. No tenía por qué gustarnos, y en palabras de Negan de The Walking Dead, "se cagaban en nuestros huevos revueltos", pero ya había un trato insinuado, uno que requeriría que lo comiéramos a cambio de recuperar a María sana y salva. Sólo hubo una respuesta.

"Bien, entonces, ¿qué puedes hacer para ayudar?" Pregunté.

"Desde tu incidente con la Armada de México, Miguel y Víctor están prófugos. Queremos encontrarlo y ver si podemos lograr que presente pruebas a los Estados Unidos en contra de Guzmán", afirmó.

"Como Jeff, suponiendo que puedas encontrarlo. ¿Cómo exactamente propones hacer eso? Me encogí de hombros.

"Miguel sabe que es hombre muerto si se queda en México. Al principio, trabajamos con la premisa de que el secuestro de María era la forma en que Miguel obtenía influencia para lograr que Jeffryn usara el barco de su familia para transportar drogas, pero en realidad es un final para Miguel. Planeaba robarte a ti y a los cárteles, y luego desaparecer... es decir... hasta que el Capitán de la Marina intentó hacer lo mismo. A pesar de eso, de alguna manera lograste salir adelante con el dinero".

"¿Dinero?" Le pregunté: "No tengo idea de qué estás hablando".

Ella sonrió, casi como para demostrar que sabía que mentí, pero luego continuó. "La Armada de México ya tiene presos al Capitán y a doce personas más y supongo que los juzgarán por traición a la patria. Don Miguel está huyendo y ya llegó a un acuerdo con Jeffryn para recuperar a su hermana".

"¡¿Qué?! ¿Sabes realmente dónde está Jeff después de todo?" Respondí enojado.

"Ahora está en nuestra casa segura", admitió, "y hemos tratado de mantener las ondas despejadas para evitar que eso salga a la luz".

Me levanté con un propósito. "Necesito ver… ¡ahora!"

"Espera, déjame hacer una llamada telefónica y ver qué puedo solucionar", preguntó.

"Haz todas las malditas llamadas que necesites. ¡Haz que suceda!"

Le hice un gesto a Ramón para que me siguiera a mi habitación. Tan pronto como cerré la puerta detrás de nosotros, habló con preocupación. "Tomás, ¿confías sinceramente en esta gente?"

"No", negué con la cabeza, "ni un poquito, al menos todavía no. Voy a ir con ellos una vez que arreglen esto. Necesito que te quedes aquí. Una vez que nos hayamos ido, llama por teléfono a Magdaleno y mira si Antonio logró localizar a Javier. Ojalá haya recibido mi mensaje y esté en el país".

La expresión de preocupación empeoró en el rostro de Ramón. "¿De verdad crees que vas a necesitar ese tipo de acción?", cuestionó.

Entendí por qué estaba tan preocupado. Javier no era exactamente una bala perdida, pero era el tipo de hombre que podía acabar con un pueblo entero y ni siquiera lo verías. Literalmente podría ser el Fantasma de la Muerte.

"Te escucho". Asentí. "Pero no voy a correr ningún riesgo con la vida de María en juego, por no hablar de la nuestra".

"Muy bien hombre, avísame cuando escuches algo. Estaré aquí esperando".

Regresamos a Sala y encontramos a Diana y Cantrelle en la cubierta trasera del barco. Cuando salimos, Cantrelle extendió su mano.

"Lo siento, Tomas, honestamente, no se trataba de ti en absoluto".

Lo mejor que pude ofrecer fue un ceño desconfiado. No estaba dispuesta a estrecharle la mano después de la forma en que nos había mentido y utilizado.

"Ramón, ¿por qué no te quedas atrás en caso de que alguno de nuestros amigos aparezca?" Sugerí.

"Es justo", murmuró cuando Diana terminó su llamada telefónica.

"Está bien, vámonos", afirmó.

Diana se adelantó con Cantrelle y yo la seguí detrás. Ella no dijo nada mientras yo cerraba la marcha y todavía tenía una mirada profundamente triste en sus ojos. Solo la miré mientras pasaba. Nadie dijo nada mientras caminábamos deliberadamente por el muelle hacia el estacionamiento. Tuve la impresión de que Diana quería decir algo, pero no delante de Cantrelle.

Mi mente se llenó de confusión sobre Diana. Disfruté nuestro tiempo juntos y realmente pensé que nos llevamos bien. Ella había sido capaz de sorprenderme y enamorarme durante nuestro tiempo juntos, pero ahora no tenía idea de si algo de eso era real. Incluso si ella protestara que había sido sincera en todo, ¿no podría creerla después de semejante traición? Sabía que mi silencio probablemente le causaba dolor, pero era mejor eso ahora que permitir que mis emociones tomaran el control, especialmente con tanto en juego.

Cuando llegamos a la camioneta, salté al asiento trasero y cerré la puerta con fuerza detrás de mí. Diana me miró por la ventana, luego caminó lentamente y se sentó en el lado del pasajero. Nos llevó sólo veinte minutos conducir hasta la casa segura y lo hicimos en un silencio sepulcral. Resultó ser un condominio cerca del muelle del ferry.

El aparcamiento estaba lleno, pero no noté nada sospechoso o que no me gustara. Salimos de la camioneta y mientras caminaba por la parte trasera, Diana me agarró del brazo. Al menos me volví para mirarla, pero no tenía nada que decir.

"Quiero que sepas lo que pasó entre nosotros, eso es real, de mi parte al menos. Por si sirve de algo, lo siento. Sólo estaba haciendo mi trabajo".

Esa última parte me enfureció un poco, pero respiré hondo y me detuve antes de responder.

"Ahora mismo necesito ver a Jeff. Podemos hablar de esto más tarde", dije con severidad.

No me molesté en esperar una respuesta. No había nada que ella pudiera decir que cambiara lo engañado y desconfiado que me sentí hacia ella en ese momento. Los dos me llevaron a un ascensor de servicio que subimos hasta el undécimo piso. No era la cima, pero estaba bastante cerca. Siempre hay algo para tener en cuenta en circunstancias peligrosas. Procedí a seguirlos hasta una habitación al otro lado del pasillo.

Lo primero que vi cuando entramos fue una serie de pantallas de computadora y portátiles con dos hombres sentados frente a una consola improvisada. En varias transmisiones diferentes, observaron cámaras que mostraban el ascensor, el pasillo, incluso el estacionamiento de abajo y el muelle del ferry.

Me llevaron a otra habitación y allí encontramos a Jeff sentado con un par de hombres más. Mi amigo estaba sentado solo junto a la ventana mientras los demás miraban mapas esparcidos sobre la barra de desayuno al otro lado de la habitación. Jeff saltó de su silla tan pronto como me vio.

"¡Tomás!" gritó alegremente: "¡Amigo mío, es tan bueno verte!"

Me dio un gran abrazo.

"Jeff, ¿qué está pasando? ¿Te están reteniendo aquí?

"No, no es así", respondió sacudiendo la cabeza. "Diana se me acercó ayer y me contó todo. Necesito su ayuda para recuperar a María".

"¿Alguien sabe siquiera dónde está detenida?" Agregué rápidamente.

Antes de que él tuviera la oportunidad de responder, Diana intervino en la conversación y me entregó una foto. Mostraba a dos tipos saliendo de una camioneta negra con María.

"Lo captamos de una cámara de vigilancia que tenemos al otro lado del ferry", explicó mientras caminaba hacia un mapa en un tablero. "Usamos vigilancia satelital para seguirlos y los hicimos viajar hacia el sur hacia esta área, pero los perdimos poco después. Según la hora de la llamada de rescate, unos diez o quince minutos más tarde, creemos que se encuentra en un radio de cinco millas desde ese punto".

Estudié el mapa por un momento.

"Hay muchas propiedades y edificios en esa área. Ese es un radio grande", dije con preocupación.

"Lo es, pero los chicos en la otra habitación no solo están mirando las imágenes de las cámaras. También están buscando cualquier conexión con Miguel en esa área: cualquier cosa que posea, frecuenta o en lo que haya estado involucrado anteriormente. Estamos removiendo cada piedra".

Me paré y miré el mapa. "¿Puedes disculparnos?" Le pregunté con firmeza: "Necesito hablar con Jeff en privado".

"Claro, puedes salir al balcón. Iré a comprobar la búsqueda", respondió Diana.

"Iremos a buscar algunas latas a la máquina de refrescos de abajo, si todo es igual. Butch y Sundance pueden venir aquí si se quedan atrás" —argumenté.

No había ningún lugar en esa habitación que no tuviera micrófonos. Pensé que tendríamos una probabilidad del cincuenta por ciento afuera, junto al área de la piscina. Todavía estaba oscuro y se podían ver las luces brillando en el agua a lo lejos mientras caminábamos por el sendero. Nos quedamos junto a la máquina con nuestras dos sombras un poco atrás.

"Jeff, lamento que todo esto esté pasando, hombre", le dije mientras ponía mi mano sobre su hombro. "Tenemos a la mayor parte del equipo ahí. Ramón está en mi barco llamando a su contacto... y le he llamado a Javier.

Él simplemente miró hacia atrás solemnemente, una lágrima corriendo por su mejilla, luego su rostro se volvió enojado.

"No se suponía que todo fuera así. Tomás, si le hacen daño a mi hermanita, Javier no será suficiente para protegerlos. Lo quemaré todo hasta los cimientos", escupió venenosamente.

"Tú y María sois familia. La recuperaremos. Miguel sólo quiere el dinero, matarla no lo acercará más a conseguirlo y no puede desaparecer sin él".

Jeff asintió con la cabeza. Sabía tan bien como yo que Miguel no desperdiciaría su única ventaja. Saqué mi teléfono y uno de los hombres de Diana corrió hacia adelante y me dijo que estábamos en "condiciones de oscuridad" y que no se permitían llamadas al celular.

"Esto es necesario, te lo aseguro".

Llamó por radio y aparentemente Diana lo aprobó, luego volvió a pasar a un segundo plano. Saqué el número de China y me comuniqué con ella.

"Hola China, ¿tienes alguna noticia?" Yo pregunté.

"Oh, sí. Diles a los matones del FBI con los que estás que Don Miguel tiene una empresa fantasma llamada PetroPlus Ltd, y es dueño de un complejo de departamentos en el lado oeste de Cancún llamado La Brisa".

Me quedé en silencio por un minuto. No estaba seguro de qué me impresionó más... el hecho de que ella supiera dónde estaba, que supiera con quién estaba y que China supiera lo que estaban buscando.

"Maldita sea... ¿estás seguro?" Pregunté, sólo para asegurarme de que tenía todo bien. Aunque en el fondo ya sabía que así era. No diría nada si no estuviera segura.

"En serio… sí, estoy seguro. Una conexión interna se acercó y me dijo que allí es donde se encuentra detenida María".

"¿Tienes una dirección?" Pregunté, sin apenas necesidad.

"Sí, te lo enviaré por mensaje de texto".

"Genial, entonces dime, ¿cómo supiste tanto de lo que está pasando?" Sabía que ella no me lo diría, pero mi sentido del humor y mi curiosidad no pudieron impedirme preguntar.

"Avísame cuando recuperes a María", respondió y colgó, lo que me hizo reír.

China ni siquiera reconoció mi pregunta, y eso me dejó más que un poco de curiosidad. Eventualmente obtendría mi respuesta.

"¿Qué dijo ella? Parece que algo anda mal". Jeff interrumpió, mientras yo miraba mi teléfono.

"Dijo que cree que tiene información sobre dónde están detenidas María: es un lugar propiedad de una de las empresas fantasma de Miguel llamada La Brisa, un complejo de apartamentos".

Los ojos de Jeff se agrandaron mientras sonreía. "Vamos a buscarla y luego aplastaremos a ese cabrón".

Regresamos al undécimo piso y llamé a Cantrelle y Diana. Les mostré la dirección que China había enviado y les expliqué su relevancia. Agarró mi teléfono, sin preguntarme, y corrió hacia los geeks en las computadoras para comprobarlo.

"¿Hasta qué punto confías en esta información y en la persona que la proporciona?" -cuestionó Cantrelle-.

"La persona, indiscutiblemente, la información, no sé de dónde salió, pero si la conozco como la conozco, al menos en un ochenta por ciento".

"Para mí es suficiente", respondió con entusiasmo. Caminó hacia la puerta corredera e hizo algunas llamadas por radio. Varios minutos después entró un grupo de hombres vestidos de negro y con grandes bolsas. Procedieron a desempacar y tenían de todo, desde visión nocturna y rifles de francotirador hasta ametralladoras de asalto tácticas completas.

Diana regresó de la consola y le confirmó a Cantrelle que todos los sistemas estaban funcionando. Desapareció en otra habitación y regresó con un chaleco antibalas y una chaqueta negra.

"María es importante para los dos. Queremos venir".

"Por supuesto que no", escupió con una burla mientras sacudía la cabeza. "Es demasiado peligroso".

"No te estaba preguntando".

Hizo una pausa y se volvió hacia mí con un suspiro. "¿Por qué es importante que vayas? Jeff está siendo protegido. Será mejor que te quedes aquí".

"Como dije… voy a ir. Ahora deja tus sentimientos personales a un lado y hazlo realidad".

Sus labios se separaron antes de apretar la mandíbula y sacudir la cabeza. Había llegado a un punto doloroso, pero honestamente, ella me mintió y me usó. Entonces ella realmente no tiene una pierna sobre la cual sostenerse. Especialmente porque ni siquiera tendrían la información si mi contacto no se la hubiera proporcionado.

Sin decir una palabra más, nos dirigimos hacia el estacionamiento y nos subimos a varios vehículos, Diana terminó conmigo. Estaba a punto de tomar el volante cuando Jeff finalmente habló y Diana se detuvo en seco. "Conozco ese lugar. Es una comunidad cerrada. Puedo hacernos pasar sin ser detectados".

"¿Es así?" Preguntó ella, mirándolo. "Muy bien entonces. Tú conduces".

Le arrojó las llaves y le dejó tomar el asiento del conductor. La necesidad de llegar a María solo se intensificó porque necesitaba desesperadamente asegurarme de que ella estaba bien.

25 CAPITULO VEINTICINCO

Condujimos en dos convoyes parcialmente divididos a través del centro de Cancún, luego salimos de la autopista principal y nos dirigimos hacia las afueras de la ciudad. Se tomó la decisión de conducir bastante rápido por las calles residenciales, en parte porque Jeff quería llegar lo más rápido posible y en parte para dejar el menor tiempo posible para que la gente les avisara. Era bastante temprano por lo que las calles estaban desiertas y todavía estaba bastante oscuro, ambas cosas jugaban a nuestro favor.

Pasamos un par de carteles que decían Cascada y estacionamiento, me incliné hacia adelante y le pregunté a Jeff: "¿Hacia dónde nos dirigimos?".

Señaló por la ventana. "El complejo de apartamentos está al otro lado de estas colinas. Hay un área parcialmente oculta que ocultará los camiones. Cantrelle y sus hombres pueden caminar por el bosque y salir a su patio trasero".

Entonces fue el turno de Diana de plantear una pregunta: "En serio, ¿qué tan bien conoces esta zona?"

"Mejor de lo que debería", sonrió un poco maníacamente. "Cultivé marihuana por todas estas colinas cuando era adolescente".

El orgullo que sintió al decirle eso a un agente del FBI bien podría haber brillado en neón rosa sobre el camión. Habría sido de mala educación no sonreír. Jeff apagó las luces cuando entramos en un estacionamiento y los otros camiones hicieron lo mismo. Luego cogimos un camino destartalado entre unos puestos de comida al fondo. También se podía distinguir una fuerte cascada no muy lejos, incluso si no podías verla porque estaba oscuro.

Al final del camino, nos llevó unos cien metros a través de un pasto alto hasta llegar a una carretera secundaria aún peor. Los camiones rebotaban arriba y abajo en los desniveles y baches. Al final, se abría a un pequeño claro en el que cabían todos los vehículos. Estaba completamente oscuro, salvo un rayo de luz de luna que quedó antes de que el amanecer lo borrara. Todos se congregaron en nuestro camión y esperaron instrucciones.

"Si me permiten", comenzó Jeff, "los apartamentos están directamente sobre esta colina, a unos trescientos metros". Señaló hacia la oscuridad. "Si siguen recto en esta dirección, se toparán con un antiguo camino maderero que los llevará cuesta arriba. Está bastante crecido, pero está hecho de arcilla roja dura; Lo sabrán cuando lo vean".

Todos asintieron con la cabeza, indicando que habían entendido hasta ese punto.

"Cuando lleguen a la cima, verán la parte trasera de los apartamentos en la parte inferior. Hay tres pisos y cuatro departamentos por piso. A partir de ahí, no puedo ayudarles, pero supongo que sería el piso de en medio, difícil de alcanzar, pero lo suficientemente cerca del suelo para escapar".

"¿Y estás seguro de que es el complejo correcto?" comprobó Cantrelle.

"Es el único apartamento en este lado de la ciudad", aseguró Jeff.

Diana metió la mano en un estuche y empezó a repartir audífonos redondos a todos. Sabíamos cómo funcionaban, pero tuve que recordarme a mí mismo que no debía decir nada innecesario ya que se activaban por voz. Se llevó a cabo una verificación de las comunicaciones y todos indicaron que podían oír. Cantrelle y sus hombres dejaron caer sus gafas de visión nocturna y se escabulleron entre los arbustos para subir la colina.

"Base, líder del equipo uno", dijo Cantrelle por los auriculares. "Estoy recibiendo estática por la cascada; Apaguen sus micrófonos a menos que los necesites".

"Entendido, líder del equipo uno", confirmó Diana, quien luego quitó los micrófonos de nuestras camisetas.

Todavía podíamos escuchar y oímos al equipo respirar mientras subían la colina. En poco más de unos minutos, actualizaron que habían encontrado el camino. Me impresionó que hubieran subido la colina tan rápido, pero eso es lo que hacían los Navy SEAL. Hubo más aire muerto durante unos minutos, luego Cantrelle se actualizó nuevamente.

"Base, líder del equipo uno, tenemos un cuerpo en el extremo este del complejo. Se ve bastante mal".

Mi corazón cayó como un barco destrozado sobre la Fosa de las Marianas.

"Dios, por favor no", pensé, como sospechaba que Jeff también lo hacía.

"No es posible identificarlo, pero la víctima parece ser un hombre", actualizó para mi alivio.

Simplemente esperamos en silencio mientras llegaban las actualizaciones.

"El equipo uno avanza hacia el lado oeste de la casa. El equipo dos cubre el lado este, el equipo tres cubre el norte. Equipo cuatro, supervisen, mantengan la posición al frente".

El silencio que siguió duró sólo unos minutos, pero pareció una eternidad.

"Equipo uno, listo para atravesar el lado oeste..." confirmó Cantrelle.

"Equipo dos, listo lado este..." siguió un colega.

"El equipo tres está listo en el lado norte..." actualizó un tercero.

"¡Vamos, vamos, vamos!", gritó Cantrelle.

El sonido de las explosiones en nuestros oídos fue tan fuerte que los tres nos estremecimos. Luego, los equipos iban de una habitación a otra, generalmente seguidos de una ubicación y un fuerte "despejado" mientras avanzaban por el edificio. Mi corazón latió con fuerza y mi boca se secó casi al instante. Cada notificación dejaba cada vez menos habitaciones donde podrían encontrar a María. Escuchamos disparos en nuestros oídos y, finalmente, escuchamos las palabras que esperábamos de uno de los equipos del segundo piso.

"Ojos puestos, ojos puestos... tenemos a la niña, tenemos a la niña. Dos delincuentes fueron asesinados a tiros. La niña está viva, repito, el rehén está vivo".

"Cobertura, estamos extrayendo la retaguardia y regresando a la base", confirmó Cantrelle.

La preocupación simplemente se evaporó de Jeff y yo sentí más o menos lo mismo. Continuaron registrando el edificio y finalmente acabaron con ocho de los hombres de Don Miguel. Mientras sus hombres buscaban a los rezagados y a los hostiles restantes, el equipo de Cantrelle la escoltó fuera del complejo y de regreso a la colina.

Nos sentamos allí y pudimos escuchar su voz susurrando de fondo, pero no lo suficientemente fuerte como para distinguirla. Finalmente, el sonido de voces bajas y pasos llegó desde el bosque. Jeff y yo corrimos hacia donde se esperaba que aparecieran.

"María", gritó mientras corría hacia ella.

La noche se estaba desvaneciendo hacia el amanecer, y Diana y yo vimos cómo los dos se abrazaban como si no se hubieran visto en años. Le levantó los pies del suelo y casi la hizo girar. Ella lloró y lo abrazó fuerte.

"Sabía que vendrías, Jeffryn", exclamó.

Era una imagen conmovedora, que me hizo llorar.

Diana tomó una botella de agua y tomó un largo trago antes de echarse un poco de agua en la cara. Caminó hacia Jeff y María.

"Todos, no quiero interrumpir la reunión familiar, pero los otros equipos estarán aquí en un momento. Es casi de día y tenemos que regresar a la casa segura".

Los acompañé a ambos hasta la camioneta y les abrí la puerta trasera a los dos antes de subirme al frente con Diana. Se alejó justo cuando los otros equipos llegaron al claro y comenzaron a conducir por la pista en la oscuridad. Debió haber memorizado el camino y no necesitó ayuda de Jeff. Miré por encima del hombro y María estaba callada y había apoyado su cabeza en el hombro de Jeff con sus brazos alrededor de él.

"Los centinelas exteriores ya estaban muertos antes de que irrumpiéramos y elimináramos al resto". Cantrelle le dijo a Diana, haciéndola asentir.

"Está bien, nos ocuparemos de eso más tarde. Vámonos de aquí".

Aparecimos a través de la hierba alta y entramos al estacionamiento. Había un puñado de vendedores abriendo sus puestos cuando aparecimos a través de la hierba alta y regresamos a la carretera principal. La mayoría de ellos nos miraron, pero no parecieron pensarlo dos veces.

Mientras conducíamos, Jeff se acercó y me apretó el hombro. No fueron necesarias palabras, pero las dijo de todos modos.

"Te debo, amigo mío, más de lo que puedes imaginar".

Puse mi mano sobre la suya y respondí: "Somos familia, habrías hecho lo mismo si las cosas estuvieran al revés".

El sol empezó a salir mientras viajábamos por las carreteras durante unos veinte minutos. Diana confirmó a Jeff y María que los llevarían a la casa segura para interrogarlos. Honestamente, no me importó nada de eso durante ese momento. Estaba eufórico porque María estaba sana y salva.

"Jeff, por favor, ¡quiero irme a casa! ¡Quiero volver a casa! -chilló María.

Jeff se volvió hacia Diana y le dijo con firmeza: "Me llevaré a mi hermana a casa; Podemos encontrarnos después".

Diana estaba a punto de decir algo cuando me miró y negué con la cabeza.

"Está bien", suspiró, "Jeffryn, cuida de tu hermana en casa, por el momento, ¡pero tendré que informarles hoy!".

———

Jeff no dijo nada, solo sostuvo a su hermana en sus brazos y miró por la ventana.

Los cuatro permanecimos en silencio durante el resto del viaje por la ciudad hasta que llegamos al ferry. María estaba dormida sobre el hombro de Jeff cuando Diana y yo salimos. Ella sugirió que fuéramos a tomar un café y estiráramos las piernas. Miré a Jeff y él asintió con la cabeza para dejarlos por cinco minutos.

El sol ya había levantado su cabeza sobre el horizonte cuando nos dirigimos al puesto de comida. Los viajes en ferry a primera hora de la mañana y al final de la tarde siempre eran agradables cuando el sol proporcionaba un telón de fondo impresionante. Aproximadamente a mitad de camino, Diana enganchó su brazo a través del mío.

"Espero que sepas que realmente lamento haberte engañado. Por favor, créeme, mis sentimientos por ti son reales".

No sabía cómo me sentía, por ella o lo que había hecho, pero traté de responder positivamente.

"Entiendo hacer tu deber y tu trabajo, probablemente más que la mayoría, pero ahora no tengo idea de en qué partes de nuestra relación hacías tu trabajo… y en qué partes eran tus verdaderos sentimientos".

Incluso a mí me conmovieron los ojos vidriosos que me miraron. "Me gustaste desde el principio".

"Tú también me gustas mucho, Diana, y ya nos considero cercanos. Sin embargo, sólo sabes una pequeña parte de mí y yo claramente sé aún menos de ti", admití. "Sigamos siendo amigos por un tiempo y veamos adónde nos lleva, si a algún lado".

Ella asintió dócilmente, pero permaneció entrelazada en mi brazo hasta que llegamos al puesto de comida. Pedimos un par de cafés y una dona cada uno y luego nos dirigimos a una mesa de picnic situada entre el puesto y la timonera. Los dos nos sentamos allí comiendo tranquilamente mientras ambos mirábamos el agua. Ahora tenía un brillo anaranjado intenso debido al sol que recién se estaba calentando.

"Sabes, cuando te conocí, no estaba seguro de si eras un buen o un mal tipo, sobre todo por la compañía con la que te vi. Cambiaste mi opinión en nuestro paseo en barco juntos, por la forma apasionada en que se iluminaban tus ojos cuando hablabas de tu barco y de tu vida, y de la forma en que estabas cuando buceamos. Sabía que eras genuino", me dijo.

Estaba mirando mi café y escuché un profundo suspiro de Diana. Levanté la vista para ver su cara triste y no tenía ni idea de cómo responder.

"Me asombraste por la forma en que arriesgaste tu vida para ayudar a un amigo y todo lo que has hecho por tus amigos. Hombres como tú son pocos y espaciados en estos días".

Tenía que decir algo. Habría sido cruel no hacerlo.

"Creo que eres una mujer increíble, Diana, y sé que hablas en serio. ¿Podemos simplemente aspirar a la amistad ahora mismo? Obviamente tienes una gran carrera en el FBI y claramente eres muy bueno en eso, pero esa es una vida muy diferente a la que yo aspiro".

Ella pareció un poco aliviada.

"Crees que soy buena en esto, ¿eh?" ella bromeó.

"Sí. Podemos permanecer en contacto. He estado pensando en pasar el invierno en Nicaragua, ¿si te apetece hacer un viaje para visitar?" Sugerí.

"Admiro tu vida, donde puedes hacer algo así", me dijo.

"No está tan mal, ¿verdad?" Sonreí.

Me incliné y miré hacia la proa. El ferry estaba a punto de aterrizar en el otro lado, así que sugerí que volviéramos al camión. Había una gran cantidad de vehículos delante de nosotros que cargaban primero, y la mayoría de los ocupantes llevaban uniformes de hotel y realizaban su viaje matutino.

La puerta se abrió y el coche y los camiones bajaron por la rampa y subieron por el muelle. Tomamos el primer desvío y regresamos a la casa segura ubicada cerca. Cuando llegamos al estacionamiento, fuimos recibidos por el equipo de seguridad de Jeff que había llamado inmediatamente después de que María sufriera su ataque de pánico.

"Voy a regresar con Jeff y María a la Marina", me incliné y le dije a Diana: "Te llamaré cuando esté lista para atender preguntas y visitantes".

"Está bien, pero Tomás, hazlo hoy", instó.

"No haré ninguna promesa. Ella ha pasado por mucho", respondí.

Nos detuvimos y Jeff le dio a María un delicado empujón. Se despertó bastante rápido pero todavía estaba aturdida, probablemente por falta de sueño durante su terrible experiencia. Jeff la ayudó a subir al Land Rover y subió atrás con ella. Salté al frente con el conductor.

"Cuando regresemos, déjame en la carretera de la Marina para que puedas regresar a la casa más rápido", le dije a Jeff.

Intentó protestar diciendo que me dejarían en la Marina, pero yo insistí en que me apetecía el paseo, lo cual hice. Cuando llegamos a la Marina, hicieron exactamente lo que les pedí y me dejaron. Había sólo unos trescientos metros hasta el embarcadero y el bar Tiki. Quería unos momentos de aire fresco para aclarar mi mente. También me di cuenta de que Ramón estaba en el barco y que tendría innumerables preguntas sobre lo sucedido. Todo lo que le había dicho hasta ahora era que ella estaba a salvo mediante un mensaje de texto. Al saltar a la carretera de la Marina, tuve tiempo de procesar las cosas.

Mientras caminaba por la carretera, pude ver toda la Marina extendiéndose hacia el Golfo frente a mí. El sol ya estaba muy por encima del horizonte e iluminaba toda la escena. La gente ya estaba colocando sus sombrillas en la playa mientras los niños chapoteaban en las tranquilas aguas. La propia Marina ya rebosaba vida.

Me tomé mi tiempo y caminé tranquilamente. Evité el estacionamiento y bajé directamente hasta el embarcadero al final de la carretera y luego subí por la playa hasta el muelle donde estaba amarrado el San Blas. Tan pronto como subí al barco, la cabeza de Ramón apareció detrás de la puerta.

"Oye, hombre, ¿cómo te ha ido desde que recuperaste a María? ¿Está bien?" preguntó rápidamente.

"Ella está viva, está bien", le dije. "Está un poco magullada físicamente y sacudida, y recibió una paliza mental, pero no hay daños físicos duraderos".

Me golpeó los hombros con ambos puños y dijo: "Gracias a Dios, hombre. Estaba muy preocupada hasta que recibí tu mensaje de texto. He intentado localizar a Javier desde que te fuiste, pero nadie sabe cómo encontrarlo. Hasta que estemos libres de esta tormenta de mierda, seguiré intentándolo".

Asentí que estaba de acuerdo.

"Entonces, ¿y ahora qué, hombre?" cuestionó.

Lo miré con ojos cansados e inyectados en sangre. "No sé tú, pero yo necesito dormir un poco. Esa fue una noche de pesadilla. Si no te importa que te sugiera, ¿por qué no te diviertes con Tracy o alguna de tus otras conocidas mientras yo duermo un poco? Te informaré más esta tarde".

"Suena como una buena idea, te ves como una mierda, amigo mío", bromeó.

Volvió a entrar y agarró sus cosas mientras yo me recostaba contra la barandilla y contemplaba la Marina. Después de unos días tan locos, era el tipo de calma que necesitaba. Lo vi acercarse al catamarán y arrastré mi cuerpo cansado hacia adentro. Si la Marina era la esencia de la calma, el interior de mi barco era la definición del caos.

Uno podría haber pensado que había habido una fiesta mientras yo estaba fuera. Había platos sucios en los fregaderos, vasos esparcidos, latas y botellas de cerveza vacías e incluso los restos de una comida para llevar del Tiki. Simplemente sacudí la cabeza y caminé directamente hacia mi cabaña, me dejé caer en mi cama y esperé a que el agua se calentara. Debí quedarme dormido poco después.

Fue mi teléfono el que arrastró mi mente subconsciente de regreso al mundo de la vigilia. Miré el identificador de llamadas y era Diana, así que respondí.

"Oh, entonces estás vivo", dijo con sarcasmo.

Miré hacia abajo y me di cuenta de que todavía estaba con la misma ropa.

"Ah, mierda, mi tanque de agua estará vacío. Me quedé dormido y dejé el sistema encendido para darme una ducha. Parte del placer de vivir en un barco", medio murmuré para mis adentros. "Lo siento, aún no he hablado con Jeff. Dame diez minutos y me pondré en contacto con él.

"Está bien", interrumpió rápidamente, "intenté llamarte varias veces. Jeff habló conmigo y dijo que se había calmado lo suficiente como para que pudiéramos hablar con ella de forma limitada. Acabamos de terminar allí y vamos camino a la morgue. El cuerpo descubierto en los apartamentos aparentemente es el de

Don Miguel. Su hermano probablemente sea alimento para peces en el Golfo. Luego vamos a revisar algunas computadoras y teléfonos celulares que recuperamos de la escena y otros cuerpos".

"Aprecio la actualización, Diana, y por favor no te ofendas, pero mi participación y necesidad de saber todo esto ha terminado. Ven a visitarme como amigos, pero deja el trabajo en la puerta".

Estaba metafóricamente cansado y listo para que terminaran los últimos días.

"Lo siento, Tomas, pensé que te gustaría saberlo. Quise que tú y tus amigos se sientan cómodos. Te veré más tarde", añadió antes de despedirnos.

Bajé mi lista de llamadas y vi tres llamadas perdidas de China. Debí haberme apagado como una luz. Busqué su número y la llamé.

"Es muy amable de su parte devolver la llamada, señor". Dijo en el momento en que respondió.

"Lo siento, me dormí de inmediato. Recibimos a María temprano esta mañana, pero supongo que ya lo sabías"

"Lo hice y esa es una gran noticia. Estoy muy feliz de que mi información haya funcionado para todos ustedes. Supuse que estarías dormido. Por cierto, algún día tendrás que decirme cómo lo logras".

"Ah, secreto comercial", bromeé.

"Quería contarles que Jeffryn me llamó esta tarde y me invitó a una fiesta en su casa. Una gran celebración en tu honor y por el regreso sano y salvo de María. Apuesto a que está encantada. Si estás dispuesto, pensé en llegar temprano y bajar al barco para verte... ya que nunca encuentras el tiempo para venir a verme", bromeó.

De repente mi corazón se aceleró y sentí un nudo en el estómago.

"¿Cuándo estarás aquí?" Pregunté un poco nerviosa.

"Es curioso, ya estoy aquí. Estoy en el aeropuerto y Jeffryn viene a recogerme. Tuve que llamarlo porque no contestabas".

"¿Tienes hambre?" Yo pregunté.

"Si tengo. No tuve oportunidad de comer antes de salir".

"Descongelaré algo ahora y podremos cenar en el barco", sugerí.

"Perfecto, no puedo esperar a verte".

26 CAPITULO VEINTISEIS

Salí corriendo y llené mi tanque de agua dulce. Intenté no entrar en pánico, pero tenía el corazón en la garganta. Había pasado un tiempo desde que nos vimos. Volví adentro y comencé a limpiar, hasta el punto de tirar los platos sucios en lugar de perder el tiempo lavándolos. Yo era como la Sra. Doubtfire en cuanto a velocidad. Cuando todo se veía bien, rápidamente le di un lavado rápido a todo lo que estaba afuera mientras pensaba en qué comida podría deslumbrarla.

Me decidí por mi sopa de mariscos. Sabía que tenía todos los ingredientes y me dispuse a prepararlo. Era uno de los favoritos de China. Compuesto de langosta, camarones y yuca cocinados en leche de coco, ella me enseñó a hacerlo cuando estábamos juntos. Satisfecho de que todo estaba como debía ser, me sumergí en la ducha y me cambié mientras hervía a fuego lento.

Necesitaba la bebida adecuada, fui a mi mueble bar cerrado y tomé una botella de Domaine Ramonet Chardonnay. Fue una botella de vino de $1300 que me regalaron. Lo guardé en una caja dura con mucho acolchado, esperando el momento adecuado.

"¡Oh, esto definitivamente califica!" Me dije a mí mismo.

Todo estaba listo. Puse algo de música y calmé mis nervios con una botella de Corona del refrigerador. Mi mente estaba por todos lados mientras me sentaba en la terraza mientras atendía la sopa. Algunos podrían haberme descrito como un adolescente en su primera cita.

China siempre tuvo un efecto poderoso en mí. Es posible que nos hubiéramos mantenido en contacto por teléfono y correo electrónico, pero no había podido reunirme con ella. Por eso había pasado más de un año. Todo hombre tiene en su mente a la mujer ideal, en su totalidad apariencia, cuerpo y mente, y ella era la mía.

Ella era trece años menor que yo, pero sabia para su edad. Por eso nos llevábamos tan bien. Tenía una personalidad que se adaptaba a cualquier situación, desde relajarse en la playa con amigos, dar guerra en los negocios o ponerse un vestido para ser la bella del baile. Realmente me dolió cuando me dijo "en otra vida" cuando le pedí que se casara conmigo. ¡Todavía me duele! Nunca entenderé lo que eso significaba, pero sabía que ella todavía se preocupaba por mí.

El único inconveniente, el único, era su lado secreto: las llamadas telefónicas a mitad de la noche, los viajes fuera de la ciudad que duraban semanas, pero a los que nunca iba a ningún lugar destacado. Originalmente lo atribuí a responsabilidades familiares de las que ella se avergonzaba o que no quería que yo supiera.

Entonces, un día, cuando fui a buscar algo que ella necesitaba, vi un teléfono satelital encriptado en el cajón de su oficina con un libro de códigos. Era material militar porque había usado el mismo modelo cuando trabajaba para una empresa de transporte marítimo militar en el Golfo Pérsico.

Llevaba unos cuarenta y cinco minutos yendo y viniendo cuando el Cheyenne de Jeff giró por la carretera de la Marina. Esperé hasta que entraron en el estacionamiento antes de encontrarlos al final del muelle. China me sonrió alegremente desde detrás del parabrisas cuando me vio por primera vez. Ella salió volando del vehículo como un ciclón y corrió hacia mí. Ella abrió los brazos, saltó hacia mí y se aferró con sus piernas y brazos.

"Tomás", chilló de alegría mientras la abrazaba con fuerza y besaba mi mejilla. Podía oler su cabello y ella tenía el mismo perfume inconfundible, Happy Heart, y el mío ciertamente lo era. No podría olvidar ese olor… nunca.

"China", sonreí tontamente, "es tan bueno verte".

"Y tú también", respondió ella, seguida de más besos.

Jeff se quedó allí en silencio y nos dejó apreciar el momento.

Finalmente me soltó y dejó caer los pies al suelo. Esa sonrisa fue suficiente para reducirme a un desastre por sí sola.

"Entonces, veamos ese barco tuyo", dijo con entusiasmo.

"Vamos a hacerlo. ¿Tienes alguna bolsa?" Pregunté.

"Jeff ha dicho amablemente que los llevará a la casa. Podemos subir allí después de cenar", detalló.

"Suena como un plan. Jeff, estaremos allí alrededor de las 10 pm", propuse mientras miraba mi reloj.

"Está bien, nos vemos entonces", respondió sin romper su sonrisa.

Volvió a subir al Cheyenne y se fue. China me agarró del brazo con fuerza mientras caminábamos al mismo tiempo por el muelle hasta San Blas. Faltaban unas dos horas para el atardecer y el sol todavía estaba muy por encima del horizonte.

"Oh, vaya, Tomás, es hermosa", exclamó China cuando vio por primera vez a mi otro bebé. "Las fotos no le hacen justicia".

"Me alegro de que te guste. Todavía es un trabajo en progreso, pero lo lograremos", le dije.

La ayudé a subir a la cubierta trasera y ella instantáneamente inhaló el olor de la sopa que flotaba a través de la puerta.

"¿Y qué es eso que huelo?" preguntó mientras gravitaba hacia el aroma.

"¿Necesitas preguntar?" Le guiñé un ojo. "¡Es Sopa de Marisco!"

Cruzó la puerta, se acercó y levantó la tapa para exclamar: "Oh, vaya. ¡Eso huele delicioso!

"Debería serlo, es tu receta", admití sinceramente.

Miró alrededor de la cabaña, deteniéndose para mirar todo lentamente.

"¿Puedo?" Señaló hacia mi cabina y preguntó.

"Por supuesto, siéntete libre", sonreí.

"Es más espacioso de lo que parece desde fuera", dijo impresionada. "Ella es absolutamente hermosa y te la mereces plenamente".

Los ojos de China brillaron mientras paseaba alrededor del barco.

"¿Te apetece un viaje rápido?" Pregunté de improviso.

"Oh, claro que sí", fue la respuesta entusiasta.

Regresamos a la Sala y ella notó que la botella de vino descansaba cuidadosamente en una cubeta con hielo. China se lo acercó a la cara y miró la etiqueta. Actué como si no me hubiera dado cuenta y me decepcioné un poco cuando ella no mostró ninguna reacción. China conocía su vino y no pude evitarlo.

"No todos los días puedo sacar una botella de vino que cueste más de mil dólares. La verdad es que es la primera y sospecho que la última", bromeé. "¿Puedo traerte una bebida?"

"Vaya botella", sonrió, "solo agua por ahora. Me voy a guardar para una botella de vino de mil dólares. Debes estar bien para beber vino tan caro".

"Cartas sobre la mesa", agregué sacudiendo la cabeza, "eso en realidad fue un regalo de un asociado al que ayudé. Realmente lo he estado guardando para una ocasión especial". China se acercó y me dio un beso en la mejilla.

"Creo que esto califica", susurró.

Le entregué la botella de agua y revisé la sopa. Ya estaba listo y lo dejé a un lado para más tarde.

"Puede que sea un poco ruidosa, pero será más silenciosa una vez que cierre la puerta", le dije mientras agarraba las llaves de mi bote. Caminé hacia los controles y la encendí. Los motores cobraron vida con un rugido, la miré y levanté las cejas un par de veces con una sonrisa.

"A veces eres un tipo así", se rió entre dientes.

"Toma asiento. Quitaré las líneas", le dije.

Lo más extraño pasó cuando fui a quitar las líneas. Estaba con China, pero Diana apareció en mi cabeza. Le dolió que yo estuviera enojado con ella, pero pensé que teníamos una oportunidad real de estar juntos hasta que descubrí que ella era del FBI. ¿Podría haberme arrestado a mí también si las cosas no hubieran salido como lo hicieron? Volví a mirar a China, que estaba sentada en el sofá esperándome.

———

Eran difíciles de comparar. Diana era más del tipo Tom-Boy, mientras que China era más del tipo de baile de salón. Su idea de pasarlo mal era un mal servicio en el Hilton. Me negué a dejar que eso arruinara el momento y descarté los pensamientos de Diana. Tiré las líneas al muelle y volví al interior.

El ruido del motor se redujo drásticamente cuando cerré la puerta. China se levantó y se acercó para sentarse a mi lado en la consola. Puse los motores en marcha y ella se acercó más a mí mientras nos alejábamos lentamente.

"Significa muchísimo estar aquí contigo otra vez", me dijo mientras movía una mano hacia mi pierna.

"Lo mismo para mí, cariño", dije suavemente mientras miraba.

A los pocos minutos estábamos vagando por los embarcaderos. Noté que se había levantado un poco de viento del suroeste una vez que salimos de la Marina. Quería evitar el agua picada.

"Puede que haya un poco de baches por un minuto, pero rodearemos el extremo este de la isla y allí estará tranquilo como el cristal", le expliqué.

"Sí, sí, Capitán", bromeó con una sonrisa.

Giré fuera del embarcadero y las olas eran bastante pequeñas, de menos de dos pies de altura. Nos guié hacia el este y le dije que estaríamos en el lado este de la isla en cinco minutos. Por más que intenté resistirme, no pude evitar presumir un poco. Le guiñé un ojo y aceleré hacia adelante. El barco hizo un ruido sordo y ambos nos echamos hacia atrás en nuestros asientos.

"Woohoo", animó. "¿A qué velocidad vamos?"

Revisé el GPS y marcaba 46 nudos.

"Casi cincuenta, pero mira esto..."

Empujé la palanca más hacia adelante y ella aumentó el ritmo. La proa rebotó lentamente hacia arriba y hacia abajo a lo largo de las olas, creando una gran estela detrás. La Sala estaba situada en el centro de popa, por lo que el movimiento era menos pronunciado. Ambos sonreímos y disfrutamos de la carrera.

Mirando por la ventana, vi pasar los condominios. Le señalé la playa donde todos se estaban divirtiendo. No sé qué fue más estimulante; ¿La alegría de viajar o hacerlo con China a mi lado?

Unos minutos más tarde, giré hacia la sección este de la isla y aflojé el acelerador, pero todavía avanzábamos bien. Una vez que completé el giro, el agua rápidamente se volvió tranquila y reflectante, siendo la única interrupción el San Blas.

"Es tan hermoso aquí", dijo asombrada.

"Seguro que es algo", respondí mientras dejaba los motores al ralentí. "Aquí, necesito que te hagas cargo por un momento para asegurarme de que pasemos las cabezas de coral".

En verdad, no lo hice, solo quería darle emoción. La puse en mi lugar y puse sus manos en el volante. Luego caminé hacia la proa y encontré la ruptura en el arrecife que estaba buscando.

"De esa manera, sólo un pequeño empujón al acelerador. En el fondo, estaba casi seguro de que ella sabía conducir un barco. China nos condujo muy bien y no pude evitar sonreír cuando miré hacia atrás. Una vez que terminamos, regresé a la consola.

"¿Quieres quedarte con el volante?" Yo pregunté.

"Buen intento, pero estoy aquí de vacaciones. Este es su barco, Capitán", se rió.

Tomé el control nuevamente y miré con una sonrisa amorosa. Para mí, esto era el paraíso.

"Mire por dónde va, señor", ordenó burlonamente.

Llevé el bote hasta cerca de la playa y terminamos en el mismo lugar donde había pasado la noche en el catamarán de Tracy unas noches antes. Nos acerqué hasta unos cincuenta metros de la playa y tiré el ancla desde el compartimento de popa. Avanzamos lentamente hasta que estuvimos a unos treinta metros de la playa antes de que dejara caer el principal. Tan pronto como se atrincheraron, apagué los motores.

"Sírvenos a ambos una copa de vino, mientras preparo las cosas aquí", sugerí.

Regresé y tomé un par de sillas de jardín del compartimiento y las coloqué con la bandeja de la Sala, arreglando todo como si fuera una mesa romántica para dos en la cubierta de popa. Incluso llegué a tocar algo de música, aunque más que música clásica de fondo, opté por un poco de reggae.

Cuando China pasó y me entregó un vaso, acababa de terminar.

"Por el día en que todo salió bien y por finalmente reunirme contigo", brindé.

"Por tu sueño hecho realidad y por tu fabuloso barco", añadió mientras brindábamos los vasos.

Le acerqué una silla y luego volví a darle los últimos toques a la sopa. Terminamos con el sol poniente detrás, gracias a la dirección de la corriente, y permaneció allí como el telón de fondo perfecto para un teatro. Nos sentamos y miramos el agua y disfrutamos del momento de calma mientras la música proporcionaba una banda sonora relajada.

"Es fácil ver por qué te enamoras de este estilo de vida", admitió.

"Los días que hacen que valga la pena superan con creces a los días que no".

Mientras hablábamos de los buenos momentos que compartimos, de repente noté que una lágrima corría por su mejilla.

"China, ¿qué pasa?" Pregunté preocupado mientras comenzaban a aparecer más.

Me levanté de mi silla y me incliné hacia adelante para poder darle un abrazo. Finalmente apartó su ojo lloroso de mi hombro.

"Todo simplemente sacó a relucir el pasado y otros recuerdos. Sabes, cuando me pediste que me fuera contigo, sabías que quería hacerlo, ¿no? Más que nada en el mundo, pero no pude. Hay cosas de mi vida que simplemente no puedo decir. Siempre lo supiste".

"Oh, China, lo sé. Realmente lo hago. Estaba claro que eras parte de algo de lo que no podías hablar. Siempre te he respetado por eso y esperaba que tal vez algún día pudieras contarme, al menos algunas partes. Sin embargo, si tienes que matarme después de hacerlo, ¡pasaré si es lo mismo!

Esa última pequeña broma pareció levantarle el ánimo y se relajó un poco.

"Confío en ti para hacer una broma", sonrió y se secó las lágrimas. "Lo siento, no quise arruinar el ambiente".

"No arruinaste nada. Significa mucho para mí que me digas eso. La comida está casi lista, ¿tienes hambre?" Pregunté mientras besaba su frente.

Ella asintió, así que volví a entrar donde la sopa estaba hirviendo a fuego lento. Preparé un par de tazones para nosotros, con un poco de maíz y tortillas a un lado, y los coloqué sobre la mesa.

"Vaya, eso se ve de lujo", ronroneó China.

Me senté y nos acostamos. Durante la comida, charlamos sobre los últimos tiempos. Le conté de mi viaje a Estados Unidos para comprar el barco y las modificaciones que había hecho. A su vez, explicó cómo su familia había comprado recientemente un terreno en las montañas de Olancho. Llevaba años enviando dinero a su familia y ellos lo utilizaron para comprar el terreno. Parecía muy feliz mientras exaltaba cómo el sueño familiar se había hecho realidad.

El cielo sobre nosotros lentamente se volvió azul oscuro y negro mientras nos sentábamos allí y hablábamos. Una vez que terminamos, deslizó su silla hacia mí y nos sentamos allí con los pies apoyados en el espejo de popa. Me quedé sin palabras por lo mucho que disfruté estar en su compañía nuevamente y escuchar esa hermosa voz. Después de lo que había experimentado los últimos días, fue maravilloso reducir el ritmo y relajarme. Para hacer una pausa y apreciar el momento.

Estuvimos así hasta que se acabó el vino. China se puso de pie y me agarró la mano.

"¿Entramos?" ella sugirió.

"¿Por qué no?" Sonreí antes de beber el resto de mi vaso.

Me llevó a mi cabaña y se dejó caer lentamente sobre la cama. Me quité la camisa y los pantalones cuando mi teléfono celular sonó a un lado.

Tienes que estar bromeando.

Dejé escapar un "mierda" audible ante el cual China giró la cabeza hacia atrás y se rió.

"¡Apuesto a que es Ramón, problema de mujeres otra vez!" ella se rió.

"Si es así, lo cortaré para que ya no sea un problema", murmuré, y eso sólo la hizo reír más fuerte.

Lo recogí y la identificación mostró que era Jeff.

"Será mejor que respondas", dijo con seriedad.

"Pasé el dedo para responder y lo saludé con: "Jeff, amigo mío, tu momento... será mejor que esto sea jodidamente importante".

Mi irritación ligeramente fingida fue recibida con carcajadas tanto de China como de Jeff al otro lado del teléfono.

"Lo siento, hermano, ¿mal momento? ¿Solo llamaba para ver a qué hora quieres que los recoja a los dos?

Me sentí un poco travieso así que respondí: "No es necesario". Esta noche nos quedaremos en el barco lejos de la Marina.

China se sentó de un salto y declaró con una sonrisa: "No, Tomas, iremos a casa de Jeff como se esperaba. ¡Ahora sé un buen chico! Dile que nos recoja en un par de horas. Eso debería darme tiempo para ponerte presentable".

"Ya escuchaste al jefe", presenté.

"Presentable, eh, Gringo", insinuó Jeff. "Nos vemos en un…"

Colgué, presioné y tiré el teléfono a un lado.

"¿Acabas de apagar tu teléfono?", Se rió.

"¡Sí!"

China se puso de pie de un salto, sus labios chocaron con los míos antes de alejarse con una sonrisa. "Volvamos a lo nuestro, ¿te parece?"

Las manos de China descendieron, sus dedos rozaron justo por encima de la cintura de mis pantalones. Fue un toque deliberado, provocativo, y me provocó ondas que querían más. Su sonrisa se hizo más amplia y se encontró con mi mirada, donde sus ojos oscuros ardían con desafío.

"Todavía estás demasiado vestido", dijo en voz baja, su voz llena de juguetón reproche.

No pude evitar reírme, el sonido fue bajo y áspero en mi garganta. "Pareces muy decidida esta noche".

"Alguien tiene que hacerlo", bromeó, enganchando sus dedos en mi cintura y tirando lo suficiente para acelerar mi pulso.

La suave luz de la cabina, con el vapor arremolinándose en el aire, arrojaba una penumbra tan brumosa sobre todo que parecía como si hubiéramos entrado en otro mundo, uno en el que sólo estábamos ella y yo. Cerrando la distancia entre nosotros, mis manos a ambos lados de sus caderas mientras me inclinaba hacia ella, mis labios rozando su cuello, su respiración se entrecortaba.

"China", dije, mi voz tenía la misma medida de advertencia y rendición.

"¿Eh?" Su voz era alegre, su cuerpo arqueándose más cerca como si no pudiera soportar ni un centímetro de espacio entre nosotros.

"Eres un problema", susurré, mis labios rozando el caparazón de su oreja.

Ella se rió, el sonido fue bajo y perverso. "Te gustan los problemas".

Antes de que pudiera responder, ella se echó hacia atrás un poco, sus manos trabajaron con hábil precisión en el botón de mis pantalones; la tela se deslizó, uniéndose a la creciente pila de ropa desechada en el suelo.

Su cuerpo frío chocó con el mío; Las curvas se moldearon perfectamente a las mías cuando el frescor besó mi piel por primera vez. Sus labios encontraron los míos nuevamente, pero esta vez no había ternura en su beso. Estaba hirviendo, devorando, sin dejar espacio para mi vacilación. Mis manos se deslizaron hasta sus muslos para levantarla fácilmente mientras ella envolvía sus piernas alrededor de mi cintura.

Ella encajaba contra mí, como si estuviera hecha para estar allí. Y algo en eso envió una oleada de calor a través de mí. Rápidamente nos dejé a ambos sobre la cama. Su risa, suave y sin aliento, llenó la cabina mientras se inclinaba ligeramente hacia atrás, con las manos apoyadas en mis hombros.

"¿Qué?" Repetí, con la voz ronca mientras buscaba la fuente de diversión en su rostro.

"Tú", dijo, sus dedos trazando patrones por mi pecho. "Parece que estás trabajando muy duro para mantener todo controlado".

"Tal vez lo soy", admití, mis manos apretando sus caderas. "No lo estás poniendo exactamente fácil".

Su sonrisa era pura maldad cuando se inclinó y sus labios rozaron los míos. "Bien."

Sus uñas se arrastraron ligeramente por mis hombros mientras se movía contra mí. Cada movimiento, cada toque era de naturaleza deliberada, diseñado para relajarme, y ella lo logró demasiado bien. El control en mi agarre se deslizó aún más cuando sus labios se deslizaron por los lados de mi mandíbula; rozando la piel muy sensible justo debajo de mi cuello con los bordes de sus dientes.

"China", gemí, tanto en advertencia como en nota de súplica, todo en una sola voz.

"¿Sí?" susurró, su voz provocativa mientras sus labios continuaban su exploración. No pude soportar más. La pequeña apariencia de control a la que me había estado aferrando se hizo añicos cuando la inmovilicé contra la cama. Su risa se convirtió en un jadeo cuando mis labios se estrellaron, reclamando los suyos en un beso que no dejó dudas sobre lo que ambos queríamos.

Sus dedos se enredaron en mi cabello, tirando lo suficientemente fuerte como para hacerme gruñir contra su boca. Ella se apartó un poco, sus ojos se encontraron con los míos y la intensidad allí me robó el aliento que me quedaba.

"¿Todavía crees que soy un problema?" preguntó, su voz apenas era más que un susurro.

"El mejor tipo", susurré.

27 CAPITULO VEINTISIETE

Un par de horas más tarde, llegamos a la Marina donde estaba estacionada la camioneta de Jeff al final del muelle. Una vez que el barco estuvo seguro, abordó y ambos entramos en la cabina.

"¿Dónde está China?" preguntó Jeff mientras miraba a su alrededor.

"Ella se está preparando, ya casi debería haber terminado", respondí mientras él tomaba asiento en el sofá y yo agarraba la silla de la computadora frente a él. Él simplemente sonrió mientras me miraba.

"Entonces", chasqueó la lengua, "¿ustedes dos continuaron donde lo dejaron?"

Eso lo explica a la ligera. La hice venir más de una vez. Con los rasguños en la espalda para demostrarlo.

"Ha sido agradable volver a verla y ha pasado mucho tiempo. No voy a decir nada más", respondí con una mirada de conocimiento de lo que estaba cavando.

"Los alojaré a los dos en mi casa esta noche. Después de que cierres, voy a necesitar las llaves de tu barco, Gringo", anunció.

"¿Que qué? Errr, no", sonreí y sacudí la cabeza. "Mi barco no irá a ninguna parte sin mí".

Jeff se rió a carcajadas. "Oh, créeme, amigo mío. Simplemente voy a pedirle a José que le llene gasolina como muestra de mi agradecimiento por todo lo que has hecho."

"Está bien", cedí con vacilación, "pero en realidad no es necesario. Sólo prométeme que no dejarás que le pase nada a mi bebé".

"No te preocupes. Los esperaré a los dos en la camioneta", agregó mientras se levantaba y salía de la cabina.

Bajé a mi habitación y encontré a China terminando mientras se colocaba el arete en la oreja.

"Jeff está aquí", le dije, "¿Vamos, señora?"

"Vamos, señor", respondió ella, siguiendo el juego.

Nos subimos a la camioneta de Jeff y veinte minutos después, atravesamos lentamente las puertas de su casa. Estaba con China en el asiento trasero y casi se quedó boquiabierta cuando vio su casa.

"Jesús, Jeff, ¡¿este es todo tu lugar?!" preguntó en estado de shock.

"Es simplemente mi humilde morada", bromeó.

"Humilde, más como la maldita Casa Blanca", salté, sin perder nunca la oportunidad de hacer una broma rápida, y ambos nos reímos.

"Está bien, tal vez un poco más que humilde", se rió.

Estacionó justo enfrente y nos condujo a través de las dos enormes puertas dobles talladas a mano. China miró al marlín gigante grabado en la madera.

"Eso es magnífico", le dijo.

"Sí, siempre me ha gustado esa parte también", agregué.

Jeff no pronunció una palabra mientras atravesábamos el vestíbulo gigante y entramos en la sala de estar hundida. Ella continuó maravillándose de su lugar y me di cuenta de que Jeff estaba disfrutando de la atención, y eso me puso momentáneamente celosa. Continuamos hacia la terraza de la piscina y se veía aún más hermosa que la última vez que había organizado una fiesta la otra noche.

Nos llevó al bar de la piscina y preguntó: "¿Alguno de los dos quiere un trago?".

China y yo nos miramos a cada uno al unísono, "Sí, por favor".

Señaló el dispensador de margaritas.

"¿Una margarita para la dama y para el caballero…?" continuó.

Le di una mirada de complicidad y él me devolvió la sonrisa tan pronto como lo reconoció.

"Un Johnnie Walker, Black, en camino."

Tomamos nuestras bebidas y China se alejó unos pasos de nosotros mientras miraba alrededor de la finca.

"¿Dónde está María?" ella cuestionó.

"Ella ha regresado a su casa con algunos miembros de mi equipo de seguridad. Ella todavía está bastante asustada por el secuestro", respondió mientras continuaba con lo que estaba haciendo.

"¿Pensé que ibas a hacer que se quedara aquí por un tiempo?" Pregunté, un poco preocupado de que ella dejara la seguridad de su hermano.

"Lo intenté, pero ella necesitaba su propio entorno para ayudarla a tranquilizarse. No estaba interesado, pero incluso Diana estuvo de acuerdo en que podría ayudar una vez que terminara de interrogarla".

China le dio una palmada juguetona en el brazo.

"Me imagino que lo es", añadió. "Está bien que ustedes estén en el meollo de esto, pero dudo que ella alguna vez haya esperado ser secuestrada por miembros del cartel".

"Solo estoy bromeando", confesó Jeff. "Quería ver si pensabas que era una buena idea. Ella regresando a su casa y todo. No lo hice cuando ella me lo pidió, así que le supliqué que se quedara aquí. Ella está arriba. Le pidió a China que fuera a verla cuando llegara. Creo que quiere agradecerte".

Sentí un momento de incomodidad cuando me di cuenta de que había estado con María apenas un par de noches antes.

"Por supuesto que puedo. Subiré ahora", asintió.

"Dile que también le enviaré una bebida", preguntó Jeff.

Ambos vimos a China atravesar la casa y desaparecer por la puerta hacia las escaleras. Jeff se agachó detrás de la barra y sacó un par de puros cubanos con una sonrisa en el rostro.

"Un regalo de celebración, amigo mío. Vamos a quemar uno".

Tomé uno de su mano, tomé mi bebida y lo seguí. Nos acercamos a algunas mesas y nos sentamos en una junto a las barandillas que daban al jardín. Estaba iluminado con focos y cuando mirabas hacia arriba, podías ver una media luna sobre nosotros. Proporcionó suficiente luz para poder ver el acantilado y el Golfo. Todas las palmeras tenían luces de diferentes colores que proporcionaban una variedad de colores en el terreno. También pude ver el borde del camino que María y yo tomamos la noche de la fiesta.

Jeff me entregó un encendedor, encendí mi cigarro y me recosté. Di una profunda bocanada y sentí que el humo cálido llenaba mi boca antes de exhalar. El sabor mezclado del cigarro y el de

Johnnie Walker era delicioso. Los dos nos sentamos y disfrutamos del momento, ambos mirando los jardines y el Golfo.

Luego se volvió hacia mí y me preguntó: "Nunca tuvimos la oportunidad de hablar de eso. ¿Qué pasó con el trabajo?"

Inhalé profundamente mi cigarro y respondí: "Hermano, fue una trampa desde el principio y después, pero estábamos preparados. No puedo negar que tenía mis dudas, así que hice que China investigara a ese idiota de Don Miguel. No me preguntes cómo, pero ella sabía que él estaba planeando estafarnos y matarnos... así que asumimos la culpa". Di otra calada a mi cigarro y continué: "Lo sabíamos, así que Ramón y yo hicimos nuestro propio plan. #

"Lo siento, hombre, realmente pensé que estaba en el nivel esta vez después del último acuerdo fallido".

"Puedo darte todos los detalles, pero tomará un tiempo", terminé con un guiño.

"¿Y el dinero?" replicó sarcásticamente.

"Ya les di a los muchachos su parte antes de la competencia, y el resto se lo llevaron esos bastardos de la Armada Mexicana o los matones de la barcaza. No puedo estar seguro".

Su sonrisa se hizo más grande cuando volvió a preguntar: "¿Me estás diciendo que perdiste el dinero?"

Con la dosis justa de sarcasmo, respondí: "Quiero decir, hubo tantos disparos y confusión, quién sabe qué pasó".

Di una calada a mi cigarro y me recosté. Sonrió y sacudió la cabeza. Sabía que estaba mintiendo, pero también sabe que él habría hecho lo mismo si hubiera estado en mi lugar.

"Entendido, Gringo, entendido".

Empezamos a charlar sobre los viejos tiempos y pensé en Tío. Era hora de tener una conversación seria por un momento.

"Jeff, ¿sabías que Tío tenía cáncer?" Yo pregunté.

Su sonrisa se evaporó al instante. "Sí, me dijo. Ambos teníamos la esperanza de que tuviera más tiempo. Te lo habría dicho, pero él me juró guardar el secreto y que les avisaría a todos cuando estuviera listo."

Mis ojos se llenaron de lágrimas y un desagradable nudo apareció en mi garganta.

"¿Sabes que se ha ido?" Lo comprobé.

"Sí, salió a salvarles el trasero a todos, tal como lo escuché de Cantrelle".

Ambos luchamos por contener las lágrimas.

"Lo hizo, hombre, realmente lo hizo", agregué.

"No te preocupes", dijo mientras ponía una mano en mi hombro. "Nos ocuparemos de su familia".

Me sequé las lágrimas de los ojos y levanté mi copa.

"¡Para Tío!"

"Para Tío", repitió mientras nuestras copas sonaban.

Continuamos poniéndonos al día durante un par de horas más; en un momento pasamos de la mesa a las sillas reclinables cerca de la piscina. La brillante luz azul del agua creaba un ambiente agradable. China todavía estaba adentro con María y una parte de mí se preguntaba de qué podrían estar hablando las dos durante tanto tiempo. Esperaba que mi nombre estuviera fuera de la conversación.

Habíamos tomado varias copas y sentí que podía desmayarme en cualquier momento por el cansancio. Miré mi reloj y ya eran las 2 de la madrugada. Me puse de pie y le di una patada a la silla de Jeff, ya que él también se había quedado dormido.

"¿Cuál es la habitación mía, hermano?", le pregunté.

Se puso de pie y se tambaleó ligeramente por todo el alcohol.

"Sólo sígueme", me dijo con un leve insulto y comenzó a tropezar hacia la sala de estar.

Mientras lo seguía, mis botas se sentían como si estuvieran llenas de plomo. Me dolían todos los músculos y los arañazos en el brazo causados por las conchas debajo del puente hacían que pareciera que había perdido una pelea con un tigre. Pasamos por el salón hundido hasta una gran escalera en el otro extremo.

"Sube las escaleras, segunda puerta a la izquierda", me guió.

Me levantó el pulgar y luego pasó las escaleras hacia otro pasillo más adelante.

"Entendido, hermano, nos vemos en la mañana", agregué mientras subía.

No dijo nada mientras levantaba la mano en señal de reconocimiento y se alejaba tambaleándose de mí. Las escaleras parecían requerir un esfuerzo hercúleo para subirlas. Como un hombre desesperado por el premio, necesitaba una cama. Tan pronto como encontré mi habitación, me dejé caer en la cama y me dormí casi de inmediato.

A la mañana siguiente, me desperté con la cabeza palpitante y el sol demasiado brillante mientras se asomaba a través de las cortinas de la habitación. Sin embargo, cuando me di la vuelta encontré a China profundamente dormida a mi lado. No estaba seguro de si compartiríamos la misma habitación o no, y me di cuenta de que ella debía haberse unido a mí mucho después de que me acostara.

Eran sólo las siete y media y pensé en despertarla, pero obviamente llegó tarde, así que la dejé dormir. Me levanté de la cama y en silencio me dirigí al baño para darme una ducha.

Como el resto de la casa, la ducha era enorme y lo suficientemente grande como para albergar una cama tamaño queen. Tenía baldosas de cerámica negra con un diseño dorado incrustado en cada pieza. Sospeché que probablemente no era real, pero con Jeff nunca se sabía con certeza.

El agua llovió sobre mi maltrecho cuerpo y pensé en que estaba listo para volver a mi vida tranquila una vez más; Podría simplemente seguir mi ritmo y alejarme. De vez en cuando me sentía solo allí, pero no a menudo porque realmente disfrutaba estar solo con mis propios pensamientos.

Estar solo en el mar era un gran momento para sentarse en silencio a contemplar, reflexionar sobre las cosas importantes de la vida. A veces pensaba que mis viajes eran expediciones de introspección, en las que sólo yo sabía qué revelaciones se revelaban y qué se encontraba. Era un estilo de vida que no convenía a todos, pero a mí me convenía perfectamente.

Cuando terminé de ducharme, de repente me di cuenta de que había dejado mi bolso con nuestra muda de ropa en la camioneta de Jeff.

Mierda. Voy a tener que ir a buscarlo.

Normalmente no era el tipo de persona que caminaba medio desnudo por la casa de otra persona, pero en este momento realmente no tenía otra opción. Me envolví una toalla alrededor de la cintura y salí a escondidas de la habitación y bajé las escaleras hasta la puerta principal. El brillo del sol me hizo entrecerrar los ojos tan pronto como salí.

"Joder, ¿por qué esta tan brillante?" Después de un momento, mis ojos se acostumbraron y me dirigí hacia el vehículo.

"Buenos días, Señor Tomás".

Ajusté mi mano para ver a uno de los guardias de seguridad de Jeff parado a mi lado. Por supuesto que alguien estaría aquí para verme así. Le devolví el saludo y tímidamente le pregunté si podía agarrar mi bolso del asiento trasero.

"Por supuesto, Señor Tomás. Espere ahí mismo".

Recuperó mi bolso y se dirigió hacia mí con una sonrisa. "¿Necesitas algo más?"

"No, eso es todo. Gracias." Me di vuelta, regresé al interior y estaba cerrando la puerta cuando mi nombre me sobresaltó por detrás.

"Señor Tomás".

Giré la cabeza para ver a una mujer mayor con uniforme de sirvienta. Tenía una mano en el pomo de la puerta y otra en el bolso, pero ninguna en la toalla. Sin previo aviso, la parte superior se desabrochó y la toalla cayó al suelo. Algunos podrían haberse atrevido a hacerlo, pero yo estaba demasiado cansado para eso. No estoy seguro de cuál de nosotros tenía los ojos más grandes. Rápidamente cubrí mi pudor con el bolso. Avergonzado de que esta viejecita acaba de tener una vista matutina que estoy seguro no se lo esperaba.

"¿Quieres un poco de café?" preguntó y trató con todas sus fuerzas de no sonreír.

"Errm, sí...", tartamudeé mientras me agachaba para agarrar la toalla. "Eso sería genial."

También tuve que reprimir una risa nerviosa mientras buscaba a tientas la toalla y rápidamente la volvía a colocar en su lugar.

"Muy bien", respondió ella.

Luego la criada se alejó y la escuché reír mientras regresaba a la cocina. Subí las escaleras rápidamente y regresé a la habitación. La diversión y la vergüenza me llenaron por lo que había sucedido mientras me reía entre dientes y rebuscaba en mi bolso para encontrar mi cepillo de dientes.

"¿De qué se ríe, señor?" Una dulce voz llamó detrás de mí.

Era China. Ella también me hizo saltar y cuando retrocedí en estado de shock, choqué con el toallero y lo tiré.

"Joder", murmuré. "¿Qué diablos me pasa hoy?"

"¿Estás bien?" Ella se rió, sacudiendo la cabeza.

"Sí, la gente sigue saliendo de todas partes de esta casa".

Ella me miró confundida y le conté lo de los últimos minutos. Ella guardó silencio por un momento, antes de estallar en carcajadas. "¿Hablas en serio?"

"En mi defensa, no estoy acostumbrado a ver un montón de gente por la mañana".

Una vez que se recuperó, se inclinó y me dio un beso en la mejilla.

"¿Irías a pedirle un café a tu novia?" —bromeó sin piedad.

"Aprecio la comprensión", respondí con fingida irritación.

Bajé las escaleras hasta la cocina una vez que me vestí. La criada con la que me había topado anteriormente estaba frente a la estufa hablando con una mujer más joven. Los saludé a ambos cuando entré a la habitación.

"Buenos días", respondieron, la miembro más joven del personal sonrió levemente mientras me miraba.

Me sentí un poco avergonzado por mi escapada desnudo, así que me presenté; había olvidado por completo que anteriormente la señora mayor se había dirigido a mí por mi nombre. La señora mayor se presentó como Rosa y la más joven como su hija Andrea.

"Encantado de conocerlo."

"Me alegro de verte también", respondió Rosa con un guiño.

Su hija intentó con todas sus fuerzas reprimir la risa, pero pronto salió corriendo de la habitación con la mano en la cara. Obviamente su madre le había contado lo sucedido. Y lo único que pude hacer fue sonreír serenamente mientras pedía dos tazas de café.

¿Ya terminó el día?

Con los cafés en la mano regresé a mi habitación y a China. El sonido de la ducha resonó por la habitación, en lugar de molestarla, me tumbé en la cama y agarré el control remoto del televisor. Pensé en aprovechar la oportunidad para ponerme al día con las noticias. Jugueteaba con la idea de conseguir televisión satelital para el barco, pero apenas la usaba y, además, tenía una gran cantidad de películas y un reproductor de DVD.

Lo primero que apareció en las noticias fue un tiroteo en una escuela. No es el tipo de cosas con las que quisieras comenzar el día, así que apagué el televisor y puse el control remoto a un lado.

"Y por eso no tuve televisión por satélite: es demasiado deprimente", me justifiqué.

Me acerqué a las cortinas y tiré del cordón para abrirlas. Revelaron una gran puerta de vidrio y un patio privado al aire libre con vistas al jardín delantero. No era tan impresionante como la parte trasera, pero aun así era una vista gloriosa. Había varios grandes jardines de rosas rodeados por un césped perfectamente cortado.

"Muy bien, Jeff", dije en voz alta mientras la abría y salía al sol de la mañana una vez más. "Muy agradable en verdad."

Me senté en la pequeña mesa y tomé un sorbo de mi café mientras contemplaba el terreno. Preguntándome cómo sería una vida así si hubiera elegido una vida como la de Jeff. Si me hubiera metido más en lo que él tenía. ¿Estaría en la cárcel? O mejor aún, ¿estaría siquiera vivo? China apareció por la puerta unos minutos más tarde vestida con una bata blanca y esponjosa.

"Oh, ese café huele bien", sonrió.

"El tuyo está justo dentro".

Ella desapareció, volvió con la segunda taza y tomó asiento frente a mí. Miré y solo verla allí me dejó sin aliento. Su cabello todavía estaba húmedo y sus ojos castaños brillaban bajo el sol de la mañana. Era una mujer que no necesitaba maquillaje para lucir increíble.

Charlamos y nos pusimos al día un rato mientras tomábamos nuestro café. El sol pronto brilló directamente sobre nuestros ojos desde adelante, por lo que China sugirió que entráramos. También mencionó que María regresaba a su casa esta mañana y se había ofrecido a prepararnos el desayuno.

“Dame dos minutos y podemos ir allí”, dijo mientras sacaba su ropa de la bolsa y se dirigía al baño. Esperé un minuto y la seguí. Ella me vio tan pronto como entré por la puerta. Una sonrisa se amplió en su rostro mientras levantaba una ceja.

"Eres todo un hombre", se rió mientras dejaba caer su bata al suelo.

28 CAPITULO VEINTIOCHO

Los dos cruzamos el césped principal, salimos por la parte trasera y bajamos por el sendero que conducía hacia donde se alojaba María. Me sentí bastante incómodo y me encontré en una situación que nunca había esperado. Tuve una relación con ambas y, de alguna manera, la reavivé con ambas. Algunos dirían que era una situación de amigos con beneficios, pero no hacía menos tenso estar con ambas en la misma habitación.

No era como si no supieran la una de la otra. Fue una de esas situaciones en las que se saben las cosas, pero nunca se hacen preguntas. María y yo éramos un tema que era el mismo para China y para mí que las "otras" partes de su vida. Al final del día, todos sabían que China era a quien nunca podría dejar ir.

Llegamos al porche, vi a María en la cocina a través de la puerta corrediza de vidrio y saludé con la mano. Al mirarla, nunca sabrías por lo que había pasado recientemente.

"Buenos días", nos saludó.

María dejó lo que estaba haciendo y se acercó a darme un abrazo.

"¿Dormiste algo?" Lo comprobé.

"Lo hice. Me ayudó pasar la noche en casa de Jeffryn, pero finalmente necesitaba mi propio espacio. No los verás, pero tiene algunos hombres de seguridad escondidos por aquí en alguna parte. También tengo mi propio equipo de escolta. Jeffryn y Ramon están arriba, los invité esta mañana y el desayuno estará listo pronto".

Me preguntaba por qué no había visto a Jeff y ahora lo sabía. En cuanto a Ramón, nunca rechazarían un desayuno recién hecho. Miré a China y ella hizo un gesto sutil con la mano.

"Adelante, yo voy a ayudar a María", me dijo.

Ellas dos juntas, solas otra vez, no era algo que me dejara tan cómodo, pero había hecho mi cama y tenía que acostarme, metafóricamente y en cierto modo, literalmente. Asentí y subí las escaleras, pero el sonido de una risita tan pronto como me fui no hizo nada para aliviar mi malestar.

Encontré a Jeff y Ramón sentados en el balcón de arriba. Ramón parecía tener su habitual resaca con la cabeza apoyada en la silla como si estuviera mirando al cielo. Jeff estaba hablando por teléfono celular al otro lado de la mesa. Me senté junto a Ramón y le di un codazo.

"¿A qué hora llegaste y te acostaste anoche?" Bromeé.

"No lo hice", respondió con voz ronca. "La gente de Jeff me dejó quedarme en el cobertizo para botes".

"¿Por qué no volviste al barco?" Yo pregunté.

Mi alarma se elevó aún más cuando Jeff miró y sacudió la cabeza.

"Ramón", dije mientras me sentaba hacia adelante, "¿hay algún problema con el barco?"

Jeff volvió a sonreír y respondió por él. "Tranquilo, Gringo, ella está bien. Como prometí, hice que los muchachos la llevaran al muelle de combustible y la llenaran. Gracias al cobertizo para botes, nuestro querido amigo Ramón no tuvo que ser molestado".

Una sensación de alivio se apoderó de mí y pude disfrutar una vez más del estado de Ramón debido a su propio "exceso". Me serví un vaso de jugo de piña de la jarra que había sobre la mesa y tomé un sorbo, arrepintiéndome al instante. Inmediatamente sentí el cálido ardor del ron especiado mientras bajaba por mi garganta.

"Honestamente, ¿alguna vez bebieron algo sin alcohol?"

"Hago lo mejor que puedo para evitarlo si es posible", se quejó Ramón. "En esta ocasión, es más como un remedio que por disfrute".

Se revolvió incómodo en su silla y dejó escapar un profundo suspiro.

"A veces, ambos me sorprenden incluso a mí", declaré mientras apartaba el resto del vaso. "Una vez que el Capitán Happy resucite con su habitual personalidad jovial y agradable, ¿cuál es el plan para el día?" Le pregunté a Jeff.

"Pensé que podríamos terminar este delicioso y pintoresco desayuno que María está preparando y luego podemos dirigirnos al puerto".

"¿Alguien ha tenido noticias de Diana, Cantrelle o alguno de nuestros alegres amigos del FBI?" Pregunté. Tengo curiosidad por saber qué pasó con todos ellos después de nuestro encuentro.

Ramón finalmente se movió; se sentó, se bajó las gafas de sol por la nariz y miró por encima de ellas.

"Creo que te estaba buscando anoche. Se detuvo en el estacionamiento del tiki y se fue tan pronto como vio que su bote no estaba allí. Puede que me equivoque, pero creí verla llegar por segunda vez, pero se fue tan pronto como te vio llegar con China a bordo. Supongo que no era por negocios y ella se dio por vencida cuando vio que tenías compañía."

Tuve que ingeniármelas para lidiar con dos mujeres en el mismo lugar cuando era más joven y tonto, pero nunca con tres.

"¿Estás saliendo con nuestra pequeña dama del FBI?" Jeff bromeó, riéndose.

"No, aparte del hecho de que es federal, Diana es genial. Simplemente disfruté pasar el rato con ella".

Estaba a punto de decir algo más y se detuvo cuando vio a China bajar las escaleras.

"El desayuno está listo, ahora ve a lavarte… especialmente tú, Ramón. ¡No se sabe dónde han estado esas manos!

Jeff y yo nos reímos a carcajadas mientras nos levantábamos y caminábamos hacia las escaleras. Todo el mundo quería a Ramón y todos haríamos cualquier cosa en el mundo por él. Todos lo hemos rescatado en algún momento, pero él había devuelto esos favores, a menudo a lo grande, cientos de veces. Sin embargo, a menudo era el blanco de bromas simplemente debido a sus escandalosas travesuras. Finalmente se levantó y nos siguió.

Todos nos dirigimos al comedor y nos sentamos alrededor de una mesa grande. Hablamos de los viejos tiempos y compartimos muchas risas. Fue fantástico estar juntos de nuevo después de casi dos años. Había algunas caras que no estaban allí, algunas que serían profundamente extrañadas, pero fue un gran sentimiento. La mayoría de las historias eran sobre Ramón y los líos en los que se había metido, pero él lo disfrutaba tanto como cualquiera, como siempre hacía cuando era el centro de atención.

"Hey Jeff, creo que vamos a seguir adelante, recoger nuestras cosas y dirigirnos al puerto, amigo".

"Bueno. Me dirijo hacia allí ahora. María puede llevarlos cuando estén listos", confirmó. "Vamos a hacer una barbacoa en tu honor en el tiki".

"Eh, err, no fui solo yo", le dije.

"Relájate, fue una idea colectiva y algunos de nuestros otros amigos estarán allí", añadió.

"Está bien, pero no hables solo de mí", le supliqué. "Hagámoslo para llevar a María a casa sana y salva".

Todos agregaron "Amén" mientras todos nos abrigamos para un abrazo grupal.

Unos minutos más tarde, Ramón decidió que bajaría con Jeff y le haría compañía, y poco después lo seguiríamos con María.

Mientras China y yo caminábamos por su jardín y hacia el sendero, no pude evitar sentir curiosidad por saber qué había planeado a continuación. "¿Cuánto tiempo vas a quedarte en la isla?"

"Ya estás tratando de deshacerte de mí", bromeó.

"No, solo me preguntaba cuánto tiempo piensas honrarme con tu presencia", respondí con una sonrisa.

"Esa es la respuesta correcta. Tengo un vuelo mañana por la tarde".

"¿Hay alguna posibilidad de que puedas cambiar tus planes, tal vez volar fuera de Progreso al día siguiente?" Pregunté.

"Tal vez, necesitaría hacer un par de llamadas", respondió. "¿Y cómo llego a Progreso?"

"Estaba pensando que podríamos llevar mi barco. Ramón y yo necesitamos reunirnos en Frontera para ocuparnos de algunas cosas antes de regresar a Estados Unidos".

"¿Algunas cosas…?" dijo con una ceja levantada.

"No hay nada de qué preocuparte", le aseguré.

"Ten cuidado, idiota. Mis contactos me han dicho que hay mucha gente bastante enojada por todo este incidente".

"Te escucho, pero dijiste que pensaban que todavía estábamos huyendo; ¿Cuáles son las posibilidades de que nos estén buscando en Frontera?" Yo pregunté.

"¡Muy pocas, pero esto es México y don Miguel todavía tiene gente leal a él, gente que está enojada!"

"Entendido. Quizás tengamos que cambiar de planes si es así, pero, de cualquier manera, ¿me encantaría que vinieras conmigo a Progreso?"

———

"Está bien", cedió. "Déjame hacer algunas llamadas".

Cuando entramos a mi habitación, sentí que la mención de Paraíso había creado un aire ligeramente incómodo. Realmente nunca le expliqué por qué tuve que irme cuando lo hice. Claro, le pedí que estuviera conmigo y llegué incluso a proponerle matrimonio, pero hubo muchos "por qué" que nunca discutimos, en ambas partes. Ella tenía sus razones para quedarse, yo tenía las mías para irme. Sabía por qué no podía compartir los detalles, pero nunca estuve segura de por qué ella no podía compartir los suyos. Sólo pude concluir que ella tenía aspectos similares y profundamente arraigados como los míos.

Compartimos un círculo similar de amigos y me sorprendió que ninguno de los dos supiera más del otro. Ella sabía que yo tenía una estrategia de salida y que "conocía" a las personas por mi relación con ellas. Probablemente estaba involucrada con las mismas personas, pero me di cuenta de que su vida estaría en peligro si alguien supiera de nuestra relación. Cerró el círculo demasiado cerrado para el gusto de algunas personas.

Estaba seguro de que ella sabía que cuando dejé atrás esa vida, las personas para las que trabajaba perdieron una cantidad significativa de dinero. Le pagué alrededor de la mitad a las peores personas, pero no había manera de saldar mi deuda con los demás y quedarme sin nada. Nunca es bueno que los poderosos piensen que los has traicionado.

Sacó su teléfono de su bolso y me besó de camino al balcón. Acababa de terminar de recoger todas mis cosas del baño cuando ella volvió a entrar.

"Está todo bien. Pude volver a reservar mi vuelo desde Progreso".

"Perfecto", respondí mientras aplaudía. "Bien, tomé todas mis partes y terminé de poner todo en tus acumuladores de espacio infinito, me refiero a tus maletas... así que vayamos a la Marina".

Ambos dimos un último paseo por la casa para contemplar la majestuosa belleza de los terrenos de Jeff. Bromeamos, reímos y charlamos, pero ambos evitamos cualquier cosa que pudiera desanimarnos. Creo que ambos queríamos disfrutar al máximo el tiempo que teníamos.

El ambiente era tan bueno que China empezó a cantar mientras conducíamos hacia la Marina. Hacía mucho tiempo que no la oía hacer eso. Ella siempre tuvo una voz increíble y podría haber sido cantante si realmente hubiera querido esa carrera. Me llenó de éxtasis volver a verla así. Cuando vivíamos juntos, solíamos hacer viajes de un día a Villahermosa y ella cantaba casi todo el viaje.

El puerto apareció a la vista cuando subimos la colina. El estacionamiento tiki ya estaba lleno. Como siempre hacía, miré hacia el depósito de combustible para buscar el San Blas, pero había unas grandes cortinas de arenado en el camino. Eran grandes lonas sobre grandes estructuras de tubos portátiles que se utilizaban para mantener la arena contenida dentro de un área durante el arenado. Supuse que estaban allí para ser recogidos porque nadie estaría arenando alrededor en yates de millones de dólares.

Llevé la camioneta al lugar reservado de Jeff junto a la puerta trasera. El sonido de los tambores de acero provenía del tiki mientras nos acercábamos al frente. No pasó mucho tiempo para encontrar a Jeff, estaba parado en la barra con Ramón y el resto de los chicos divirtiéndose como siempre. En el momento en que nos vio, saltó y nos dio la bienvenida antes de pasarnos una cerveza a cada uno de una cubeta en la barra.

"Es sólo temprano en la tarde", le recordé riendo antes de tomar la bebida. "Ah, ¿qué diablos?"

El resto de la tripulación nos rodeó y nos saludó con abrazos y apretones de manos. Reconocí a casi todos, pero había un par de extraños que no pude ubicar. Al otro lado del tiki había otros clientes disfrutando tranquilamente de algo de comida y de la banda. Se sentía un poco extraño tener a todos mirándonos, especialmente cuando una banda tocaba. Jeff parecía muy emocionado y caminó entre la multitud hasta el escenario. Dejaron de tocar y él sacó el micrófono del soporte.

"Amigos, colegas, damas y caballeros", comenzó.

Hizo una pausa y me hizo un gesto para que me uniera a él. Estaba un poco confundido, un poco aprensivo y un poco reacio, pero China me dio un suave empujón en la dirección correcta.

Sentí mi cara como si hubiera estado enfrentando el cálido reflejo del sol en el agua. No tenía idea de por qué todo el problema giraba en torno a mí (todos desempeñamos un papel), pero decidí seguir adelante.

Me levanté al escenario y Jeff me dio un fuerte abrazo. El público aplaudió, vitoreó y silbó.

"Este es Tomás, o mejor conocido como El Capitán. Mi amigo, mi familia. Como muchos de ustedes saben, él es famoso y notorio..."

La tripulación aplaudió y celebró.

"No todos aquí conocen a Tomás, pero todos ustedes conocen a María, mi hermana", continuó mientras se tocaba el pecho. "Muchos de ustedes saben por lo que pasó esta semana. Este hombre, este hombre..."

Puso su mano sobre mi hombro.

"...hace mucho tiempo que dejó cierto estilo de vida, por buenas razones, pero cuando lo llamé para decirle que se habían llevado a María..."

Sentí que una lágrima empezaba a formarse en mis ojos mientras me daba una palmadita en el hombro y se aclaraba la garganta.

"... ¡este hombre no se detuvo! ¡No lo dudó! "Estoy completamente dentro, hermano", dijo, "lo que sea necesario".

Los vítores y aplausos se reanudaron con fuerza.

"Tomás reunió al equipo. Ustedes respondieron la llamada, mis otros hermanos", agregó señalando la barra. "Ramón, su segundo, levanta tu copa, amigo".

No necesitaba que se lo pidieran dos veces y aprovechó la adulación al máximo, por supuesto.

"Magdaleno, Shirma, Izquierdo, levanten sus cervezas, agradez-camos todos lo que han hecho".

Entonces llegó el momento que más temía.

"Un hombre no está aquí con nosotros, al menos no físicamente. Luchó una larga batalla contra el cáncer que casi había perdido y, sin embargo, todavía quería una última aventura. Decidió que no era la enfermedad la que lo mataría en vano. Para él era importante salir como un héroe, y así lo hizo, salvando las vidas de sus amigos más cercanos. Todo el mundo sabe que un gran primer oficial es lo que mantiene unida a una tripulación. Era un mentor para sus compañeros de tripulación, un confidente para sus superiores y un maldito buen marinero. Nunca habrá otro Jorge Muñoz. ¡Salud, tío!"

Los hombres más duros que conocí se secaron las lágrimas de los ojos mientras saludaban a mi amigo caído Tío.

"Si no fuera por todos ustedes, no habría recuperado a mi hermana. Y, por último, pero no menos importante, China. Es genial volver a verte y mi gratitud infinita. A Tomás, a todos ustedes, gracias y que empiece esta puta fiesta", gritó.

La banda volvió a tocar y regresamos al grupo junto a la barra. Era como si un grupo de viejos veteranos se hubiera reunido. Contamos historias de los viejos tiempos, las que pudimos, y nos pusimos al día todos porque había poco tiempo para eso. María llegó poco después y recibió un gran aplauso. Sentí un poco de nostalgia por tenerlos a todos juntos de nuevo. La última vez que sucedió fue en la fiesta de mi cumpleaños número 30, ¡qué noche fue esa! Los camareros trajeron platos de langosta y pinzas de cangrejo y, aun así, todavía se sentía un poco extraño sin Diana.

Me quedé sentado allí y escuché las risas que nos rodeaban. Disfruté particularmente de los enfrentamientos verbales entre

Ramón y China. Siempre fueron buenos amigos, desde el principio, cuando nos conocimos, y les encantaba intentar superar al uno por encima del otro.

En un momento, inclinó la cabeza hacia atrás y susurró: "¿Cómo se siente tener a todos los chicos juntos de nuevo?".

"No está tan mal". Sonreí.

Nos quedamos allí toda la tarde y continuamos mientras el sol empezaba a ponerse en el horizonte. Los chicos comieron otra ronda de comida y aproximadamente una hora después de la cena, todos estábamos en camino a una bien merecida borrachera.

"¿Por qué no estiramos las piernas", le sugerí a China, "podemos revisar el barco y sacar nuestras cosas del camión?"

"Claro, dame un momento… y quédate ahí", respondió ella.

No tuve la oportunidad de dar una respuesta antes de que ella rodeara la mesa y le susurrara algo al oído a Jeff. Solo les sonreí, en parte confundida, aunque también estaba escuchando

Ramón que estaba hablando de una chica que conoció la noche anterior.

Jeff se levantó y silbó a la banda para que se detuviera una vez más.

"Amigos, ¿pueden tomar sus bebidas y dirigirse al Marina House?", preguntó.

¿Qué carajo está pasando realmente?

China regresó hacia mí y María apareció del otro lado. Envolvieron sus brazos alrededor de cada uno de los míos y me sonrieron con enormes sonrisas.

"Vamos, Capitán", sugirieron al unísono.

Supuse que vendría algún tipo de sorpresa, pero realmente no tenía idea de qué era.

29 CAPITULO VEINTINUEVE

Cuando comenzamos nuestra caminata hacia el muelle de combustible, me di cuenta de que no podía ver mi bote debido al ángulo y las cortinas de arena. Entré en pánico y todo tipo de cosas pasaron por mi cabeza. Sé que no puede ser nada malo, pero no puedes evitar preocuparte en momentos como ese.

"Por favor, por favor, díganme que no le han hecho algo (que odiaré) a mi barco". Me estresé, rogando a Dios que mi barco estuviera bien.

Jeff estaba al frente con la tripulación y China y María continuaban guiándome.

"Está bien, te has divertido. ¿Qué diablos está pasando?

"¡Ya verás!" China me dijo con un fuerte agarre en mi brazo que mostraba que estaba emocionada por algo.

Lo que lo hizo aún más extraño fue que casi todos los miembros del tiki, una gran multitud de personas, se habían unido a nosotros y caminaban detrás. Ni siquiera los conocía. Lo que sí sabía es que debía tener algo que ver con mi barco. Y mis nervios crecieron cuanto más nos acercábamos.

Eso aumentó dramáticamente cuando miré hacia el área de almacenamiento de botes secos y vi a otro grupo de hombres caminando hacia el mismo lugar al que nos dirigíamos. Llegamos todos casi simultáneamente.

Cuando llegamos a veinte metros de la cortina, Jeff dijo: "¡Está bien, necesito a todo el equipo aquí detrás de Tomas!"

María y China continuaron abrazándome con fuerza. Con todos reunidos donde él quería, Jeff estaba listo.

"Tomás, el equipo y yo nos reunimos para hacer algo especial para ti. No sólo por lo que has hecho la semana pasada, sino por todas las cosas que has hecho a lo largo de los años. Has sido un líder intrépido, un amigo y hermano. Te has sacrificado por nosotros, sangraste con nosotros y tocaste cada una de nuestras vidas. Todos hemos contribuido a devolver una fracción de lo que han hecho por nosotros".

Hizo un gesto a la tripulación que caminaba desde el área del barco seco para que corriera las cortinas. Se separaron lentamente y lo que apareció a la vista me dejó atónito. Me quedé boquiabierto y me llevé las manos a la boca.

"¡Sorpresa!" todos gritaron.

Había una increíble torre de atún de dos niveles con un flybridge encima de mi barco.

"Oh, Dios mío, simplemente… ¡¿cómo?!" Dije mientras todos rugían y aplaudían.

Me quedé tan atónito que me empezaron a temblar las manos. China y María también tenían los ojos llorosos en ese momento y me soltaron los brazos para que pudiera darles un abrazo a ambas. Todo el equipo, con Jeff, se acercó y me abrazó. Estaba totalmente abrumado por la emoción y fue el sentimiento más increíble del mundo que las personas más cercanas a mí hicieran tal cosa por mí.

Caminé hacia el barco como un niño al que le acaban de regalar su primera bicicleta por Navidad. No pude decir nada. Todavía estaba procesando lo que habían hecho por mí. Fue en ese momento que noté el bote de Jeff hacia un lado, sin una torre.

"Mierda", dije con las manos en las mejillas mientras me giraba y miraba a Jeff. Se quedó allí como el padre orgulloso que acaba de regalarle a su hijo la bicicleta que siempre quiso.

"No te preocupes", se rió, "tu tripulación me pagó por ello. Simplemente no hubo tiempo suficiente para construir uno nuevo para su barco".

Todos se rieron de mi atónita incredulidad y aplaudieron nuevamente. Solo miré a mi alrededor, mi familia. Tenía un nudo del tamaño de una pelota de golf en la garganta cuando intenté abordarlos. Me dieron unos momentos en los que sonaron cánticos de "discurso".

"Qué puedo decir, solo… joder, me tienes sin palabras. Son tantos los años que hemos pasado juntos, en los buenos y en los malos momentos, y ahora incluso nuestras familias son familia. Nos hemos mantenido unidos y nos hemos rescatado mutuamente tantas veces… por supuesto, Ramón más que nadie".

Levantó la mano y saludó desafiante mientras todos reíamos.

"Sin embargo, nunca esperé algo como esto. Un capitán no vale la pena sin una gran tripulación, y he sido bendecido con la mejor tripulación con la que he tenido el privilegio de trabajar. Gracias", terminé con las manos juntas, seguido de una reverencia.

Los aplausos y los silbidos estallaron, e incluso aquellos que no conocía me estrecharon la mano. Parecía que había sido una misión marítima instigada por Jeff. Estaban muy emocionados de haberlo logrado sin que yo me diera cuenta. Jeff se acercó a mi lado.

"Hay una cosa más, sígueme", me dijo.

Me llevó a la cubierta trasera del barco y alcanzó la escotilla de la cubierta. Ambos lo apartamos y cuando miré hacia abajo, había un nuevo generador diésel Yanmar de cuatro cilindros donde solía estar mi pedazo de basura oxidado y remendado.

"Jeff, esto es demasiado, hermano", dije mientras retrocedía un poco asombrado.

"Supongo que te gusta?" él sonrió.

"Estás bromeando, hombre, esto es increíble. Gracias, Jeff", tartamudeé, todavía aturdido por todo el asunto.

Miré y vi a China y María mientras nos miraban con sonrisas y chocando los cinco. Saboreé el momento y quedó grabado en mi mente.

"Disculpe el desorden, acabamos de terminar a tiempo", dijo Ramón después de subir a bordo.

"No puedo creer que hayan logrado esto en tan poco tiempo", agregué.

"No éramos solo nosotros", confesó Jeff, "dupliqué el equipo del patio con algunos contratistas".

Miré hacia la torre, el sol proyectaba una sombra oscura sobre la cubierta y el agua brillaba.

"Es simplemente increíble, no tengo nada más que decir excepto gracias. Todos sabéis lo que esto significa para mí, y que venga de todos ustedes, lo hace doblemente especial. ¡Lo saben, pero, de todos modos, cuando alguno de ustedes me necesite, llámenme!

Me recompuse lo suficiente como para cerrar la escotilla. La mayoría de los demás regresaron al tiki. Luego miré a todos mis amigos que quedaban.

"Todos a bordo, vamos a dar un paseo", grité.

Ramón ayudó a las damas y al resto de la tripulación a bordo mientras yo entraba a la cabina con Jeff. Nada parecía diferente aparte de los controles.

"Esto es nuevo". Sonreí.

"Son electrónicos, nos deshicimos de esos viejos cables de dinosaurio tuyos. Esto es más fluido, más confiable y fácil de conectar al flybridge. ¿Espero que nuestras modificaciones sean aprobadas?"

"Eso es quedarse corto". Me reí. "Vamos a animarla".

Giré la llave y el San Blas cobró vida con un rugido. Todos los chicos vitorearon y las damas simplemente sacudieron la cabeza hacia nosotros. Salí a cubierta y me dirigí a Shirma e Izquierdo estaban sentados en las amuradas hablando.

"Sé que ambos jugaron un papel importante en todo esto, muchas gracias desde el fondo de mi corazón", les dije.

"No hay problema, Capi", respondieron juntos.

"Deshazte de las líneas y luego únete a nosotros en el puente para tomar una cerveza", sugerí.

"Ya lo tienes", respondieron mientras se levantaban.

Subí la escalera hasta el puente. Mientras estaba allí, me sentí como si estuviera en el barco de Jeff. Acercándome a la consola, miré hacia abajo y vi a María y China charlando cerca de la proa. Cambié los aceleradores al flybridge y pusieron marcha sin esfuerzo; Jeff tenía razón, realmente no se parecían en nada a cables.

Miré hacia abajo y grité: "Está bien, Shirma, vámonos".

Los dos cambiaron hábilmente las líneas de las cornamusas antes de que Shirma gritara: "Todas las líneas a bordo, Capi".

Puse los motores en marcha y giré el volante. Ella se alejó lentamente de la cubierta y yo debí parecer un idiota sonriente que conducía su primer auto. Nos alejé unos seis metros del muelle y luego puse ambos motores en marcha.

Dejé el San Blas al ralentí en la dársena de la Marina y mis ojos notaron que los indicadores de combustible estaban llenos antes de girarme hacia Jeff. "Podría haberla rematado también".

"Eres un buen hombre". Respondí, mientras él sonreía más ampliamente.

"Lo sé."

Alejando el barco de los otros barcos que estaban amarrados en la Marina, aumenté el acelerador, mi bebé navegaba y sonaba mejor que nunca. La apunté hacia los embarcaderos y vi un ligero oleaje en alta mar mientras salíamos.

"Todos esperen", grité mientras empujaba el acelerador hasta el fondo y escuchaba los turbos que empezaban a silbar a medida que aumentaban las RPM. Aceleramos tan rápido que el sombrero de Jeff salió volando antes de que pudiera atraparlo.

No tiene sentido ceder. Me reí para mis adentros.

Los muchachos miraban por los costados mientras avanzábamos por el agua. Miré a mi alrededor y vi a mis dos mujeres favoritas agarradas a los rieles detrás de mí. Su cabello ondeaba al viento y tenían una mirada que demostraba que les encantaba.

"64 nudos", celebré, "apuesto a que tu hermosa bestia no hará eso".

Él simplemente negó con la cabeza. La dejé actuar durante cinco minutos antes de volver a la velocidad de crucero. Normalmente no la hago correr por tanto tiempo, pero pensé que disfrutaría un poco del combustible que Jeff amablemente me dio. Navegué durante otros veinte minutos y nos llevó al extremo este de la isla donde China y yo habíamos estado la noche anterior.

Miré las nuevas y brillantes adiciones a mi barco y todavía no podía creerlo. El sueño de la torre que tenía en mente para San Blas no era nada comparado con la realidad. Se veía tan bien que me elogié un poco por gastar el dinero y el trabajo que tenía en el interior para que se viera tan bien como ella en el exterior. Cerré todo y Shirma ordenó las anclas. Jeff simplemente se sentó allí y sonrió.

"Me alegro de poder hacer esto por ti, Tomas. Siempre has estado ahí para mí, hermano mío. Voy a ir a buscarnos una cerveza".

Dejó el flybridge, y tan pronto como lo hizo, una sombra oscura se cernió sobre mí mientras hablaba la profunda voz de barítono de Ramón. "Alguien aquí para ver tu gorra".

Me giré para ver a Javier sonriendo levemente. Mi propia sonrisa se dibujó en mis labios mientras le daba un abrazo. "Lo sabía."

"¿Sabías qué?"

"Que fuiste tú quien eliminó a esos centinelas en el apartamento", respondí mientras sacudía la cabeza.

"Sí, bueno, estábamos preparándonos para irrumpir cuando escuchamos a tu gente venir por el bosque, así que nos retiramos y dejamos que ellos se encargaran del resto".

"¿Pero ¿cómo supiste dónde?" Pregunté, un poco confundido.

"Mi gente te siguió desde que recogiste a Ramón en el aeropuerto", admitió rápidamente. "He realizado algunos trabajos en el pasado para la gente de Don Miguel. Entonces descubrí a través de algunos contactos dónde estaba detenida e hice que mi gente llevara la información a China porque sabía que la contactarías".

Sin palabras ante lo que estaba diciendo, no pude evitar la sonrisa en mi rostro. "No puedo agradecerte lo suficiente, hermano".

"Eres como un niño en una tienda de dulces". Ramón sonrió. "Lamento bajarte a la tierra, pero aún tenemos que ir a buscar nuestro dinero".

Javier pone su mano en mi hombro interrumpiendo la conversación. "Parece que ustedes tienen trabajo que hacer y yo tengo trabajo al que volver. Sabes cómo contactarme si me necesitas".

Mientras bajaba las escaleras para irse, me volví hacia Ramón, listo para resolver nuestro problema actual.

"Lo sé. Hicimos bien en esconderlo y elegimos el lugar perfecto, pero el calor y el escrutinio adicionales debido a nuestro pequeño esfuerzo lo harán mucho más difícil. Sugiero que lo dejemos por un par de días, luego podremos recuperarlo y asegurarnos de que la familia de Tío reciba su parte".

"¿Tendremos que escabullirnos de ida y vuelta, o hacerlo con un poco más de fuerza? Parece que aún no hemos terminado. "

"Sí", agregué mientras miraba hacia China y a María abajo, observando cómo Javier se despedía. "Parece que todavía tenemos trabajo por hacer..."

"Amén a eso, hombre".

POSTFACIO

LA MAFIA MARINA es una novela de ficción, pero los personajes y muchas de las historias que contiene se basan en hechos reales. Dejo que el lector decida qué creer